新 潮 文 庫

清兵衛と瓢箪・網走まで

志 賀 直 哉 著

新 潮 社 版

1801

目次

清兵衛と瓢簞・網走まで

菜の花と小娘

或《あ》る晴れた静かな春の日の午後でした。一人の小娘が山で枯枝を拾って居ました。

やがて、夕日が新緑の薄い木の葉を透かして赤々と見られる頃になると、小娘は集めた小枝を小さい草原に持ち出して、其処《そこ》で自分の背負って来た荒い目籠《めかご》*に詰め始めました。

不図《ふと》、小娘は誰かに自分が呼ばれたような気がしました。

「ええ？」小娘は思わずそう云《い》って、起《た》ってその辺を見廻しましたが、其処には誰の姿も見えませんでした。

「私を呼ぶのは誰？」小娘はもう一度大きい声でこう云って見ましたが、矢張り答える者はありませんでした。

小娘は二三度そんな気がして、初めて気がつくと、それは雑草の中から只一《ただひ》ト本《もと》、僅《わずか》に首を差し出して居る小さい菜の花でした。

小娘は頭に被《かぶ》って居た手拭《てぬぐい》で、顔の汗を拭《ふ》きながら、

「お前、こんな所で、よく淋《さび》しくないのね」と云いました。

「淋しいわ」と菜の花は親しげに答えました。

「そんなら何故《なぜ》来たのさ」小娘は叱《しか》りでもするような調子で云いました。菜の花は、

「雲雀《ひばり》の胸毛《むなげ》に着いて来た種が此処《ここ》で零《こぼ》れたのよ。困るわ」と悲しげに答えました。そして、どうか私をお仲間の多い麓《ふもと》の村へ連れて行って下さいと頼みました。

小娘は可哀相《かわいそう》に思いました。小娘は菜の花の願いを叶《かな》えてやろうと考えました。そして静かにそれを根から抜いてやりました。そしてそれを手に持って、山路《やまじ》を村の方へと下《くだ》って行きました。

路《みち》に添うて清い小さな流れが、水音をたてて流れて居ました。暫《しばら》くすると、

「あなたの手は随分ほてるのね」と菜の花は云いました。「あつい手で持たれると、首がだるくなって仕方がないわ、真直《まっす》ぐにして居られなくなるわ」と云って、うなだれた首を小娘の歩調に合せ、力なく振って居ました。

小娘は一寸《ちょっと》当惑しました。

然《しか》し小娘には図《はか》らず、いい考が浮びました。小娘は身軽く路端《みちばた》に蹲《しゃが》んで、黙って菜の花の根を流れへ浸してやりました。

「まあ！」菜の花は生き返ったような元気な声を出して小娘を見上げました。すると、小娘は宣告するように、

「この儘《まま》流れて行くのよ」と云いました。

菜の花は不安そうに首を振りました。そして、「先に流れて了《しま》うと恐《こわ》いわ」と云いました。

「心配しなくてもいいのよ」そう云いながら、早くも小娘は流れの表面で、持って居た菜の花を離して了いました。菜の花は、

「恐いわ、恐いわ」と流れの水にさらわれながら、見る見る小娘から遠くなるのを恐ろしそうに叫びました。が、小娘は黙って両手を後《うしろ》へ廻し、背で跳《おど》る目籠をおさえながら、駈《か》けて来ます。

菜の花は安心しました。そして、さも嬉《うれ》しそうに水面から小娘を見上げて、何かと話しかけるのでした。

何処《どこ》からともなく気軽な黄蝶《きちょう》が飛んで来ました。そして、うるさく菜の花の上をついて飛んで来ました。菜の花はそれをも大変嬉しがりました。然し黄蝶は性急《せっかち》で、移り気でしたから、何時《いつ》か又何処かへ飛んで行って了いました。

菜の花は小娘の鼻の頭にポツポツと玉のような汗が浮び出して居るのに気がつきました。

「今度はあなたが苦しいわ」と菜の花は心配そうに云いました。が、小娘は却《かえ》って不愛想《ぶあいそう》に、

「心配しなくてもいいのよ」と答えました。

菜の花は、叱られたのかと思って、黙って了いました。

間もなく小娘は菜の花の悲鳴に驚かされました。菜の花は流れに波打って居る髪の毛のような水草《みずくさ》に根をからまれて、さも苦し気に首を振って居ました。

「まあ、少しそうしてお休み」小娘は息をはずませながら、そう云って傍《かたわら》の石に腰を下しました。

「こんなものに足をからまれて休むのは、気持が悪いわ」菜の花は尚《なお》しきりにイヤイヤをして居ました。

「それで、いいのよ」小娘は云いました。

「いやなの。休むのはいいけど、こうして居るのは気持が悪いの。どうか一寸あげて下さい。どうか」と菜の花は頼みましたが、小娘は、

「いいのよ」と笑って取り合いません。

が、その内水の勢で菜の花の根は自然に水草から、すり抜けて行きました。そして不意に、

「流れるう！」と大きな声をして菜の花は又流されて行きました。小娘も急いで立ち上ると、それを追って駈け出しました。

少し来た所で、

「矢張りあなたが苦しいわ」と菜の花はコワゴワ云いました。

「何でもないのよ」と小娘も優しく答えて、そうして、菜の花に気を揉《も》ませまいと、わざと菜の花より二三間先を駈けて行く事にしました。小娘は、
麓の村が見えて来ました。小娘は、

「もう直ぐよ」と声を掛けました。

「そう」と、後《うしろ》で菜の花が答えました。

暫く話は絶えました。只流れの音に混って、パタパタ、パタパタ、と小娘の草履《ぞうり》で走る跫音《あしおと》が聴《きこ》えて居ました。

チャポーンと云う水音が小娘の足元でしました。菜の花は死にそうな悲鳴をあげました。小娘は驚いて立ち止りました。見ると菜の花は、花も葉も色が褪《さ》めたようになって、

「早く早く」と延び上って居ます。小娘は急《いだ》いで引き上げてやりました。

「どうしたのよ」小娘はその胸に菜の花を抱くようにして、後の流れを見廻しました。

「あなたの足元から何か飛び込んだの」と菜の花は動悸《どうき》がするので、言葉を切りました。

「いぼ蛙《がえる》＊なのよ。一度もぐって不意に私の顔の前に浮び上ったのよ。口の尖《とが》った意地の悪そうな、あの河童《かっぱ》のような顔に、もう少しで、私は頰っぺたをぶつける所でしたわ」と云いました。

小娘は大きな声をして笑いました。

「笑い事じゃあ、ないわ」と菜の花はうらめしそうに云いました。「でも、私が思わず大きな声をしたら、今度は蛙の方で吃驚《びっくり》して、あわててもぐって了いましたわ」こう云って菜の花も笑いました。

間もなく村へ着きました。

小娘は早速自分の家《うち》の菜畑に一緒にそれを植えてやりました。

其処は山の雑草の中とは異《ちが》って土がよく肥えて居《お》りました。菜の花はどんどん延びました。そうして、今は多勢の仲間と仕合せに暮す身となりました。

或る朝

祖父の三回忌の法事のある前の晩、信太郎《しんたろう》は寝床で小説を読んで居ると、並んで寝て居る祖母が、

「明日《あす》坊さんのおいでなさるのは八時半ですぞ」と云《い》った。

暫《しばら》くした。すると眠っていると思った祖母が又同じ事を云った。彼は今度は返事をしなかった。

「それ迄《まで》にすっかり支度《したく》をして置くのだから、今晩はもうねたらいいでしょう」

「わかってます」

間もなく祖母は眠って了《しま》った。

どれだけか経《た》った。信太郎も眠くなった。時計を見た。一時過ぎて居た。彼はランプを消して、寝返りをして、そして夜着の襟に顔を埋《うず》めた。

翌朝（明治四十一年正月十三日）*信太郎は祖母の声で眼を覚した。

「六時過ぎましたぞ」驚かすまいと耳のわきで静かに云って居る。

「今起きます」と彼は答えた。

「直《す》ぐですぞ」そう云って祖母は部屋を出て行った。彼は帰るように又眠って了った。

又、祖母の声で眼が覚めた。

「直ぐ起きます」彼は気安めに、唸《うな》りながら夜着から二の腕まで出して、のびをして見せた。

「このお写真にもお供えするのだから直ぐ起きてお呉《く》れ」

お写真と云うのはその部屋の床の間に掛けてある擦筆画《さっぴつが》*の肖像で、信太郎が中学の頃習った画学の教師に祖父の亡《な》くなった時、描《か》いて貰《もら》ったものである。

黙っている彼を「さあ、直ぐ」と祖母は促した。

「大丈夫、直ぐ起きます。——彼方《むこう》へ行ってて下さい。直ぐ起きるから」そう云って彼は今にも起きそうな様子をして見せた。

祖母は再び出て行った。彼は又眠りに沈んで行った。

「さあさあ。どうしたんだっさ」今度は角《かど》のある声だ。*信太郎は折角沈んで行く、未《ま》だその底に達しない所を急に呼び返される不愉快から腹を立てた。

「起きると云えば起きますよ」今度は彼も度胸を据《す》えて起きると云う様子もしなかった。

「本当に早くしてお呉れ。もうお膳《ぜん》も皆出てますぞ」

「わきへ来てそうぐずぐず云うから、尚《なお》起きられなくなるんだ」

「あまのじゃく！」＊祖母は怒って出て行った。信太郎ももう眠くはなくなった。起きてもいいのだが余り起きろ起きろと云われたので実際起きにくくなって居た。彼はボンヤリと床の間の肖像を見ながら、それでももう起しに来るか来るかという不安を感じて居た。起きてやろうかなと思う。然《しか》しもう少しと思う。もう少しこうして居て起しに来なかったら、それに免じて起きてやろう、そう思っている。彼は大きな眼を開《あ》いて未だ横になって居た。

いつも彼に負けない寝坊の信三《しんぞう》が、今日は早起きをして、隣の部屋で妹の芳子《よしこ》と騒いで居る。

「お手玉、南京玉《ナンキン》、大玉、小玉」とそんな事を一緒に叫んで居る。そして一段声を張り上げて、

「その内大きいのは芳子《よっこ》ちゃんの眼玉」と一人が云うと、一人が「信三さんのあたま」と怒鳴った。二人は何遍も同じ事を繰り返して居た。

又、祖母が入って来た。信太郎は又起きられなくなった。

「もう七時になりましたよ」祖母はこわい顔をして反《かえ》って叮嚀《ていねい》に云った。信太郎は七時の筈《はず》はないと思った。彼は枕《まくら》の下に滑り込んで居る懐中時計を出した。そして、

「未だ二十分ある」と云った。

「どうしてこうやくざ*だか……」祖母は溜息《ためいき》をついた。「一時にねて、六時半に起きれば五時間半だ。やくざでなくても五時間半じゃあ眠いでしょう」

「宵《よい》に何度ねろと云っても諾《き》きもしないで……」

信太郎は黙って居た。

「直ぐお起き。おっつけ*福吉町《ふくよしちょう》*からも誰か来るだろうし、坊さんももうお出《い》でなさる頃だ」

祖母はこんな事を言いながら、自身の寝床をたたみ始めた。祖母は七十三だ。よせばいいのにと信太郎は思っている。

祖母は腰の所に敷く羊の皮をたたんでから、大きい敷蒲団《しきぶとん》をたたもうとして息をはずませて居る。祖母は信太郎が起きて手伝うだろうと思って居る。ところが信太郎はその手を食わずに故意に冷《ひやや》かな顔をして横になったまま見ていた。とうとう祖母は怒り出した。

「不孝者」と云った。

「年寄の云いなり放題になるのが孝行なら、そんな孝行は真っ平だ」彼も負けずと云った。彼はもっと毒々しい事が云いたかったが、失策《しくじ》った。文句も長過ぎた。然《しか》し祖母をかっとさすにはそれで十二分だった。祖母はたたみかけを其処《そこ》へほうり出すと、涙を拭《ふ》きながら、烈《はげ》しく唐紙《からかみ》をあけたてして出て行った。

彼もむっとした。然しもう起しに来まいと思うと楽々と起きる気になれた。

彼は毎朝のように自身の寝床をたたみ出した。大夜着《おおよぎ》*から中の夜着、それから小夜着《こよぎ》をたたもうとする時、彼は不意に「ええ」と思って、今祖母が其処にほうったように自分もその小夜着をほうった。

彼は枕元に揃《そろ》えてあった着物に着かえた。

あしたから一つ旅行をしてやろうかしら。諏訪《すわ》*へ氷滑りに行ってやろうかしら。諏訪なら、この間三人学生が落ちて死んだ。祖母は新聞で聴いている筈だから、自分が行っている間少くも心配するだろう。

押入れの前で帯を締めながらこんな事を考えて居ると、又祖母が入って来た。祖母はなるべく此方《こっち》を見ないようにして乱雑にしてある夜具のまわりを廻って押入れを開けに来た。彼は少しどいてやった。そして夜具の山に腰を下して足袋を穿《は》いて居た。

祖母は押入れの中の用簞笥《ようだんす》から小さい筆を二本出した。五六年前信太郎が伊香保《いかほ》*から買って来た自然木《しぜんぼく》のやくざな筆である。

「これでどうだろう」祖母は今迄の事を忘れたような顔を故意《わざ》として云った。

「何《なん》にするんです」信太郎の方は故意《わざ》と未だ少しむっとしている。

「坊さんにお塔婆《とうば》を書いて頂くのっさ」

「駄目《だめ》さ。そんな細いんで書けるもんですか。お父さんの方に立派なのがありますよ」

「お祖父《じい》さんのも洗ってあったっけが、何処《どこ》へ入って了ったか……」そう云いながら祖母はその細い筆を持って部屋を出て行こうとした。

「そんなのを持って行ったって駄目ですよ」と彼は云った。

「そうか」祖母は素直にもどって来た。そして叮嚀にそれを又元の所に仕舞って出て行った。

信太郎は急に可笑《おか》しくなった。旅行もやめだと思った。彼は笑いながら、其処に苦茶々々にしてあった小夜着を取り上げてたたんだ。敷蒲団も。それから祖母のもたたんでいると彼には可笑しい中《うち》に何だか泣きたいような気持が起って来た。涙が自然に出て来た。物が見えなくなった。それがポロポロ頬へ落ちて来た。彼は見えない儘《まま》に押入れを開けて祖母のも自分のも無闇《むやみ》に押し込んだ。間もなく涙は止った。彼は胸のすがすがしさを感じた。

彼は部屋を出た。上の妹と二番目の妹の芳子とが隣の部屋の炬燵《こたつ》にあたって居た。

信三だけ炬燵櫓《やぐら》の上に突っ立って威張って居た。信三は彼を見ると急に首根を堅くして*天井の一方を見上げて、

「銅像だ」と力《りき》んで見せた。上の妹が、

「そう云えば信三は頭が大きいから本当に西郷《さいごう》さん*のようだわ」と云った。信三は得意になって、

「偉いな」と臂《ひじ》を張って髭《ひげ》をひねる真似《まね》をした。和いだ、然し少し淋《さび》しい笑顔をして立って居た信太郎が、

「西郷隆盛《たかもり》に髭はないよ」と云った。妹二人が、「わーい」とはやした。信三は、

「しまった！」といやにませた口をきいて、櫓を飛び下りると、いきなり一つでんぐり返しをして、おどけた顔を故意《わざ》と皆《みんな》の方へ向けて見せた。

網走《あばしり》まで

宇都宮の友に、「日光の帰途《かえり》には是非お邪魔する」と云《い》ってやったら、「誘って呉《く》れ、僕も行くから」と云う返事を受け取った。

それは八月も酷《ひど》く暑い時分の事で、自分は特に午後四時二十分の汽車を選んで、兎《と》に角《かく》その友の所まで行く事にした。汽車は青森行である。自分が上野へ着いた時には、もう大勢の人が改札口へ集って居た。自分も直《す》ぐその仲間へ入って立った。

鈴が鳴って、改札口が開かれた。人々は一度にどよめき立った。鋏《はさみ》の音が繁《しげ》く聞え出す。改札口の手摺《てすり》へつかえた手荷物を口を歪《ゆが》めて引っぱる人や、本流から食《は》み出して無理に復《また》、還《かえ》ろうとする人や、それを入れまいとする人や、いつもの通りの混雑である。巡査が厭《いや》な眼つきで改札人の背後《うしろ》から客の一人々々を見て居る。此処《ここ》を辛《かろ》うじて出た人々はプラットフォームを小走りに急いで、駅夫等の「先が空《あ》いてます、先が空いてます」と叫ぶのも聞かずに、吾《わ》れ先きと手近な客車に入りたがる。自分は一番先の客車に乗るつもりで急いだ。

先の客車は案の定すいていた。自分は一番先の車の一番後《うしろ》の一ト間*に入った。後方《うしろ》の客車に乗れなかった連中が追々此処までも押し寄せて来た。それでも七分《ぶ》しか入って居ない。発車の時がせまった。遠く近く戸をたてる音、そのおさえ金を掛ける音などが聞える。自分の居る間《ま》の戸を今閉めようとした帽に赤い筋を巻いた駅員が手を挙げて、

「此方《こちら》へいらっしゃい。こちらへ」と戸を開けて待って居る。所へ、二十六七の色の白い、髪の毛の少い女の人が、一人をおぶい、一人の手を曳《ひ》いて入って来た。汽車は直ぐ出た。

女の人は西日のさす自分とは反対側の窓の傍《わき》に席を取った。又其処《そこ》しか空いて居なかったので。

「母《かあ》さん、どいとくれよ」と七つばかりの男の子が眉《まゆ》の間にしわを寄せていう。

「ここは暑《あつ》ござんすよ」と母は背の赤児《あかご》を下しながら静かに云った。

「暑くたっていいよ」

「日のあたる所へ居ると、又おつむが*痛みますよ」

「いいったら」と子供は恐ろしい顔をして母をにらんだ。

「滝《たき》さん」と静かに顔を寄せて、「これからね、遠い所まで行くんですからね。若《も》し途中で、お前さんのおつむでも痛み出すと、母さんは本統に泣きたい位困るんですからね。ね、いい児だから母さんの云う事を肯《き》いて頂戴《ちょうだい》。それにね、いまに日のあたら

ない方の窓があくから、そうしたら直ぐいらっしゃいね。解《わか》りまして？」

「頭なんか痛くなりゃ仕ないったら」と子供は尚《なお》ケンケンしく云い張った。*母は悲しそうな顔をした。

「困るのねえ」

自分は突然、

「此処へおいでなさい」と窓の所を一尺ばかりあけて、「此処なら日が当りませんよ」と云った。

男の子は厭な眼で自分を見た。顔色の悪い、頭の鉢《はち》の開いた、*妙な子だと思った。自分はいやな気持がした。子供は耳と鼻とに綿をつめて居た。

「まあ、どうも恐れ入ります」女の人は悲しい顔に笑《わらい》を浮べて、「滝さん、御礼《おれい》を云って、あそこを拝借なさい」と子の背に手をやって此方《こっち》へ押すようにする。

「いらっしゃい」自分は男の子の手を取って自分の傍《わき》に坐《すわ》らせた。男の子は妙な眼つきで時々自分の顔を見て居たが、少時《しばらく》して漸《ようや》く外の景色に見入った。

「なるたけ、其方《そっち》ばかり見て居たまえよ、石炭殻《がら》が目に入るから」

こんな事をいっても男の子は返事を仕ない。やがて浦和に来た。此処で自分と向い合っていた二人が降りたので、女の人は荷と一緒に其処へ移った。荷といっても、女持の信玄袋*と風呂敷《ふろしき》包が一つだけだ。

「さ、滝さん、こちらへ御いでなさい。どうもありがとう御座いました」女の人はそう云ってお辞儀をした。動いたので今までよく眠って居た赤児が眼を覚して泣き出した。母は、

「よしよし」と膝《ひざ》の上でゆすりながら、「チチカ、チチカ」とあやすように云うが、赤児は踏反《ふんぞ》りかえって益々《ますます》泣く。「おおよしよし」と同じような事をして、今度は、

「うま、上げよう」と片手で信玄袋から「園《その》の露《つゆ》」を一つ出してやる。それでも赤児は泣きやまぬ。わきからは、

「母さん、あたいには」とさも不平らしい顔をして云う。

「自分で出して、おあがんなさい」といって母は胸を開けて乳首《ちくび》を含ませ、帯の間から薄よごれた絹のハンケチを出して自分の咽《のど》の所へ挟《はさ》んでたらし、開いた胸を隠した。

男の子は信玄袋の中へ手を入れて探って居たが、

「うん、これじゃないの」と首を振る。

「それでないって、どんなの？」

「玉の」

「玉のはない。あれは持って来なかった」

「いやだあ！　玉のでなくちゃ、いや」と鼻声を出す。

「その下にドロップが入ってますから、それをおあがんなさい。ね、いい児、ドロップでもおいしいのよ」

男の子は不承々々うなずく。母は又片手でそれを出して子の手へ四粒ばかり、それをのせた。

「もっと」男の子が云う。母は更に二粒足した。

乳に厭《あ》きた赤児は、母の髪から落ちたバラフの櫛《くし》*をいじって、仕舞にそれを口へ入れようとする。

「いけません」と母がその小さな手を支えると、赤児は口を開いて、顔をその方へもって行く。下の歯ぐきに小さく白い歯が二つ見えた。

「さ、うまうま」膝の上へ落ちた「園の露」を顔の前へ出すと、あーあーと云って居た赤児は黙って、眼の玉を寄せて暫《しばら》く見つめていたが、櫛を放してそれを取る。そして握り拳《こぶし》のまま口へ入れようとする。その口元からタラタラと涎水《よだれみず》がたれた。

女の人は赤児を少し寝《ねか》せ加減にして、股《また》の間へ手をやって見た。濡《ぬ》れて居たらしかった。

「おむつを更《か》えましょうね」こう独言《ひとりごと》のように云って更に男の子に、

「滝さん、少しそこを貸して頂戴、赤ちゃんのおむつを更えるんですから」

「いやだなア――母ァさんは」と男の子はいやいや起《た》つ。

「此処へお掛けなさい」と自分は再び前に掛けさせた場所を空《あ》けてやった。

「恐れ入ります、どうも気むずかしくて困ります」女の人は寂しく笑った。

「耳や、鼻のお悪いせいもあるでしょう」

「御免遊ばせ」と女の人は後《うしろ》を向いて包から乾いたおしめと濡れたのを包む油紙とを出しながら、

「それもたしかに御座います」という。

「何時《いつ》頃からお悪いんですか」

「これは生れつきで御座いますの。お医者様はこれの父が余り大酒《たいしゅ》をするからだと仰《おっ》有《しゃ》いますが、鼻や耳は兎に角つむりの悪いのはそんな事ではないかと存じます」

腰掛に仰向《あおむ》けに転がされた赤児は的《あて》もなく何か見詰めて、手を動かして、あーあーと声を出していた。間もなくおしめを更え、濡れたのを始末して母は赤児を抱き上げると、

「ありがとう御座いました……サア滝さん、此方《こっち》へいらっしゃい」と云った。

「かまいません、此処へお出《い》でなさい」と云ったが、男の子は黙って向う側へ

腰かけると直ぐ窓へよりかかって外をながめ始めた。

「まあ、失礼な」女の人は気の毒そうに詫《わび》を云った。

少時《しばらく》して自分は、

「どちら迄《まで》おいでですか」と訊《き》いた。

「北海道で御座います。網走《あばしり》とか申す所だそうで、大変遠くて不便な所だそうです」

「何《なん》の国＊になってますかしら？」

「北見だとか申しました」

「そりゃあ大変だ。五日はどうしても、かかりましょう」

「通して参りましても、一週間かかるそうで御座います」

汽車は今、間々田《ままだ》＊の停車場《ていしゃじょう》を出た。近くの森から蜩《ひぐらし》の声が追いかけるように聞える。日は入った。西側の窓際《まどぎわ》に居た人々は日除《ひよ》け窓を開けた。涼しい風が入る。今しがた、母に抱かれたまま眠入《ねい》った赤児の一寸《すん》ばかりに延びた生毛《うぶげ》が風におののいて居る。赤児の軽く開《ひら》いた口のあたりに蝿《はえ》が二三疋《びき》うるさく飛びまわる。母はじッと何か考えて居たが、時々手のハンケチで蝿をはらった。少時《しばらく》して女の人は荷を片寄せ、其処へ赤児を寝かすと、信玄袋から端書《はがき》を二三枚と鉛筆を出して書き始めた。けれども筆は却々《なかなか》進まなかった。

「母ァさん」景色にも厭きて来た男の子は、ねむそうな眼をして云った。

「なあに？」

「まだ却々？」

「ええ、却々ですからね、おねむになったら母ァさんに倚《よ》りかかって、ねんねなさいよ」

「ねむかない」

「そう、じゃ、何か絵本でも御覧なさいな」

男の子は黙って首肯《うなず》いた。母は包の中から四五冊の絵本を出してやった。中に古いパック*などが有った。男の子は柔順《おとな》しく、それらの絵本を一つ一つ見始めた。その時自分は、後《うしろ》へ倚りかかって、下目使いをして本を見て居る男の子の眼と、矢張り伏目をして端書を書いて居る母の眼とが、そっくりだという事に心附いた。

自分は両親に伴われた子を――例えば電車で向い合った場合などに見る時、よくもこれらの何の類似もない男と女との外面に顕《あらわ》れた個性が小さな一人の顔なり、身体《からだ》つきなりの内に、しっとりと調和され、一つになって居るものだと云う事に驚かされる。最初、母と子とを見較《みくら》べて、よく似て居ると思う。次に父と子とを見較べて矢張り似て居ると思う。そうして、最後に父と母とを見較べて全く類似のないのを何となく不思議に思う事がある。

今、この事を思い出して、自分はこの母に生れたこの子から、その父を想像せずに居られなかった。そうしてその人の今の運命までも想像せずに居られない。

自分は妙な聯想《れんそう》からこの女の人の夫の顔や様子を直ぐ想《おも》い浮べる事が出来た。自分が元いた学校に、級はそれ程違わなかったが年はたしかに五つ六つ上で、曲木《まがき》という公卿華族《くげかぞく》*があった。自分はその男を憶《おも》い出した。彼は大酒家《たいしゅか》であった。大酒をしてはいつも、大きな事を云って居た。鷲鼻《わしばな》の青い顔をした、大柄な男で、勉強は少しもしなかった。二三度続けて落第して、とうとう自分で退学して了《しま》ったが、日露戦争後、上州製麻株式会社とかいうのの社長として、何かの新聞でその名を見たぎり、今はどうして居るか更に消息を聞かない。

自分は不図《ふと》この男を想い浮べて、あんな男ではないかしらと思った。然《しか》し彼は大言壮語をするだけで別に気むずかしいという男ではなかった。何処《どこ》か快活で、ヒョウキンな所さえあった。尤《もっと》も、そんな性質はあてにならぬ事が多い。如何《いか》に快活な男でも度々の失敗に会えば気むずかしくもなる。陰気にもなる。きたない家の中で弱い妻へ当り散らして、幾らか憂《うれ》いをはらすと云うような人間にもなる。

この子の父はそんな人ではないだろうか。

女の人は古いながらも縮緬《ちりめん》の単衣《ひとえ》に御納戸色《おなんどいろ》*をした帯を〆《しめ》て居る。自分には、それらから、女の人の結婚以前や、その当時の華やかな姿を思い浮べる事が出来る。更にその後《ご》の苦労をさえ考える事が出来た。

汽車は小山《おやま》を過ぎ、小金井《こがねい》を過ぎ、石橋《いしばし》を過ぎて進んだ。窓の外は漸く暗くなって来た。

女の人が二枚端書を書き終った時、男の子が、

「母ァさん、しっこ」と云い出した。この客車には便所が附いていない。

「もう少し我慢出来ませんか?」母は当惑して訊いた。男の子は眉根を寄せてうなずく。

女の人は、男の子を抱くようにして、あたりを見廻したが別に考もない。

「もう少し、待ってネ?」と切《しき》りになだめるが、男の子は身体をゆすって、もらしそうだという。

間もなく汽車は雀の宮《すずめのみや》に着いたが、車掌に訊くと、その間《ま》はないからこの次になさい、という。この次は宇都宮で八分の停車をする。

宇都宮まで、どんなに母は困らされたろう。その内に眠って居た赤児も眼を覚した。母はそれへ乳首を含ませながら、只《ただ》、

「もう直《すぐ》ですよ」という言葉を繰り返して居た。この母は今の夫に、いじめられ尽して死ぬか、若《も》し生き残ったにしてもこの児に何時か殺されずには居まいと云うような考も起る。

やがて、ゴーウと音をたてて、汽車はプラットフォームに添うて停車場へ入った。未《ま》だ停《とま》らぬ内から、

「早くさ早くさ」と男の子は前こごみに下腹をおさえるようにしていう。

「さあ、行きましょう」母は膝の赤児を腰掛けに下《おろ》し、顔を寄せて、「柔順《おとな》しく待ってて頂戴よ」といい、更に自分に、「恐れ入ります、一寸《ちょっと》見てて頂きます」

「よう御座います」と自分は快く云った。

汽車は停った。自分は直ぐ扉《と》を開けた。男の子は下りた。

「君《きみ》ちゃん、柔順しくしてるんですよ」と其処を離れようとする背後《うしろ》から、手を延べて赤児は火のついたように泣き出した。

「困るわねえ」母は一寸ためらったが、包から、スルスルと細い、博多の子供帯を出すと、赤児の両の腋《わき》の下を通して、直ぐ背負おうとしたが、袂《たもと》から木綿のハンケチを出して自身の襟首《えりくび》へかけ、手早く結《ゆ》いつけおんぶ*にして、プラットフォームへ下り立った。自分も後《あと》から下りて、

「じゃあ、私《わたし》は此処で下りますから」といった。女の人は驚いたように、

「まあ、そうで御座いますか……」と云った。そして、

「色々、ありがとう御座いました」と女の人は叮嚀《ていねい》にお辞儀をした。

人ごみの中を並んで歩き出した時、

「恐れいりますが、どうかこの端書を」こういって懐から出そうとするが、博多の帯が胸で十文字になって居るので、却々出せない。女の人は一寸立ち止った。

「母ァさん、何してんの」と男の子が振りかえって叱言《こごと》らしく云った。

「一寸、待って……」女の人は頤《あご》を引いて、無理に胸をくつろげようとする。力を入れたので耳の根が、紅《あか》くなった。その時、自分は襟首のハンケチが背負う拍子《ひょうし》によれよれになって、一方の肩の所に挟《はさ》まって居るのを見たから、つい、黙ってそれを直そうとその肩へ手を触れた。女の人は驚いて顔を挙げた。

「ハンケチが、よれていますから……」こう云いながら自分は顔を赧《あか》らめた。

「恐れ入ります」女の人は自分がそれを直す間、ジッとして居た。

自分が黙って肩から手を引いた時に、女の人は「恐れ入ります」と繰り返した。

吾々《われわれ》は、プラットフォームで、名も聞かず、又聞かれもせずに、別れた。

自分は端書を持ったまま停車場の入口へ来た。其処に函《はこ》のポストが掛ってあった。

自分は端書を読んで見たいような気がした。又読んでも差支《さしつか》えないというような気もした。

自分は一寸迷ったが、函へよると、名宛《なあて》を上にして、一枚ずつそれを投げ入れた。入れると直ぐもう一度出して見たいというような気もした。何しろ、投げ込む時ちらりと見た名宛は共に東京で、一つは女、一つは男名であった。

ある一頁《ページ》

一

新し橋《あたらばし》*の小さな西洋料理屋を出ると直《す》ぐ、彼は妹や弟を還《かえ》して独り新橋の停車場《ていしゃじょう》*へ向った。褪《あせ》たような白っぽい夕方の空気の中を人々が忙《せわ》しそうに往《い》き来《き》する。彼の歩行も自《おの》ずと早くなった。

停車場では六時半の一二等の急行が出る間際《まぎわ》であった。改札口へ集った人々の中をくぐり脱《ぬ》けて彼は築地《つきじ》*へ面した表口へ出た。其処《そこ》で正木《まさき》に会った。二人は石段の上に立って話した。

急ぎ足で来る森下《もりした》の麦藁《むぎわら》帽子が眼に入る。間もなく武田《たけだ》も来た。

彼の乗る三等急行にはまだ小一時間もあった。四人は広告の電燈《でんとう》が強い光をなげている広場を新橋の方へ歩き出した。

「ベナール*だ」武田は白紙に巻いた紙筒を彼に渡した。

彼はそれを開けて見て、礼を云《い》って歩きながら又叮嚀《ていねい》に巻いた。投げられたバラを踏んで、書割の前に立った女役者の三色版の絵*である。

風はあったが、妙にムシ暑く、買い物に一寸《ちょっと》入った店から出た時には気味悪く彼の胸に汗が伝《つたわ》っていた。風に吹かれながら、四人は左側のペーヴ*を京橋の方へゆるく歩いた。並木の柳が風に動く。街燈の白熱瓦斯《ガス》*が柳の葉裏へ強く反射した。歩きながら彼は武田から正木の新しく作った小説の話を聴いた。

彼は書生に頼んで来た荷の事が気にかかるので、そろそろ引きかえして貰《もら》う事にした。尾張町《おわりちょう》の乗換場《のりかえば》*を暫《しばら》く行った所で四人は線路を越して、新橋へ向った。再び尾張町の四辻《よつつじ》へ来た時に彼は丁度電車*から降りる身長《せい》の高い田島を見つけた。田島は其処の雑誌屋で、彼への餞別《せんべつ》に「一幕物」という本*を買おうとする所だった。その事を聞いて、

「そんな事をされると益々《ますます》帰りにくくなるから……」と彼は辞退した。更に、

「こう皆《みんな》に送られちゃ、一寸、一週間位では帰れないネ」と云って笑った。

「そんな話が、もうあるの?」と田島が聞いた。

「今度はどういう理《わけ》だか、一人旅でも少しも寂しくないが、僕として珍しい事だ」彼は又こんな事を話しながら歩いた。

新橋には書生が時間表を貼《は》ったボールド*の下に柳行李《やなぎごうり》*を据《す》えて待って居た。切符を買って荷をあずけたが、書物と缶詰《かんづめ》とを多く入れた行李は彼一人の切符だけでは受取らなかった。手つづきを済ますと書生を還して、彼は四人と小荷物取扱所の前に立って話した。遠い所からの汽車が着いて、人垣の中を皇族の一行が通った。

間もなく切符を切り始めた。一番先の列車に乗り込む。彼は窓から顔を出して話した。

七時半に汽車は動き始めた。別れ際にいつ迄《まで》も見送られ、又見返しているのは彼には一種の苦痛であった。彼は四五間動いた所で首を引いて了《しま》った。

二

品川で彼は煙草《たばこ》を買った。煙を咽《のど》まで吸い込み得ない彼は只《ただ》ふかしながら武田からのベナールの絵をほぐして見た。周囲が変っている為《ため》か、いつものような心持では見《み》耽《ふ》けられなかった。彼は直ぐ又巻いて網棚《あみだな》の夏帽子の中に入れた。

汽車が新橋を離れると、客車の隅に居た高等学校生徒と、彼と、その他僅《わずか》の人を除いて大概の客は皆寝支度《ねじたく》にかかった。彼はこれを夜汽車に乗ったと云う観念に捕われてする所作だと解して居た。然《しか》し、暫くして、それは新しく乗って来る客へ対する用意であると心づいた。国府津《こうづ》へ来て、起きていた彼は果して半席人に譲らねばならなかった。

車中の人々は段々と眠って了った。彼と背中合せにいた、商用で大阪へ行くと云う六十近い油切った洋服の男と、十四年前《ぜん》に東京へ出て、浅草の常盤《ときわ》の料理人をして居たと云う三十四五の男だけが寝ながらカナリ晩《おそ》くまで大きい声で話して居た。洋服の男は自ら食道楽だと言うだけに、料理人の男に反って通《つう》を聴かせていた。その内、話は「吉原*」の事に移って、「兎《と》に角《かく》、こいつばかりは一と通りやって了わないと人間が落ちつきませんよ」と洋服を着た方が云った。この言葉だけが彼の耳に特別に残った。

並んでいた男が静岡で降りて、それから彼も少し眠る事が出来た。

名古屋を出る頃に夜《よ》は漸《ようや》く明けて来た。汽車の進むにつれて名古屋の市《まち》は遠くなった。城だけが明けきらぬ田の面《も》の彼方《むこう》に灰色に薄く残って居た。

この時分から彼は腹が妙になって来た。顔を洗って便所へ行ったが下痢はしなかった。

朝の気持のいい風に頭を吹かせて彼は暫く窓外の景色に見入っていたが、又腹が妙になって便所に通う。それでも八時頃、人のすいた食堂車へ行って朝めしを食った。

九時丁度に汽車は京都七条の停車場*へはいった。

荒神橋《こうじんばし》*と命じて俥《くるま》に乗る。その頃から彼は急に寂しい、イヤな心持になって来た。彼は九月初旬の京都と云うものが余りに世帯《しょたい》染みた姿になっているのが、これまで晴着に着飾った春ばかりに来た自分にこんな心持をさせるのかも知れぬと考えた。

車夫は三町程曳《ひ》いて小さな共同便所の傍《わき》に二三挺《ちょう》梶棒《かじぼう》を並べた俥の溜《たま》り*へ来た時に不意に梶棒を下すと、その一人に二言三言何か云って、彼にこの俥に乗りかえて呉《く》れと申し出した。

「脚気《かっけ》で走れません」と云う。

今度の車夫は輪ッかを両耳のまわりに当てて、それから紐《ひも》で腭《あご》の下にしばる饅頭《まんじゅう》笠《がさ》*を忙《せわ》しく被《かぶ》って、梶棒を上げると勢よく曳き出した。足をイヤに挙げて走った。俥は狭い道を北に向って、右へ左へ、カタカタといやに冴《さ》えた軽い音を立てて進んだ。

ポストが黄色く塗ってあった。医、酒、画、――その家の職業がこう云う風に一字だけ軒燈に書いてあった。こんな事が事新しく、寝不足の疲れた頭に入って来る。

彼の心は何となく平衡を失って居た。彼は又ベナールの色着き絵をほぐして、それで心の調子を直そうとくわだてた。然し成功しなかった。賑《にぎや》かな通《とおり》に出た。彼は何気なく横町の突き当りを見ると章魚《たこ》薬師《やくし》*と書いた額があった。

右側の角に、大滝《おおたき》と浅葱《あさぎ》*に白く染めぬいたのれんを掛けた、大きな銭湯があった。

電車路に出て、俥は線路に添うてその繁華な町を真直ぐに北に走った。

左側に一間幅の三和土《たたき》*になった路地があって、その入口に「二階貸します」と書いた小さな札が下っているのを見た。路地口から見た中の様子が彼の好奇心をそそった。場所を忘れぬようにと思った時に神社があって、門に「下御霊神社《しもごりょうじんじゃ》」*と云う建て石があった。彼はこれを覚えにした。

御所の横から高等女学校の前を過ぎて、俥は右へ折れた。少し行くと左側に二階作りの長屋建で、六七軒、同じような家があった。その一つに貸家貸間と二行に書いた札が下って居た。

郵便局のある四辻を過ぎて彼は又一つ札を見つけた。

この地の大学を卒業した友から、彼は荒神橋東詰*の或家《あるうち》に紹介状を貰って来た。彼はその家《うち》の世話で何処《どこ》かきめる心算《つもり》で、着くと直ぐ其処へ向ったのである。然し通った所だけにもカナリの貸間札を見て、彼はいっそ自分勝手に歩いた方が好きな所が択《えら》べやしないか、と考えた。

俥は荒神橋にかかった。鴨川《かもがわ》*には雑草が茂っていた。半纏《はんてん》を着た若い男が布をさらしていた。

紹介状を貰った家《うち》の前を少し通り過して彼は俥を下りると、もと来た方へ引き還した。汗を拭《ふ》き拭き三四間後《うしろ》を今の車夫がついて来た。

晴れた日で四方の山々が美しい。前夜の雨に木《こ》の葉も屋根も綺麗《きれい》に洗われて居た。

西の橋詰の料理屋の桟橋で四十恰好《かっこう》の男が一尺二三寸の鯉《こい》を一尾ずつ箱の生洲《いけす》へ入れて居た。売手らしい男が天びん棒を突いて岸から何か云って居た。

三

彼は最後に見た札の家へ行った。

濃い海老茶色《えびちゃいろ》*の、細かい格子戸《こうしど》を開けると、奥へ細長く通った土間で、其処に痩《や》せた、顔色の悪い、頭の大きい、八つばかりのじんべえ*を着た男の子が遊んで居た。彼は「御免なさい」と云った。

直ぐ次の間から、乳首のきたなく地《じ》どった、大きな乳房を露《あらわ》した女が、襟頸《えりくび》にアセモの一ぱいに出来た赤児を抱いて中腰になって出て来た。

それを見ると彼はその儘《まま》引き還したいような気をしながら、矢張り、惰性的に部屋を見せて貰いたいと申し込んだ。女は階子《はしご》の登口から二階の亭主を呼んだ。痩せた身《せ》長《い》の高い男がこれも麻のじんべえさん一枚の姿で降りて来た。

部屋は往来に臨んで四畳半が二つ、奥に何畳かもう一つあった。其処では学生らしい男がノートを読んで居た。彼は蚤《のみ》の多そうな所だと思いながら階下《した》へ降りた。部屋の隅の、亭主の仕事場らしい所に金物のガラクタを入れた函《はこ》が置いてあった。

「貴方《あなた》の所が初めてですから、もう少し他《ほか》を見て来ます」彼はこういってこの家を出た。そとに「鍍金《めっき》その他金物細工」とした看板札が下って居た。

彼は郵便局の前を通ってその前に見た札の家《うち》に行って見た。貸本屋だ。六十近い意地の悪そうな男が薄い寝床の上に胡坐《あぐら》をかいて居た。彼は帽子を脱《と》って、

「貸すと云う部屋を見せて貰えますか」と云った。爺《じじい》は彼の顔をジロジロ見ながら、

「そんならネ」と余り叮嚀でない調子で云った。「三軒向うの藤田と云う家《うち》へ行って、貸本屋から来たと云って見せてお貰いなさい」

出て、少しもどると、「ふじ」だけを仮名で「田」を本字で書いた表札の家があった。

格子を開けると、細長い土間の狭苦しい所で洗物をして居た五十六七の身長《せい》の高い老女が、黙って立ち上った。彼は用向きを云った。老女は前掛で手を拭きながら、

「実はこの先の荒物屋さんから頼まれてますので、その方《かた》が来なされば、間《ま》*はないのですが、確に来なさるかどうかわからないから、兎に角貴方も御覧なすって下さい」

と云った。

頬のたっぷりと豊かにたるんだ工合《ぐあい》、目尻《めじり》に小皺《こじわ》のよった工合、頤《あご》の一方に大きなほくろがあって、それから二三本喉《のど》の方へ曲った毛の生えた工合、小さな前歯の少し

内に向いて居る工合、それら総《すべ》てから彼は何となく上品で親しみ易《やす》い感じを受けた。

老女は二階の表へ向いた一段低い四畳半が今の所、空いているのだと云った。裏向きに六畳の床の間つきのサッパリした部屋があった。老女は遠慮なくその部屋をぬけて、障子を開け放すと、

「此処《ここ》には今年工学士になられた方が居なさるの」と敷居の所に立って居る彼を顧みた。

机の上には厚い洋書が並んで居た。ラファエル前派＊の一人かと思われる色着きの印刷絵が白い額縁に入ってその上の壁に下っている。卒業記念らしい四つ切りの写真が鴨居《かもい》＊にのせてある。

「いい部屋だ！」と云った。

「此方《こちら》は近々《きんきん》お勤め先がお決定《きまり》なさるので、今日もその用事で大阪へ御出《おい》ででしたが、それが何時《いつ》からと判然《はっきり》せんから、貴方の方をお約束も出来んのです」と老女は云う。

「少し待てば空くの？」

「ええ、そりゃ空くには空きます。長い事いらして、自家《うち》の者も同様にしてだから、よくお話したら階下《した》へ来てて下さるかも知れませんが、階下は、娘の居間になってますから、私の一存だけでも決定《きめ》られんのです」老女は娘がこの春看護婦学校を卒業し

て今見習で大学病院へ行っている事を話した。

彼は是非この部屋が借りたいと云い出した。が、同時にそれを承知させるには甚《はなは》だ不利益な事も一緒に云わない訳に行かなかった。それは二ヶ月か三ヶ月で帰ると云う事である。彼はその事を云いながら貸すものにはこれは打撃だろうと思った。

「然し春になれば多分又来るのです、その間《あいだ》の部屋代は払います」と附け加えた。

その前、老女は彼に大学かと尋《き》いた。そうでないと云うと、何処かお勤め？　と尋いた。そうでもない、只京都に住おうと思って来たのだと云った。その時にも、兎も角も借り手としては望ましくない人間に相違ないと、彼自身思ったのである。然しこうも考えた。入るとから、彼は何となくこの老女が好きであった。その自分を老女もウロン*に思う事は出来ない筈《はず》である。

然し老女は迷うらしかった。

腹工合が又妙になって彼は便所を借りた。娘の部屋を通って行った。床の間に琴がたてかけてあった。

老女は長火鉢《ながひばち》の傍《わき》に坐《すわ》って、後の茶箪笥《ちゃだんす》から小さな茶道具を出しながら、

「荒物屋さんの方はハッキリとしたお頼みでもないのだから、今の内ならお断りしてもよろしいだろうネ」と老女は相談するように云う。

「そりゃいいと思うけど……」こういって彼は然し、まだ二軒目の家《いえ》だと思った。もう少し探せばもっと望ましい家が見つかるかも知れぬというような気がした。

「此処は二軒目の家《うち》だから、もう少し余所《よそ》を見て来ようかしら。然し二三時間したら、あったら断りに、無かったら虫はいいが又御頼みに屹度《きっと》来ます」

　こう云うとハッキリした事を云えずに居た老女は喜ぶように同意した。彼はこの家《いえ》を出た。

四

　又郵便局の四ッ角に来た。局の向う角が古本屋で、彼は何気なくその前に立った。彼の今、手にしているベナールと同じ仲間の三色版が下って居た。黄の勝ったボーッとした絵で口許《くちもと》のつり上った女が下目使いをして居る胸までの肖像があった。彼は常に嫌いなこの絵を見つめて、その時何か淡い慰藉《いしゃ》を受けたような気がした。それをまくって見た。獅子《しし》の傍《わき》に殉教者の跪《ひざま》ずいている絵があった。その下にも三四枚あった。いずれも選《よ》りに選って彼には興味のない絵であった。が、彼はそれから何となく慰められる自分の今の心を一寸《ちょっと》情なく思った。

　本屋の角を曲った。晴れ渡った十時過ぎの往来は乾き切って細かいほこりさえ立っていた。彼はブラリブラリと南へ向った。軒の低い陰気臭い家並《やなみ》が続いた。彼は不図《ふと》都ホテルの顧問をして居る男の、「西洋人は東京の怪しげな洋館の多い町をヒドク可厭《いや》がりましてネ、京都の町を歩くと初めて沁々《しみじみ》日本へ来たと云う心持がすると云いますよ」と云った言葉を思い出した。同時に調子づいてそれに同意していた自分の姿を憶《おも》い浮べて不快《いや》な気がした。

貸間の札を二つ見ながら彼は通り過ぎた。三度目に見つけたのは下駄《げた》屋で、藁縄《わらなわ》をかけた安下駄、安足駄の台が土間から、店先から、奥まで一ぱいに積んである家《いえ》だった。

彼は大きな乳をぶらんと下げた、色の黒い女に案内されて、暗い段々から二階へ登って見た。彼はすすけた天井《てんじょう》から直ぐ陰気な重苦しい感じを烈《はげ》しく受けた。四間《ま》あってその一つの薄暗い隅に軍用鞄《かばん》が置いてあった。此処は借手がいるのだと女が云う。彼はその時何という事なしに日本橋の宇《う》の丸《まる》と云うすし屋の二階を憶い出して居た。

「三十分も我慢が出来ない」こう思った。

戸外《そと》へ出ると、疲れた身体《からだ》と悲しい心持を堪《こら》えて彼は今来た路《みち》を引き還《かえ》した。老女の家の前へ来た時には彼は老女に何か思いきった我儘でも云ってやりたいような気になった。格子は内からさんがしてあった。トントンと軽く叩《たた》くと老女が出て来た。

「奥の六畳がいけなければ四畳半でもいいから兎に角借ります」

彼はグッタリと直ぐ其処《そこ》に腰を下した。

老女は承知した。少時《しばらく》して二人は又二階に登って見た。

「このテーブルは前に居《お》られた、学生さんが置いて行かれたので、お使いなさってよろしいのです」

「今は自家《うち》のガラクタを入れときますが、明日《あした》にでも空けて上げます」老女は板戸のはまった戸棚《とだな》を開けて、こんな事も云う。

「食事の時は、下から御はんですよと呼びますから、茶の間で自家の者と一緒に食《あが》るのです」そんな事も話した。

「貴方のいらした事を届けなければなりませんかしら」

「何処へ？」

「巡査が時々調べに来るのですが、警察へですか？」

「つまり寄留届と云うのかしら？」

「何ですか……工学士さんも、名刺に何か書いて置きなすったから巡査の来た時渡したのです。貴方も名刺に何か御書きなされればよい」

「何を書くのかしら」

「そりゃ私も知りません」こう云って老女は笑った。

老女は又、工学士の人に四五日前、大学の中を案内された時の話をした。彼はこの部屋をどう作ったものかと云う事を考えながら、

「停車場《ていしゃじょう》から荷を取って来ようかな」と云った。

「では、一寸荒物屋さんへハッキリと断って参りましょう」こう云いながら老女は麻のこん絣《がすり》の前掛をその儘で横へ引いて帯へ挟《はさ》んだ。

彼は独り階下《した》の長火鉢のある部屋で疲れた身体を横坐りにして老女の帰りを待って居た。すだれを掛けた細かい格子一つで往来だったが、陽には大変遠いように思われた。木地《きじ》は大方濃い海老茶色に塗ってある。彼は洞穴《ほらあな》の奥からでも見るような心持で、ボンヤリと静かな日中の往来を眺めて居た。

カラカラと軽く格子が開《あ》いて、老女が帰って来た。

「機悪《おりあし》く又、丁度、こんな葉書が来てました」

こう云って老女はペンで走り書きにした葉書を彼に手渡した。彼には解《わか》り悪《にく》そうな字を読む元気はもうなかった。

「舞鶴《まいづる》の方《かた》ですと……明後日行くから頼んだ部屋はハッキリ決定《きめ》て下さいと云って来たのだそうです」老女は気の毒そうな顔をした。「暫《しばら》く宿屋か何処ぞで、待ってて下

されば、その内には今の工学士さんも大阪へ行かれますのだが」

「ハッキリ、何時《いつ》までとわかってればいいけど、曖昧《あいまい》で幾日も宿屋で待つのはいやだ」

「……長い事居られた方ですもの、何日《いつ》出て下さるかと聞かれもしないでしょう」と老女は少し不快《いや》な顔をした。

「だけれど、貴方の娘さんが部屋を貸しさえすれば其処へ工学士の人に移って貰《もら》って、二階の何処でもいいが、その一つに私が入れるじゃアありませんか」彼も何となく堪《こら》え性《しょう》がなくなって来た。老女は笑って二三度ゆるく首肯《うなず》きながら、

「ああ、そりゃ、そう」と云った。

「工学士の人は移って呉れるでしょう」

「大丈夫です」と又首肯いた。

「娘さんは部屋を貸すのを可厭《いや》だと云いますかしら」

「そうも云いますまい」老女は何となくイライラして来たのをなだめるように微笑しながら、「兎も角も、明日《あした》大学へ行って話して参りましょう」と云った。

彼は翌日二時か三時頃にその返事を聞きに来る事を約してこの家《いえ》を出た。

五

彼はブラブラと的《あて》もなく南へ向いていい加減に道を歩いた。彼は不知《いつか》、覚えにして置いた下御霊神社の前に出た。

一間幅で奥へ十間ばかりも三和土《たたき》の道がついて、突きあたりが大家《おおや》らしい家《うち》で、両側に三軒ずつ同じような、新しい高い二階建の家《いえ》が並んで居る。撒水に洗われた三和土の路《みち》が涼しげに見えた。そしてこのシムメトリカル*な家並が何となく彼の子供らしい好奇心をそそった。

左側のとっつきの家《うち》を尋ねると、

「貸間は御隣です」

青い顔の三十四五の女が、ガランとした部屋の真中に只《ただ》一人、彼方《むこう》向きに坐ったまま顔だけ此方《こっち》へ向けた。

その声で、却《かえ》って隣家の、顔も身体も悪くダダッ広い、これもひどく顔色の悪い女が格子から首を出した。

「貴方、お一人ですか……実は今朝借りたいと云う人が有って、手つけまで貰ってあるんですが、夫婦者で、少し腑《ふ》に落ちない事があるもんですからネ」と云う。

「何しろ見せて貰えますか？」

「どうぞ」と云って、女は案内した。

階下《した》の奥に矢張り間借をしているらしい海老茶色《えびちゃいろ》の袴《はかま》を穿《は》いた若い女が向うむきに机に凭《よ》って、背後《うしろ》から見られてるという感じから、ジッといやに身体を堅くして本を読んでいた。

取りはずしの直ぐに出来そうな急な階子《はしご》をミシミシと云わして二人は登った。三畳が二つあって、奥が六畳、その先に幅四尺に一間《けん》の物干がついていた。畳が家《いえ》と不相応に古ぼけていた。彼は毎日此処へ物を干されては堪《たま》らぬと考えた。其処へ、初めて尋ねた隣の女が来て、この家《うち》の女と何か話していたが、

「此方《こちら》の二階もこれと同じですが、畳はもっと綺麗《きれい》ですから、若《も》し何でしたら御覧なさい」と此処の女がいう。彼は老女を考えると、ダダッ広い女も青白い女も堪らなく不快に感じたけれど、若し老女の方がいけなくなった時の用意として見て置こうと思った。

青白い女は自分達は夫婦ぎりで亭主が胃病で大学病院に通っているという事、そして医者に一年の余もかかるといわれたので、田舎から出て、借家をしたが二階は全く使わないので貸す事にし、つい二三日前に造作を入れたばかりだ*という事を話した。

彼は胃病で毎日病院に通ってる男を想像して益々《ますます》気を滅入《めい》らした。

「それから宅では御食事は作りませんから他《ほか》から取って頂きます。魚庄《うおしょう》という仕出し屋がこの路地口にありますから、弁当を作るかどうか、一寸お帰りに寄って御らんなさいまし」

「兎《と》に角《かく》、亭主《やど》が帰りましたら聞いて見ますから、一時間程したら一寸御寄り下さいまし」尚《なお》、女は二つ三つ彼の事を問うた。然《しか》し彼は二ヶ月か三ヶ月で帰る事は云わなかった。

彼は此処を出ると、直ぐ外《そと》の仕出し屋へ寄って見た。

「御弁当ですか。作りますよ。一食、十銭からあります。十銭―十五銭―二十銭―三十銭―上なら幾らでも作りますよ」と元気のいい、然し意地の悪そうな、五十近い女がよくしゃべった。つけ足して、「十銭が一番下ですよ」と二三度確めた。

六

彼は殆《ほとん》ど的《あて》もなく横町を右へ折れ、左へ折れして歩いた。暫くして沢文《さわぶん》の前へ出た。彼は四五年前《ぜん》にこの宿屋の控宅《ひかえたく》に下宿して大学へ通っていた旧《ふる》い友達を訪ねて四五日一緒に遊び暮した日を憶い出した。控宅にはこの土地で出来る焼物などが並べてあった。彼は当時の自分を考えて居る内に、今の自分と云うものがサモサモ落魄《らくはく》して放浪でもしているような気になって来た。

丸善の前へ出た。入って見る気もなく、その儘《まま》通り過ぎた。その頃はもう午《ひる》に近かったが彼には全然《まるで》食慾《しょくよく》がなかった。

新京極《しんきょうごく》の中程に出て、左へ三条の方へ向った。仁輪加《にわか》*、活動写真、義太夫《ぎだゆう》、落語、福井、浮れ節*、こういう興行物が軒を連ねて居た。歌舞伎《かぶき》座という芝居小屋には河合、静間《しずま》という*名を書いた提灯《ちょうちん》が軒の絵看板の前に並んで下げられていた。看板には「無花果《いちじく》*」の狂言と玄冶店《げんやだな》*の絵とがあった。

彼は三条通へ出ると真直に東へ向って大橋《おおはし》へ来た。流れの上に桟敷《さじき》をかけた涼みの桟敷が沢山ある。直ぐ傍《わき》の或桟敷の階下座敷《したざしき》で男が三四人で碁を打っていた。

橋を渡って右へ折れて、芸者屋、料理屋、鳥屋の多い町に出た。日傘《ひがさ》をつぼめて美しくない芸者が鳥屋の短い水色ののれんをくぐった。俥《くるま》がガタガタと音を立てて往《い》き過ぎた。

四条大橋の橋詰の芝居小屋に越路太夫《こしじだゆう》、南部太夫*などと染めぬいた赤い旗が風にゆるく動いていた。彼はその路を左へ向った。この道も芸者屋町で、間々に骨董《こっとう》屋、菓子屋などが混っていた。都踊のある横町の少し手前の或菓子屋の軒に「二階貸します」と云う札が下って居た。彼は殆ど何の判断もなく麻ののれんをくぐって半間の三和土の路へ入った。店は隣の芸者屋と変りない。濃い海老茶色に塗った格子《こうし》がはまっていて、菓子はこの格子の内側に並べてあった。

「二階を見せて貰えますか」

じんべえを着た瘦《や》せこけた、いんごう*らしい爺《じじい》が入口に腰かけたまま、不愉快な眼で彼を見た。そして、低い声で、

「エー見せてもよう厶《ござ》いやす。十畳です。四円です」と続け様に云う。

店の奥に房々として髪の真白になった、品のいい、爺の母らしい老婆が暢気《のんき》らしく、チンと坐り込んで黙って彼の方を愛らしい眼で見ていた。

「登《あが》ってもいいの？」と云うと、

「さあさあ御らんなさい」と爺は何となく悪意のある調子で云った。

彼はホコリで白くなった下駄を脱いで、焼最中《やきもなか》の皮を入れた木鉢《きばち》の傍《わき》を通って薄暗い階子を登った。

登った所が小さな部屋で、往来へ面した方に六畳が一間あった。其処には芸者らしい二十四五の表情のない顔をした女が金火鉢の傍に独り物憂《ものう》そうに横坐りにして、三《しゃ》味《み》線《せん》の棹《さお》をいじっていた。女は博多の細帯をグルグル巻きにしていた。

裏へ向った十畳の間と云うのを彼は見た。畳が古くなって褐色《かっしょく》をしていた。それがふき掃除をよくするのか、悪光りがしていた。爪立《つまだ》てばとどきそうに低い天井で、只さえ広い部屋が一層ダダッ広く見えた。彼は直ぐこの家《いえ》を出た。

この路を行き尽くして右へ五条の方へ向った。彼は知らぬ横町を只、ブラブラと歩く内に、ある広い路に出た。左に八坂《やさか》神社*が見える。彼はその境内《けいだい》で疲れたからだを少し休まそうと思った。その時不図彼方《むこう》に知った顔を見た。今泉《いまいずみ》だ。四五年前《ぜん》の同級生で今、この地の法科大学*にいる男である。今泉は五十ばかりの太った女の人と話しながら、かなり近づいても彼を認めなかった。二間程の所へ来た時、

「失敬」と彼から声をかけた。

「やあ、君かあ」と云って今泉は外輪《そとわ》にゆっくりと踏んで来た足を止めた。

彼はそれから清水《きよみず》へ行く所だと云う二人について二町程その方向に歩いたが、彼の身体は云いようのない程に疲れて来た。眼は外側から何かに押えつけられるような心持がした。彼は今泉の色々と話しかける事に答えるのが堪らなくつらくなった。彼は鼻紙と鉛筆を出して今泉のいる番地を書いて貰って直ぐ別れた。

腹がグーッと鳴る。彼は傍《わき》にあった寺の境内へ入ると杉の影を作った石段の中頃まで登って腰を下した。彼は引っ込んだ眼の球を上から擦《さす》って見た。そしてその眼は少

し大きく開けると上まぶたが妙な所で二タ重になった。

七

それから、どう歩いたかは彼は忘れた。仕舞に或大きな神社の前へ来た。新らしく建てたものらしく、境内には木も草もなく、乾割《ひわ》れた赤土のかたまりが石の鳥居の傍《わき》にころがっていた。彼は少しも早く何処《どこ》かで休みたかった。食慾は少しもなかったが喉《のど》が乾いた。彼は神社を抜ければ河原の方へは近そうに思えたが、暫く其処で躊躇《ちゅうちょ》していると、其処へ九つばかりの女の子が二人来て、訊《き》くと抜けられますと云った。彼はカンカン輝《て》りつけられた御影《みかげ》の敷石の上を歩いた。眼がギラギラする。左手の新らしい額堂の中で病身らしい四十男が乳母車に乗せた三つ位の女の子を遊ばせて居た。土方らしい男が二三人その傍《わき》で地面へ半纏《はんてん》を敷いて昼寝をしていた。

神社を抜けて、低い土塀《どべい》の小路《こうじ》から、やがて河原へ出た。流れの早い小川を渡って、四条大橋の一つ下の細長い橋へかかろうという所に彼は幕を張った小さな氷水屋を見つけた。彼は疲れ切った旅で青い草原へころげ込む人の様にこの店へ入った。咽《のど》の干《ひ》着《つ》く程に渇いていた。下痢には悪いと思いながら、彼は、

「氷を呉《く》れないか」と云った。三十前後の女が、

「雪に致しますか、みぞれに致しますか」と云ったが、彼には解らなかった。

「何方《どっち》でもいい」

「そんならみぞれに致しましょう」女は赤い布《きれ》のたすきを掛けて、氷をかき出した。

直ぐ傍《わき》の流れで十五六人の男の子が裸で遊んでいた。小さい橋から飛び込んでは流されながら泳いで、半町程行った所で上って、還《かえ》って来る。

女は氷水を持って来た。

「深いの」と彼は一寸《ちょっと》流れへ顔を向けて訊いた。

「大人の腰位なもので厶います」

「あんなに飛び込んで、それでよく怪我《けが》をしないじゃないか」

「底にはガラスや瀬戸のかけが沢山あるのだそうですがネ、尤《もっと》も先日この向うのお煎《せん》餅《べい》屋の息子が額を切って大騒ぎを致しました」

話の間、小川の向うの演舞場という軒燈を出した家《いえ》から女の子の甲高《かんだか》い義太夫の声が聞えた。

男の児の声、音もなく水の面《おもて》を細かくあおりながら速く流れる小川へズボッズボッと子供が飛び込む音、義太夫のさわりを稽古《けいこ》する、疲れたような、然し甲高い声。

——赤毛布を敷いた縁台の上に倒れて、眼を閉《つぶ》ってボンヤリと聞いていると彼は今迄《いままで》に段々と重くなって行った心が幾らか軽くなったような気がした。

午後の陽に河原の石から陽炎《かげろう》が起《た》っている。

唄《うた》の声が止《や》むと、その二階の狭い縁に二十二三の女が現れて此方《こっち》を向いて手を叩《たた》いた。

「何を上げます?」と氷屋の女は立って、大きい声で訊いた。

「みぞれを二つ」と云って、その女は引込んだ。

彼は女の出る前に金を払って縁台を立った。細長い橋を渡りながら、彼は、「もう宿屋へ行こう」と考えた。前夜の汽車で被《かぶ》った細かい石炭がらや、油汗や、ホコリで身体《からだ》中が気持悪くベタベタした。彼は手を延して背筋を擦《さす》って見た。指の先に油汗とあかが着いた。そして今朝俥から見た大滝とした、銭湯を想《おも》い出したら、彼はその方へ足を向けずにはいられなかった。

湯屋の戸はガラガラと軽く開《あ》いた。しなびた老婆《ろうば》が番台に笑って居た。四畳敷程の湯壺《ゆつぼ》が二つと二畳敷位の礦泉《こうせん》が二つあった。彼は白湯《さゆ》の方へ入った。立って乳の直ぐ下まであった。水で頭を洗ってから彼は三和土《たたき》の庭へ出て滝をあびた。

出て、彼は暫《しばら》く裸のまま腰を下して扇を使って居た。気分も大変直って来た。

この家《いえ》を出ると彼は一度泊った事のある三条小橋の吉岡屋という宿屋へ向った。

帳場には痩せぎすな四十前後の主《あるじ》がいた。彼の入って来たのを黙って見ていたが、「御座敷が只今皆ふさがって居りますが……」と気の毒と云う心持を声の抑揚に含ませて云った。

「ウソにきまってる」こう思いながら彼は黙ってプイと出て了《しま》った。然し、荷もなければ、旅の者という風でもなく、本包みと洋傘《こうもり》と小さな紙筒とを持っただけの客がまだ日の高い時分にボンヤリと入って来たのだから彼等には変な客に相違ないと考えた。

彼は小橋の袂《たもと》に立って、何方《どっち》へ行ったものかと考えた。彼はもう一度下御霊神社の家《うち》へ行って、先刻《さっき》の返事でも聴いて来ようかしらと思った。彼にはその時自暴自棄に近い気分があった。それをすればもう今日という日に行く所もなくなるのだ。こう思って彼は丁度其処《そこ》に待ち合せていた北野行の電車に乗った。彼は、

「下御霊神社の前までだ」と云った。それが車掌には通じなかった。

「そんなら離宮があるだろう？　あの少し手前だ」と云って見た。未《ま》だ解《わか》らなかった。

「高等女学校を知ってるか？」といった。車掌は笑いながら、

「ええ知ってます」と云う。

「あの大分手前だ」彼はイライラして来た。

その時向い合っていた女が、

「じゃあ、御所の角の一つ此方《こちら》を切って上げたらいい」と車掌に注意した。

「寺町〇〇通ですか」こう云って車掌は其処へハサミを入れて彼に渡した。こんな事も何か眼に見えない物の悪意からだと云う風に彼には感ぜられた。

〇〇通で降りると少しもどって、彼は三和土の路地の、後で見た方の家《いえ》へ行って見た。


彼の姿を見ると、青白い顔の女は挨拶《あいさつ》もせずに不意と起《た》って奥の縁側で顔を洗って居た亭主らしい痩せこけた男の傍《そば》へ行って小声で何か云っていた。男は振向きもせず聞いていたが、少時《しばらく》して手拭《てぬぐい》を持ったまま起って来た。

そして所謂体《いわゆるてい》よく彼を断ったのである。彼はもう自らも醜いと思う不機嫌《ふきげん》な表情を隠しきれなかった。そして其処を出た時隣家の格子の所から先刻《せんこく》のダダッ広い顔の女が此方《こっち》を見ていたので、彼はつい「こちらはもう借手が決定《きま》ったそうですが、貴方《あなた》の方はどうですか」といって了った。云いながら彼はそれを悔いていたのだが間に合わなかった。

彼はその女にも断られると、堪《たま》らない程イライラして、丁度走って来た「東廻《ひがしまわ》り停《てい》車場《しゃじょう》行き」という電車に飛び乗った。彼は前年の春一度泊った事のある四条小橋を

下《さが》った所*の宿へ行くつもりだった。車掌が、

「何処ですか」というのに、

「よ条小橋」と云ったら、

「四条《しじょう》小橋ですか」と直ぐ云い直された。彼は何だかみんなが寄ってたかって乃公《おれ》を侮辱するのだと云う気がして来た。「この調子じゃあ婆さんの家《うち》だって駄目《だめ》に決定《きま》ってる」そう彼には思われて来た。彼は尚、幾ら好きでも断られたら自分の性質として悪意を持たずにはいそうもないと考えると、反《かえ》ってその事が恐ろしくなって来た。腹が時々グーッと鳴る。湯で幾らか直った身体も堪らなくだるくなった。

宿屋へ来た。黙って立っている間は客と思わぬ風だったが、

「三階が空《あ》いてるかしら？」と彼は前年泊った部屋を想い出していうと女中は叮嚀《ていねい》に、

「空いとります。どうぞお上り下さい」といった。

その部屋へ通った時、次の間に昼寝をしていた料理番らしい若者が狼狽《あわて》て起きて往《い》った。

八

彼はジッと坐って居られなかった。横になると、眼を閉《つぶ》って、数えるように深い呼

吸をした。腫《は》れた奥の歯ぐきが痛む。

茶を持って来た女に枕《まくら》を命じて、彼は便所に起った。烈《はげ》しく下痢した。

部屋には枕が来ていた。彼は千金丹《せんきんたん》*を七角《かく》ばかり白湯《さゆ》で飲むと又横になった。力のない頭で東京へ帰ろうかしらと思う。うつらうつらしている内に不知《いつか》、寝入って了った。

彼は男の声で眼を覚した。日が入って四方の景色が灰色がかっていた。河原の仁丹と縞《しま》モスリンの広告に電気がついていた。

宿帳をつけながら、彼は、

「去年もこの家《うち》へ来たぜ」と云った。

「ああ、左様ですか、何月頃で厶《ござ》いました?」

「四月だ」

「それじゃ、代《だい》が変って居ります」と云う。

又腹工合が妙になったが、男は宿帳を膝《ひざ》の上で弄《もてあそ》びながら愛想話で中々起たない。

彼は、

「一寸」といって起って了った。下痢は同じ事であった。

男はもう居なかった。彼は千金丹を又五つ六つ食って、低い窓に腰掛けて暮れて行く戸外《そと》の景色を眺めた。直ぐ下の高瀬川に添うて小さな電車が往き来する。どれも人が一杯だった。仁丹と縞モスリンの色電気が段々にあかるくなった。遠く朧《おぼろ》に清水《きよみず》の堂が見えた。

「お風呂《ふろ》をお召しなさいまし」ランプを持って来た女中がいった。

「お風呂は沢山だ」

「では直ぐ御飯を持って参りましょうか」

「どうでもいい」彼はこういったが間もなく女は膳《ぜん》を運んだ。彼は吸物とあらいに一寸箸《はし》をつけただけだった。

「御病気でムいますか」と人のよさそうな女は心配して尋ねた。

「少し工合が悪いけど、近所に御医者はあるかしら？」

「御座います。お隣にもお向うにも御座います。お隣のは外科ですからお向うのがよろしいでしょう。あすこへ氷屋の旗が見えます。あの路地です。内科で上手だと云う話です」

「呼んで貰《もら》えるかい？」

「直ぐでしたら、おいでの方がよろしいかも知れません」

「じゃあ、一寸案内して貰おうか」こう云うと女は笑いながら、

「お医者様は未《ま》だ独身ですから、今頃はもうお留守かも知れません。一寸伺って参りましょう」と云って膳を持って降りて行った。

彼は又低い窓に腰かけて「帰ろうかしら」と考えた。が直ぐ昨日《きのう》迄の東京の事が色々と頭に浮んだ。大学を中途でよして、二十七になって、未《い》だに定《き》った職業もない男に自家《うち》の人々が感じさせずには置かない心持――それを想うと、彼は迷わないわけには行かなかった。

「もうお出かけでした」笑いながら女中が入って来た。

「お隣の外科の方《かた》ではいけませんか」という。

「もうよろしい」

「それなら、お床を延べましょうか」

「あのね、晩の急行は何時《なんじ》かネ」

「上りでムいますか？」

「ああ」

「七時五十分です」

「まだ間に合うね」

「間には合いますが、今晩御立ちでムいますか」

「はっきりは決定《きめ》てないけど、兎《と》も角《かく》勘定書を作って来て貰おうか」

「左様ですか？　じゃあお俥《くるま》は？」

「俥も云って貰おう」

女は降りて行った。

彼は尚《なお》窓の手すりに凭《よ》りかかったまま、戸外《そと》を眺めた。帰ると決定《きま》ると、彼には何となく、もう少し居たいような気が起った。兎に角一泊だけして、考えてもいいと思う。それに二三ヶ月いると云って出た者が一泊もせずに帰るという事が如何《いか》にも奇抜で不快《いや》に思えた。彼は直ぐベルを押して、

「矢張り泊る事にしましたから」と女中にいった。

然し暫くして彼は又ベルを押した。

「俥はいいから、勘定だけ直ぐ持って来て呉れないか」と云う。

身体からも気分からも乱れ切った彼にはこういって、女中が去ると直ぐ又居たいような気が起るのである。然し居ると決定《きめ》れば直ぐ可厭《いや》になるのはよくわかっていた。彼は故意《わざ》と、居ると仮定して、そう云う気分を作って見た。狂言だから本気にはなれなかったが、それでも幾らかは帰りたくなった。

これでいよいよ彼も帰りと決定《きめ》た。

九

彼の財布にはその時東京までの切符を買うだけの金がなかった。彼は行李《こうり》の中の金を出さねばならなかった。停車場へ来ると前の茶屋へ休んで直ぐ若い者に真鍮《しんちゅう》の札を渡したが、若者は中々帰って来なかった。その間《あいだ》に彼は葉書を取り寄せて藤田という老女に書いた。発車迄にはもう二十分しかなかった。

「どうしても、わかりませんから御自分で一寸《ちょっと》御らんなすって下さい」と若者が還《かえ》って来た。

彼は疲れ切った身体を起して手荷物渡し所の何十となく行李のころがしてある所へ入って見た。荷札の割れてなくなったのに、それらしいのがあった。荷作りの時危《あぶな》かしいと思った角《かど》の糸が断《き》れてその透間から彼の膝掛が見えていた。受け取って来ると、もう十二三分しかなかった。彼は急いで若者の手伝いで行李から金と膝掛を出すと直ぐ切符を買って貰って又それを預けた。

彼はのどが渇いてかなわなかった。氷を入れたサイダーを飲む。どうせ帰るんだという気であった。

プラットフォームには多くの乗客がいた。間もなく汽車が着いた。彼は最後の客車へ乗り込んだ。神戸大阪からの客で一杯だったが、彼は若い騎兵士官と並んで腰を下す事が出来た。

弁当やビールを買う人で賑《にぎわ》った。席の取れなかった四五人の客が給仕に連れられて入って来た。狸寝入《たぬきねい》りの連中《れんじゅう》が起される。汽車は動き出した。「これで朝の九時には新橋へ入れるんだ」こう思うと彼は何だか急に嬉《うれ》しくなった。

彼の所からは右斜に大阪弁の商人らしい男が二人坐って居た。年をとった方がビールを開けようとして旅行用の小さなコロップ抜き*をこわしてから、若い方がナイフを出して色々に工夫したが開《あ》かなかった。遂《つい》に年をとった方がコロップを中へ押し込んで了った。その男は腰かけの下の土瓶《どびん》へ伏せた小さな茶碗《ちゃわん》を取り出して注《つ》いだ。泡ばかり出て少しも水の所が出ない。男はコルクのくずをホキ出しホキ出しその泡を飲んだ。その間《あいだ》に瓶からは又泡を吹き上げて来た。男は急いで又その泡を注いだ。若い方に勧めたが「沢山です」といって、真面目《まじめ》な顔をしてそれを見て居た。注ぐ。置く。泡が盛り上がる。あわてて又注ぐ。泡が少しずつ茶碗へ入る。この循環が何遍も根気よく繰り返された。遂に彼と並んで居た若い士官が失笑して了った。つられて彼も笑い出した。一度笑うと中々とまらなかった。商人も笑った。若い方の男も笑った。そしてその時初めて、彼は東京を出て一昼夜の間、遂に一度も笑わなかった事に心附いた。

彼は眠ろうとくわだてたが中々眠れなかった。頭がぼーっとして、肩が甚《ひど》く凝って、腿《もも》から、ふくらはぎのあたりが堪らなくけったる*かった。汽車は真暗い中をぐいぐいと進んだ。名古屋へ来て、大阪の商人らしい二人は降りた。豊橋へ来て並んでいた軍人が降りた。それから一時間程彼は少し身体を楽にして眠る事が出来たが、直ぐ又乗り込む人があって並んで了った。その後《ご》は二十分とまとまって眠れなかった。静岡あたりは非常に気分が悪かった。下痢した。悪寒《おかん》がする。吐き気を催す。彼はいよいよ本物になったと思った。冬の厚い膝掛に身体をくるんで窓へうつ伏《ぶ》しに凭《よ》りかかっていると、冷たい汗が胸を流れた。

沼津へ来て、夜が明けた。彼は顔を洗う元気もなく、窓を開けて、朝の風に頭を吹かせた。御殿場*へ来て朝日の差し込む頃には彼の気分も大分《だいぶ》直って来た。国府津へ来て、来た方に箱根の山を眺め、前に水平線の高い海を見たら彼の心は晴れ晴れとして来た。

藤沢へ来て、彼方《むこう》に砂山を見て、子供の時分毎年《まいねん》のように行った片瀬《かたせ》の水泳を憶《おも》い出した。

大船《おおふな》の乗換*で、鎌倉《かまくら》の叔父の家《いえ》の事を考えて、彼は「帰った」というような心持になった。

横浜からの景色も、彼は眼を離さず見て来た。

品川へ来て小さい舟から釣をしている人を見た。ボートでよく来た頃の事を想《おも》い出す。この辺まで来ると色々な記憶が限りなく頭に浮んで来た。

「何といっても東京は故郷だ。自分にとって東京より記憶の豊かな土地は一つもない」彼は今更にこんな事を思った。

九時丁度に汽車は新橋のプラットフォームに入った。彼は荷もその儘《まま》、膝かけと本包は携帯品を預る所へ頼んで空身《からみ》で俥に乗った。

彼はその日から五日床に就いた。

剃《かみ》刀《そり》

麻布六本木《あざぶろっぽんぎ》*の辰床《たつどこ》*の芳三郎《よしさぶろう》は風邪のため珍しく床へ就いた。それが丁度秋季皇霊祭*の前にかかっていたから兵隊の仕事に忙《せわ》しい盛りだった。彼は寝ながら一ト月前に追い出した源公《げんこう》と治太公《じたこう》が居たらと考えた。

芳三郎はその以前、年こそ一つ二つ上だったが、源公や治太公と共に此処《ここ》の小僧であったのを、前の主《あるじ》がその剃刀《かみそり》の腕前に惚《ほ》れ込んで一人娘に配し、自分は直《す》ぐ隠居して店を引き渡したのである。

内々《ないない》娘に気のあった源公は間もなく暇を取ったが、気のいい治太公は今までの「芳さん」を「親方」と呼び改めて前通りよく働いて居た。隠居した親父《おやじ》はそれから半年程して、母親は又半年程して死んでしまった。

剃刀を使う事にかけては芳三郎は実に名人だった。加之《しかも》、癇《かん》の強い男で*、撫《な》でて見て少しでもざらつけば毛を一本々々押し出すようにして剃《そ》らねば気が済まなかった。それで膚《はだ》を荒らすような事は決してない。客は芳三郎にあたって貰《もら》うと一日延びが、ちがうと云《い》った。そして彼は十年間、間違いにも客の顔に傷をつけた事がないというのを自慢にしていた。

出て行った源公はその後二年ばかりしてぶらりと還《かえ》って来た。芳三郎は以前朋輩《ほうばい》だった好誼《よしみ》からも詫《わび》を云って居る源公を又使わないわけに行かなかった。然《しか》し源公はその二年間にかなり悪くなっていた。仕事は兎角《とかく》怠ける。そして治太公を誘い出して、霞町《かすみちょう》＊あたりの兵隊相手の怪し気な女に狂い廻《まわ》る。仕舞には人のいい治太公を唆《そその》かして店の金まで掠《かす》めさす様な事をした。芳三郎は治太公を可哀想《かわいそう》に思って度々意見もして見た。然し店の金を持ち出す様になっては、どうする事も出来なかった。で、彼は一ト月程前、遂《つい》に二人を追い出して了《しま》ったのである。

今いるのは兼次郎《かねじろう》という二十歳《はたち》になる至って気力のない青白い顔の男と、錦公《きんこう》という十二三の、これは又頭が後前《うしろまえ》にヤケに長い子供とである。祭日前の稼ぎ時にこの二人ではさっぱり埒《らち》があかぬ。彼は熱で苦しい身を横《よこた》えながら床の中で一人苛々《いらいら》して居た。

昼に近づくにつれて客がたて込んで来た。けたたましい硝子戸《ガラスど》の開《あ》け閉《た》てや、錦公の引きずる歯のゆるんだ足駄《あしだ》の乾いたような響が鋭くなった神経にはピリピリ触る。

又硝子戸が開《あ》いた。

「竜土《りゅうど》＊の山田ですが、旦那《だんな》様が明日《あした》の晩から御旅行を遊ばすんですから、夕方までにこれを砥《と》いで置いて下さい。私が取りに来ます」女の声だ。

「今日はちっとたて込んで居るんですが、明日の朝のうちじゃいけませんか?」と兼次郎の声がする。

女は一寸《ちょっと》渋った様子だったが、

「じゃあ間違いなくね」こういって硝子戸を閉めたが、又直ぐ開けて、

「御面倒でも親方に御願いしますよ」という声がした。

「あの、親方は……」兼次郎がいう。それを遮《さえぎ》って、

「兼《かね》、やるぜ!」と芳三郎は寝床から怒鳴った。鋭かったが嗄《しゃが》れて居た。それには答えず、

「よろしゅう御座います」と兼次郎の云うのが聞える。女は硝子戸を閉めて去った様子だ。

「畜生」と芳三郎は小声に独言《ひとりごと》して夜着裏の紺で青く薄よごれた腕を出して、暫《しばら》く凝《じ》っと見詰めて居た。然し熱に疲れたからだは据《す》えられた置物のように重かった。彼はうっとりした眼で天井《てんじょう》のすすけた犬張子を眺めて居た。犬張子に蠅《はえ》が沢山とまって居た。

彼は聞くともなく店の話に耳を傾けた。兵隊が二三人、近所の小料理屋の品評から軍隊の飯の如何《いか》に不味《まず》いかなどを話し合って、然しこう涼しくなると、それも幾らか

は食べられて来たなど云って居るのが聞える。こんな話を聞いて居る内に、いくらかいい気分になって来た。暫くして彼は大儀そうに寝返りをした。

三畳の向うの勝手口から射《さ》し込む白っぽい曇った夕方の光の中に女房のお梅が赤ん坊を半纏《はんてん》おんぶ*にして夕餉《ゆうげ》の支度をして居る。彼は軽くなった気分を味いながらそれを見ていた。

「今の内やって置こう」彼はこう思って重いからだで蒲団《ふとん》の上へ起き直ったが、眩暈《めまい》がして暫くは枕《まくら》の上へ突伏して居た。

「はばかり？」と優しく云って、お梅は濡手《ぬれて》をだらりと前へ下げたまま入って来た。

芳三郎は否《いや》と云ったつもりだったが、声がまるで響かなかった。

お梅が夜着をはいだり、枕元の痰吐《たんはき》や薬壜《くすりびん》を片寄せたりするので、芳三郎は又、

「そうじゃない」と云った。が、声がかすれてお梅には聞きとれなかった。折角直りかけた気分が又苛々して来た。

「後《うしろ》から抱いてあげようか」お梅はいたわるようにして背後《うしろ》に廻った。

「皮砥《かわと》と山田さんからの剃刀を持って来な」芳三郎はぶつけるように云い放った。お梅は一寸黙っていたが、

「お前さん砥げるの？」

「……起きてるならかいまきでも掛けて居なくっちゃ仕様がないねえ」

「いいから持って来な」

「いいから持って来いと云うものを早く持って来ねえか」割に低い声では云ってるが、癇でピリピリして居る。お梅は知らん顔をして、かいまきを出し、床の上に胡坐《あぐら》をかいているのに後《うしろ》から羽織ってやった。芳三郎は片手を担《かつ》ぐようにしてかいまきの襟を摑《つか》むとぐいと剝《は》いで了った。


お梅は黙って半間《はんげん》の障子を開けると土間へ下りて皮砥と剃刀を取って来た。そして皮砥をかける所がなかったので枕元の柱に折釘《おれくぎ》をうってやった。


芳三郎はふだんでさえ気分の悪い時は旨《うま》く砥げないと云って居るのに、熱で手が震えて居たから、どうしても思うように砥げなかった。その苛々している様子を見兼ねて、お梅は、

「兼さんにさせればいいのに」と何遍も勧めて見たが、返事もしない。けれども遂に我慢が出来なくなった。十五分程して気も根《こん》も尽きはてたという様子で再び床へ横わると、直ぐうとうととして、いつか眠入《ねい》って了った。


剃刀は火とぼし頃、使の帰途《かえり》寄って見たという山田の女中が持って往《い》った。

お梅は粥《かゆ》を煮て置いた。それの冷えぬ内に食べさせたいと思ったが疲れ切って眠っ

ているものを起して又不機嫌《ふきげん》にするのもと考え、控えて居た。八時頃になった。余り遅れると薬までが順遅れになるからと無理にゆり起した。芳三郎もそれ程不機嫌でなく起き直って食事をした。そうして横になると直ぐ又眠入って了った。

十時少し前、芳三郎は薬で又おこされた。今は何を考えるともなくウトウトとしている。熱気《ねつけ》を持った鼻息が眼の下まで被《かぶ》っている夜着の襟に当って気持悪く顔にかかる。店の方も静まりかえっている。彼は力のない眼差《まなざ》しであたりを見廻した。柱には真黒な皮砥が静かに下《さが》って居る。薄暗いランプの光はイヤに赤黄色く濁って、部屋の隅で赤児《あかご》に添乳《そえぢ》をしているお梅の背中を照して居た。彼は部屋中が熱で苦しんで居るように感じた。

「親方——親方——」土間からの上り口で錦公のオズオズした声がする。

「ええ」芳三郎は夜着の襟に口を埋《うず》めたまま答えた。その籠《こも》ったような嗄声《しゃがれごえ》が聞えぬかして、

「親方——」と又云った。

「何だよ」今度ははっきりと鋭かった。

「山田さんから剃刀が又来ました」

「別のかい？」

「先刻《さっき》ンです。直ぐ使って見たが、余《あん》まり切れないが、明日《あした》の昼迄《まで》でいいから親方が一度使って見て寄越《よこ》して下さいって」

「お使いが居なさるのかい？」

「先刻《さっき》です」

「どう」と芳三郎は夜着の上に手を延ばして、錦公が四這《よつんば》いになって出す剃刀をケイスのまま受け取った。

「熱で手が震えるんだから、いっそ霞町の良川《よしかわ》さんに頼む方がよかないの？」

こう云ってお梅ははだかった胸を合せながら起きて来た。芳三郎は黙って手を延ばしてランプの芯《しん》を上げ、ケイスから抜き出して刃を打ちかえし打ちかえし見た。お梅は枕元に坐《すわ》って、そっと芳三郎の額に手を当てて見た。芳三郎は五月蠅《うるさ》そうに空いた手でそれを払い退《の》けた。

「錦公！」

「エイ」直ぐ夜着の裾《すそ》の所で返事をした。

「砥石を此処へ持って来い」

「エイ」

砥石の支度《したく》が出来た所で、芳三郎は起き上って、片膝《かたひざ》立てて砥ぎ始めた。十時がゆ

る く鳴る。

お梅は何を云ってもどうせ無駄《むだ》と思ったから静かに坐って見ていた。

暫く砥石で砥いだ後《あと》、今度は皮砥へかけた。室内のよどんだ空気がそのキュンキュンいう音で幾らか動き出したような気がした。芳三郎は震える手を堪《こら》え、調子をつけて砥いでいるが、どうしても気持よく行かぬ。その内先刻《さっき》お梅の仮《かり》に打った折釘が不意に抜けた。皮砥が飛んでクルクルと剃刀に巻きついた。

「あぶない！」と叫んでお梅は恐る恐る芳三郎の顔を見た。芳三郎の眉《まゆ》がぴりりと震えた。

芳三郎は皮砥をほぐして其処《そこ》へ投げ出すと、剃刀を持って立ち上り、寝衣《ねまき》一つで土間へ行こうとした。

「お前さんそりゃいけない、いけない……」

お梅は泣声を出して止めたが、諾《き》かない。芳三郎は黙って土間へ下りて了った。お梅もついて下りた。客は一人もなかった。錦公が一人ボンヤリ鏡の前の椅子《いす》に腰かけて居た。

「兼さんは？」とお梅が訊《き》いた。

「時子《ときこ》を張りに行きました」＊錦公は真面目《まじめ》な顔をしてこう答えた。

「まあそんな事を云って出て行ったの？」とお梅は笑い出した。然し芳三郎は依然嶮《けわ》しい顔をして居る。

時子と云うのは此処から五六軒先の軍隊用品雑貨という看板を出した家の妙な女である。女学生上りだとか云う。その店には始終、兵隊か書生か近所の若者かが一人や二人腰掛けて居ない事はない。

「もうお店を仕舞うんだからお帰りって」とお梅は錦公に命じた。

「まだ早いよ」芳三郎は無意味に反対した。お梅は黙って了った。

芳三郎は砥ぎ始めた。坐って居た時からは余程工合《ぐあい》がいい。

お梅は綿入れの半纏を取って来て、子供でもだますように云って、漸《よう》く手を通させ、やっと安心したというように上《あが》り框《がまち》に腰をかけて、一生懸命に砥いでいる芳三郎の顔を見て居た。錦公は窓の傍《わき》の客の腰掛で膝を抱くようにして毛もない脛《すね》を剃り上げたり剃り下したりして居た。

この時景気よく硝子戸を開けてせいの低い二十二三の若者が入って来た。新しい二タ子の*袷《あわせ》に三尺を前で結び、前鼻緒のヤケにつまった駒下駄《こまげた》を突掛けている。

「ザットでよござんすが、一つ大急ぎであたっておくんなさい」*こう云いながらいきなり鏡の前に立つと下唇《したくちびる》を嚙《か》んで頤《あご》を突出し、揃《そろ》えた指先で頻《しき》りにその辺を撫《な》でた。

若者はイキがった口のききようだが調子は田舎者であった。節くれ立った指や、黒い凸凹《でこぼこ》の多い顔から、昼は荒い労働についている者だという事が知られた。

「兼さんに早く」とお梅は眼も一緒に働かして命じた。

「おいらがやるよ」

「お前さんは今日は手が震えるから……」

「やるよ」と芳三郎は鋭くさえぎった。

「どうかしてるよ」とお梅は小声で云った。

「仕事着だ！」

「どうせ、あたるだけなら毛にもならないからその儘でおしなさい」お梅は半纏を脱がしたくなかった。

妙な顔をして二人を見較《みくら》べていた若者は、

「親方、病気ですか」と云って小さい凹《くぼ》んだ眼を媚《こ》びるようにショボショボさした。

「ええ、少し風邪をひいちゃって……」

「悪い風邪が流行《はや》るって云いますから、用心しないといけませんぜ」

「ありがとう」芳三郎は口だけの礼を云った。

芳三郎が白い布《きれ》を首へ掛けた時、若者は又「ザットでいいんですよ」といった。そして「少し急ぎますからネ」と附け加えて薄笑いをした。芳三郎は黙って腕の腹で、今砥いだ刃を和げて居た。

「十時半と、十一時半には行けるな」又こんな事をいう。何とか云って貰《もら》いたい。芳三郎には、男か女か分らないような声を出している小女郎屋のきたない女が直ぐ眼に浮んだ。で、この下司張《げすば》った*小男がこれから其処へ行くのだと思うと、胸のむかつくようなシーンが後から後から彼の衰弱した頭に浮んで来る。彼は冷《さ》め切った湯でシャボンをつけ、やけにゴシゴシ頤から頬のあたりを擦《こす》った。その間も若者は鏡にちらちらする自分の顔を見ようとする。芳三郎は思い切った毒舌でもあびせかけてやりたかった。

芳三郎は剃刀をもう一度キュンキュンやって先《ま》ず咽《のど》から剃り始めたが、どうも思うように切れぬ。手も震える。それに寝ていてはそれ程でもなかったが、起きてこう俯《うつ》向《む》くと直ぐ水洟《みずっぱな》が垂れて来る。時々剃る手を止めて拭《ふ》くけれども直ぐ又鼻の先がムズムズして来ては滴《したた》りそうに溜《たま》る。

奥で赤児の啼《な》く声がしたので、お梅は入って行った。

切れない剃刀で剃られながらも若者は平気な顔をして居る。痛くも痒《かゆ》くもないと云う風である。その無神経さが芳三郎には無闇《むやみ》と癪《しゃく》に触った。使いつけの切れる剃刀がないではなかったが彼はそれと更《か》えようとはしなかった。どうせ何でもかまうものかという気である。それでも彼は不知又《いつか》叮嚀《ていねい》になった。少しでもざらつけば、どうしても其処にこだわらずにはいられない。こだわればこだわる程癇癪が起って来る。からだも段々疲れて来た。気も疲れて来た。熱も大分出て来たようである。

　最初何のかの話しかけた若者は芳三郎の不機嫌に恐れて黙って了った。そして額を剃る時分には昼の烈《はげ》しい労働から来る疲労でうつらうつら仕始めた。錦公も窓に倚《よ》って居眠って居る。奥も赤児をだます声が止《や》んで、ひっそりとなった。夜は内も外も全く静まり返った。剃刀の音だけが聞える。

　苛々して怒りたかった気分は泣きたいような気分に変って今は身も気も全く疲れて来た。眼の中は熱で溶けそうにうるんでいる。

　咽から頬、頤、額などを剃った後、咽の柔かい部分がどうしてもうまく行かぬ。こだわり尽した彼はその部分を皮ごと削《そ》ぎ取りたいような気がした。肌理《きめ》の荒い一つ一つの毛穴に油が溜って居るような顔を見て居ると彼は真ン《し》からそんな気がしたのである。若者はいつか眠入《ねい》って了った。がくりと後へ首をもたせてたわいもなく口を開けて居る。不揃いな、よごれた歯が見える。

　疲れ切った芳三郎は居ても起《た》っても居られなかった。総《すべ》ての関節に毒でも注《さ》されたような心持がしている。何もかも投げ出してそのまま其処へ転げたいような気分になった。もうよそう！　こう彼は何遍思ったか知れない。然し惰性的に依然こだわって居た。

……刃がチョッとひっかかる。若者の咽がピクッと動いた。彼は頭の先から足の爪《つま》先《さき》まで何か早いものに通り抜けられたように感じた。で、その早いものは彼から総ての倦怠《けんたい》と疲労とを取って行って了った。

傷は五厘《りん》程もない。彼は只《ただ》それを見詰めて立った。薄く削がれた跡は最初乳白色をして居たが、ジッと淡い紅《くれない》がにじむと、見る見る血が盛り上って来た。彼は見詰めていた。血が黒ずんで球形に盛り上って来た。それが頂点に達した時に球《たま》は崩れてスイと一ト筋に流れた。この時彼には一種の荒々しい感情が起った。

嘗《かつ》て客の顔を傷つけた事のなかった芳三郎には、この感情が非常な強さで迫って来た。呼吸は段々忙《せわ》しくなる。彼の全身全心は全く傷に吸い込まれたように見えた。今はどうにもそれに打ち克《か》つ事が出来なくなった。……彼は剃刀を逆手《さかて》に持ちかえるといきなりぐいと咽をやった。刃がすっかり隠れる程に。若者は身悶《みもだ》えも仕なかった。

一寸間《あいだ》を置いて血が迸《ほとば》しる。若者の顔は見る見る土色に変った。

芳三郎は殆《ほとん》ど失神して倒れるように傍《かたわら》の椅子に腰を落した。総ての緊張は一時に緩み、同時に極度の疲労が還って来た。眼をねむってぐったりとして居る彼は死人の様に見えた。夜も死人の様に静まりかえった。総ての運動は停止した。総ての物は深い眠りに陥った。只独り鏡だけが三方から冷やかにこの光景を眺めて居た。

彼と六つ上の女

きまった僅《わずか》ばかりの小遣を受け取っている彼はその月の本屋への支払に困った。一銭の金も自力で得た経験のない彼はこういう場合、いつもそれを母から貰《もら》って居た。然《しか》し先月先々月と続いただけに、今度は親しい関係でも一寸云《ちょっとい》い出し難《にく》かった。

その日女と会って居る時、何かの端《はし》に彼は一寸この事を洩《もら》した。女は、

「いけませんねえ」と故意《わざ》と顔を顰《しか》めて見せたが、彼が「帰る」と云った時に、「本屋の御払は上げますから、帰途《かえり》に済ましていらっしゃい」と云った。

彼は断った。女は、

「お金で上げるから変ですけど、本で上げると思えばいいじゃありませんか」と云って自身の小さな紙入から十円札を一枚出すと、「財布は?」と手を出した。

女から金を貰う——この事が如何《いか》にも色男臭く、彼は変な気がした。襦袢《じゅばん》の襟を詰めて袖口《そでぐち》から、水浅葱《みずあさぎ》*の縮緬《ちりめん》をちらちら見せる芝居のつゝころばし*のような者が浮ぶと、彼は自分で自分が侮辱されたような気がした。が、同時に彼は彼の或《ある》心が一種の満足を感じて居る事も感じた。そして兎《と》も角《かく》その財布を懐《ふところ》にして女と別れたのである。

日本橋通りの本屋はもう店を閉めていた。彼は「返し」の品物に就て考えながら帰

って来た。

子供から蒐集癖《しゅうしゅうへき》のあった彼は若者に不似合な小さい古物《こぶつ》を持って居たが、その小さなコレクションから彼はアテーネ*の顔の着いたギリシャの古銭《こせん》と、玉藻《たまも》の前《まえ》*の象嵌《ぞうがん》になって居る女持の煙管《きせる》とを想《おも》い選び、その何方《どっち》かにしようと思った。古銭は漫遊中の友が送って呉《く》れた品で、彼はこの方を女にやりたかった。平打《ひらうち》*の簪《かんざし》にも、帯留の金具にもなると思う。然し友に済まぬとも考えた。煙管の方は旧藩主の女隠居が亡《な》くなった時、遺物《かたみ》として彼の祖母が受け取った品であった。

自家《うち》では丁度電燈《でんとう》の下で皆《みんな》が食卓を囲んだ所だった。然し半端《はんぱ》な時間に物を食った彼には全く食慾《しょくよく》が無かった。それでも彼は一杯を漸《ようや》くつめ込むと直《す》ぐ二階の書斎へ入って行った。

手探りで電燈を点《つ》け、一廻り部屋の中を見廻すと、彼は書架の上のニッケル縁《ぶち》の手鏡を取り上げた。――せまった眉《まゆ》、こけた頰、けわしい眼、光沢のない皮膚、彼はこう云う顔を見た。彼が鏡を見る事は外へ出る時、或いは外から帰った時の殆《ほとん》ど癖であった。それは、どうかすると我ながら自分の顔を美しく思う事があるからである。然し今その醜い顔を見ると、一寸不快《いや》な気に被《おお》われながらいやがらせを喜ぶような多少荒《すさ》んだ気分にもなって尚《なお》じっとそれを見詰て居た。

涙を溜《た》めて、「今、そんな事を云っちゃ厭《いや》だ！　今、そんな事を云っちゃ厭だ！」と真正面に女の顔を見て、首を振って居る酔った若者の姿を想い浮べて、それがこの自分だと思った時に彼は不意に背後《うしろ》から突きのめされたような気がした。

初めて識《し》った時、直ぐこの女は how to play a love scene と云う事をよく識った女だと彼は思った。この事は当時の彼には或満足を与えた。子供から小説や戯曲に毒されて居た彼はその二三年前、或処女と恋し合いながら、その若い女が余りに how to play a love scene と云う事を識らなかった所に何時《いつ》も不満を感じさせられて居たからであった。

彼と女は互に冷い心を潜ませ、熱した恋の形に耽《ふけ》って居た。

けれどもそう云う関係は二タ月と続かなかった。彼にはそれだけでは満足出来ない気持が起って来た。理由の解《わか》らぬ不安を感じ、いわれもない嫉妬《しっと》に苦しめられるようになった。

冬の或寒い夜の事であった。用もない女客が何人か女の所へ集った。そして色々の話が出た。

自身の出て居る銀行の金を盗み出して放蕩《ほうとう》を始めた中年の男が直ぐ気がふれ、巡査の顔さえ見ると口穢《くちぎたな》く罵《ののし》って、間もなく捕えられたと云う話を一人がした。

話題はこれから気違いの事に移って行った。

五六歳の気違い娘を持った女髪結がその子の為《ため》に段々顧客《とくい》を失って行く、それでも傍《そば》を離せず、何処《どこ》へでも連れて行って、尚その顧客が減じたという話をした女があった。

待合に使われて永く着実に働いて居た二十五歳の女が不図《ふと》色情狂になり、当時近所の寄席《よせ》へ出て居た女芸人に夢中になって、日髪日風呂《ひがみひぶろ》＊で丼《どんぶり》に煮豆を入れて毎晩その楽屋へ通ったと云うような話も出た。

最後に女が自分より二つ年下の男を何年か前京都の船岡山《ふなおかやま》＊の瘋癲《ふうてん》病院＊へ連れて行った時の話をした。誰の云う事も聞かぬ気違いが女の云う事だけをよく聞いたと云うのだ。彼は聞きながら何か胸に重い物を感じた。女は巧みに二人の関係を避けながら話して行く。それ故《ゆえ》、人々には何の耳立つ事もなかった。只幼馴染《ただおさななじみ》か従姉弟《いとこ》＊同士の関係のようにそれは聞きなされた。然し彼は皆《みんな》のように耳から来る事だけを聞いては居れなかった。その裏にどうかして二人の関係を聞き出そうとする強い嫉妬が動いて居た。胸の物は益々《ますます》重くなって行く。しかも、女がもう自分の心理を見抜いていると思うと、自分と云うものが余りに小さく、価値の無い者のような気がして彼は腹立たしい気分にさえなった。

然し話の終った時、彼は何気ない風を装うて、

「で、今はどうしてるの？」と訊《き》いて見た。

「知りません」女は何気なく答えた。彼は急に何か知れぬ寂しさに襲われた。

二人だけになった時、女は突然、

「貴方《あなた》は私に惚《ほ》れましたよ」と云って笑い出した。

彼は首肯《うなず》かないわけに行かなかった。「だから云わない事じゃない」こう云うように女は只彼の眼を睨《にら》んで居た。それは会い初めに「本気で惚れるのは厭ですよ、私も惚れませんから」と云った事があるからで、その時彼は、そう云って置いて直ぐ夢中にさして見せると云う女の前触れともとっていた。が、後に女の過去を知ると自分のような若い男を夢中にさせる——そんな事はこの女にとって最早《もはや》何の興味もない、又必要もない、「無益の殺生《せっしょう》」であると云う事を彼は知った。

彼は暫《しばら》くして、若《も》し何年かして自分の事を尋《き》く人があったら、お前は矢張り「知りません」と平気な顔をして答える人だと云った。

「本統は知って居るんです」と云って女は微笑した。彼は黙るより他《ほか》なかった。

「奥さんもお子さんも出来て、今は長崎にいらっしゃいます」

然し女に対する彼のこうした気持はその後幾月かする内に段々と醒《さ》めて行った。そ

して不知旧《いつかもと》の関係に還《かえ》って居た。それが何時か知らぬ間に還って居た事を彼は不思議に思った。が、或時、女と別れねばならぬ時が来ると、又急に女に執着しそうな気もされるのであった。

彼は戸棚《とだな》の用箪笥《ようだんす》から、抽斗《ひきだし》を一つ抽《ぬ》いて来た。彼の小さいコレクションの一部である。彼はその中からギリシャの古銭と、煙管を入れた古びた桐《きり》の函《はこ》とを取り出した。煙管は女持でも昔物で今の男持よりも太く、がっしりとした拵《こしら》えだった。吸口の方に玉藻の前が檜扇《ひおうぎ》*を翳《かざ》して居る所が象嵌になって居る。緋《ひ》の袴《はかま》が銅で入って居る。雁首《がんくび》の方は金《きん》で入った九尾《び》の狐《きつね》*が尾をなびかせて赤銅《しゃくどう》の黒雲に乗って空を翔《か》けて居る有様である。彼はその鮮かな細工に暫く見惚《みと》れて居た。そして、身長《せい》の高い、眼の大きい、鼻の高い、美しいと云うより総《すべ》てがリッチ*な容貌《ようぼう》をした女には如何にもこれが似合いそうに思った。

濁った頭

(自分はいつも余り物を云《い》わない津田《つだ》君の今晩の調子に驚かされた。そして二年間も癲狂院《てんきょういん》*で絶えず襲われて居たと云うこの人の恐ろしい夢をそのこけた頬や、うるんだ落着《おちつき》のない眼から想像して、済まぬながら、一種の好奇心も持ったけれど、未《ま》だ常人《じょうじん》とは行かぬ人を興奮させる恐れから、なるべく、その話から遠退《とおの》こうとした。然《しか》し津田君は単刀直入*に聞いて呉《く》れと云って語り出した。)

一

私《わたし》も弱い人間です、もうこんな体になったら、そんな事はどうでもよさそうなものですが、それでも矢張り自分を何かの意味でジャスティファイ*仕ようと云う気はあります。この儘《まま》衰えて死ぬにした所で、親類や友達や、殊《こと》に自家《うち》の者等《など》の見ている私で終って了《しま》うんじゃ、浮びきれません。

或《ある》時代、私も小説家になろうと思った事があって、二ツ三ツつまらぬ物を書いた事がありますから、自分の事も小説のように書いて見たいとは思うんです、然し駄目《だめ》です。迚《とて》もそんな根気はありません。貴方《あなた》のような方に聴いて戴《いただ》けるというのが今は望み得る最上です。

貴方のような清浄な人——妙な形容ですが私のような人間からはそうきり云えません——清浄な貴方が私のような人間に親しくして下さるのは私にどれだけ嬉《うれ》しい事かお解《わか》りになりますか。貴方のこの宿屋へ来られた翌晩の事は貴方もよく知っていられる筈《はず》です。あんな醜態を演じた私を赦《ゆる》して下さった貴方に自分の事を御話しするのはどんな喜びかお解りになりますか。

(津田君の云う「貴方のこの宿に来られた翌晩の事」と云うのは最後に附記として簡単に書く。)

私は十七歳の時から丁度七年間温順な基督《キリスト》信徒だったのです。盗む勿《なか》れ、殺す勿れ、いつわりのあかしをたつる勿れ*。こう云う種々《いろいろ》の禁制がありますが、平和な家庭に育った私の身には、こういう掟《おきて》の大概のものは殆《ほとん》ど何の矛盾も起しませんでした。然し只《ただ》一つ姦淫《かんいん》する勿れ、この掟だけにはいつもいつも私の暢気《のんき》な心も苦しめられました。

基督教に接する迄《まで》は私は精神的にも肉体的にも延び延びとした子供でした。運動事が好きで、ベイスボール、テニス、ボート、機械体操、ラックロース、何でも仕ました。水泳では鎌倉《かまくら》と江の島の間を泳いだ事もあります。学校の放課後も雨さえ降らなければ夕方迄は屹度《きっと》運動場《うんどうば》で何かして居ました。

この時分は誰も延びる盛りですから年々夏になると単衣《ひとえ》は皆あげを下さねば着られないので、母が笑いながらよく愚痴をこぼしたものです。然し学問の方はそれだけに怠けて居ました。夕方帰って来ると腹が空ききって居ますから、六杯でも七杯でも食う。で、部屋に入ればもう何をする元気もない、型ばかりに机には向っても直《す》ぐ眠って了うと云う有様です。これが当時の日々《にちにち》の生活でした。

それが基督教に接して以来、全《まる》で変って了いました。

基督教を信ずるようになった動機と云えば、極く簡単です。自家《うち》の書生の一人が大挙伝道*という運動のあった時に洗礼を受けたからで、これが動機の総《すべ》てでしたろう。然しそれからの私の日常生活は変って来ました。運動事は総てやめて了いました。大した理由もありませんが、そういう事が如何《いか》にも無意味に思われて来たのと、一方にはみんなと云うものと、自分を区別したいような気分も起って来たからです。

私の往《い》って居た学校は一体に暢気な気風の所でしたが、それでも本郷通を歩いている高等学校*生徒のきたない風姿《みなり》を羨《うらや》む一団があって、興風会というものを起した事がありました。私も入れられる事になって最初の会へ出て見ましたが、その時の決議がこうです。髪の毛を分けてはならぬ。何分*以上、カラーを出してはならぬ。学校の往復にはなるべく俥《くるま》に乗らぬ事。こう云った事です。私はその晩幹事という男に会って退会させて貰《もら》うといったのです。校風改良というような事も、今日の決議のような、総て外側から改革して行く求心的の改良法で出来る筈のものではなく、中心に何ものかを注《そそ》ぎ込んでそれから自然遠心的に改革されるべきものだ。これは或人の社会改良策の演説中にあった句ですが私はそれをいって、遂《つい》に脱会して了ったのです。得意でした。これは今まで味《あじわ》った事のない誇でした。当時宗教によって慰安されなければならぬようないたでも何もない私にはこれが宗教から与えられる唯一《ゆいいつ》のありがたい物だったのです。皆《みんな》の仕ている事が益々馬鹿《ますますばかげ》て見える。私は学校が済むと直ぐ帰って、色々な本を見るようになりました。伝記、説教集、詩集、こんなものをかなり読みました。以前も読書癖のないと云う方ではなかったのですが、それは皆《みんな》小説類で、真面目《まじめ》な本は嫌いだったのです。暫《しばら》くはそれでよかったのです。然し間もなく苦痛が起って来ました。性慾《せいよく》の圧迫です。

何しろいい身体《からだ》をして、食う物と云えば肉類その他総てそう云う慾望の燃料のような物ですし、しかも運動事を廃して毎日一室に凝《じっ》としているのですもの。初めの一年程はそれでも小説類を全廃して居たからまだよかったのですが二年目程からは又それに読み耽《ふけ》るようになりました。

当時同じ教会へ行っていた文科大学*の学生で、その時分から小説や戯曲を公《おおやけ》にしていた人ですが、それから私は色々、外国の新しい文学の話を聞いて新しい小説を読むのを覚えたのです。随分肉感的な事を書いた本も読みましたが、それが私の宗教と大した矛盾も起さなかったと云うのは、その人からそういう作家の伝記とか批評とかを聞かされて、一途《いちず》に尊敬を払っていたからで、どんな事が書いてあっても、私はそれに立派な意味をつけて読んで居ました。けれども、幾ら意味をつけても私がそれから受ける刺戟《しげき》に変りはありません。寧《むし》ろ強い位です。

一方にはそう云う刺戟を受け、他方には肉食から来る同じ刺戟を受け、尚《なお》肉体を使う運動事はやめて了い、しかも、考としてはそれを全然否定しないでは居られない私と云うものは、何の事はないうつつ攻め、、、*の拷問《ごうもん》にあって居るようなものでした。行く所はどうしても独りでする恥かしい行《おこない》です。この為《ため》にはどれだけ苦しんだでしょう。ナイフを腿《もも》へ突きたてようとした事もありました。マッチを擦《す》って腿へのせた事も二三度ではありませんでした。

然し当時の私は宗教上の問題などには全く自信のない人間だったのです。何しろ遊び事以外、小説を読む位で、何の得意もない身で、そう云う大きな問題をかれこれ云う資格は全然《まるで》ないと信じ切っていた時分ですから、只々教会で教えられる事をその儘に信じて、何でもかでも自分自身を、それへ嵌込《はめこ》んで行こうと努力したのです。然し性慾の事ばかりはどうにも自由になりませんでした。

仕舞には自分は特別に強い肉慾を持って生れた不具の人間ではないのかしらと思っても見ました。と云って、だから仕方がないとは当時の私の頭には決して浮ばない考だったのです。

教会の牧師さんは実にいい人でした。六十を少し越した、せいの低い、猪首《いくび》*の丸々と肥《ふと》った人です。表情には乏しい人ですが、声は割に大きくて時々澄して冗談など云う、極く穏かな人でした。

私はこの牧師さんの下《もと》に、従順な、然しなまぬるい信仰でずるずると四五年間は毎日曜の説教会に出席して居ました。その間《あいだ》絶えず今云った矛盾はあったのですが、積極的に思い切った解釈を加える事も遂に出来なかったのです。

二

只こんな事がありました。

或日、牧師さんが、姦淫の罪悪だと云う事を本統に強く云い出したのは基督教だけだと云って、姦淫罪は殺人罪と同程度に重いものだと切《しき》りに説いた事がありました。それはいやしい行《おこない》をやめられない私には、「お前は人殺しの罪人だぞ」といわれてる事になるのです。私は自分のいやしい行を罪悪だとは思いますが、殺人罪と同程度のものだとはどうしても考えられなかったのです。吾々《われわれ》の様ないい身体をした青年を集めて平気でそういう事を説かれる牧師さんを恨みました。現在姦淫罪を犯す要のない、奥様のある牧師さんを恨みました。年の若い美しい奥様は天使だ。この天使によって牧師さんは殺人罪に等しい罪悪から僅《わずか》に救われているのじゃないか？　全体姦淫とは何だ？

性慾を満足させる同じような行で、姦淫になる場合と、ならぬ場合と其処《そこ》にはどれ程の堺《さかい》があるのだ？　詮《せん》ずれば結婚という形式以外、何にもありはしないではないか。こんな事を思って二三日して私はこの問題を「関子《せきこ》と真造《しんぞう》」という小説に作りました。

これらは当時、教《おしえ》に対する出来得るかぎりの反抗だったのです。

その筋は、関子と真造という従姉弟《いとこ》同志が関子の継母にその間を疑われる事によって仕舞には事実そうなって行くと云うので、関子の父は軍人で、男女の関係には、非常に厳格な考を持った所謂《いわゆる》道徳家で、その以前五つになる真造が泊りに来た時に七つになる関子と一緒に寝させる事にすら叱言《こごと》を云ったと云う人なのです。

この道徳家は都合三度妻を持ったが、何《いず》れも両親のお眼鏡に従ったので、第一の妻は母との折合が悪い為に別れろと云われて出してしまい、第二の妻――これが関子の生母ですが、体質が弱く貧血から肺病になって死に、第三番目に今の人が来た。これは非常に身体のいい強い情慾を持った女で、関子の父は初めて好配偶を得た理《わけ》です。

関子の生母の貧血と云うような事もつまりは夫の強い情慾の犠牲になったと云う心算《つもり》でそうしたのですが、こういう夫婦間の関係はどういう場合も罪悪にはならず、結婚の式を取っていない若い男女のそれはどれ程互に愛情を持っていても、罪悪――殺人罪に等しい罪悪になるというのは何故《なぜ》だろうと云うつもりなのです。道徳家たる父は或間その操《みさお》を自分のものにしていた、罪もない妻を、母の異議だけの理由で直《す》ぐに出してしまい、次の妻は殆ど自分の情慾の犠牲として殺しながら、尚男女間の事に清廉《せいれん》な道徳家であり、心から相愛《あいあい》するようになった若い二人の恋が未だ関係すらない内に既に猥《みだ》らな事として道徳家から迫害される。迫害されればされる程、尚二人は近よって来る、遂には反《かえ》って皆《みんな》の疑っていたような関係に事実なって行く。大体こういう事を書いたものです。

若《も》し今見たら下らない観念でしょうが、当時の私には我ながら気味の悪い謀叛《むほん》だったのです。

又こんな事もありました。

正月の事でした。或夕方から牧師さんの私宅に集る会がありまして、その会の例で、食事の前、順に三分以内の感話をやるのですが、私はそういう事は最も下手でしたから、会はいいが、それが苦労で気の進まぬ事がよくありました。この日も進まぬながら四時頃から家を出ました。

何にも云う事がありません、私は復習せずに試験場へ出る時のような一種寂しい気をしながら電車の中で何をいおうかと考え考え行きました。

風の吹く、気持の悪い日で、窓はすっかり閉めてあります。硝子《ガラス》を透《とお》す冬の夕日は車内を斜《はす》かいに仕切って射《さ》し込んでいる。日光の射す側《かわ》には無数のほこりの漂うのが見える。すると、その側の人達は皆《みんな》それを気にして、ハンケチか袖《そで》で口や鼻を被《おお》うています。私はそれに向きあった光の射さぬ方にいたのです。で、その時私は、ほこりが同じ密度で自分の眼や口や鼻のまわりに飛んでいる事を知っていて、それで全く気にならないのを面白《おもしろ》く思いました。見ると此方《こっち》側の人達は皆《みんな》平気でいる。更に向う側の連中を見ると、滑稽《こっけい》な位にほこりを気にしている。

どうせ、ほこりの中にいるなら、知らずに平気でいる人の方が、幾ら幸福か知れなならなくなった。あたりの物を見ることが出来るような日光をあびている人々は教に接した人で総て汚《けが》れた物を明かに見る事が出来る様になっていて、尚そう云う空気から出る事が出来ずに、口にハンケチを当てたり袖をあてたりして、吸うまいと焦せる、その如何にも余裕のない態度が、私には誠に賤《いや》しく見えた事を話して、それ位なら寧ろそれらを知らずに日かげにいる人の方が、幾ら気持がいいか知れない、とこう云いました。が、矢張り意気地がなかったのです。だから、吾々は、教を信ずると云いながら不信者と同じような生活をしているから不可《いけな》いので、例えばそれを見る眼が開《あ》いていながら、ほこりの満ちた電車にいるから不可いのだ。見えたらそんな場所からは直ぐ出てしまわなければならぬ筈である。こんな風に仕舞を誤魔化したのです。

帰途《かえり》或人が近寄って来て、君の感話は面白い例えだと思ったが、自分の考にすれば、仮令《たとえ》その人がその電車から出る事が出来ないにしても、ほこりの見える事、それが既に恵みだと僕は思う。なぜなら知っていれば、それだけでも、全《まる》で知らない人から見れば、遥《はるか》にほこりは吸わずに済むからね、と、こんな事を云いました。

そんな事を云ったらきりがないと思いました。一銭でも一厘《りん》でも徳をしたいと願うようなものだと思いました。

この時分は兎《と》も角《かく》、前に云った小説を書くとか、こんな感話をするとか、内にはかなり反抗的な考もきざしていたのですが、今思えば、それは飼犬が主人に尾を踏まれた時、ギャッと鳴いて顔をしかめる、その程度の反抗で、それ以上に主人に立ち向う勇気のないのは勿論《もちろん》、来い来いと手を出されれば心ならずも、尾を振り、腹を地にすって這《は》いよる、その位のものでしたろう。

三

当時、お夏《なつ》と云う母方の親類で私よりは四つ年上で、十八から二十五まで七年間或家《うち》へ嫁に行っていたのが、夫に死なれて、一人も子のない所から、再び実家へ帰って再縁の口を探している内、丁度私の家《うち》で人手の足らぬ時だったので、遊び旁々《かたがた》手伝に来ていると云った女が居ました。

器量のいいという女ではありませんでしたが、色の浅黒い、からだの大きい、肉づきのよい、血の気の多そうな、快活な女でした。二十六ですが、子を持った事のない為か、気の若々しい、又勝気な所もある女で、死んだ夫の意気地なしだった事を平気で人に話すような女でした。

私は一体この女を好みませんでした。けれども相応に教育もあって、殊に文学というような事も幾らかは解る方でしたから、嫌いながら、よく話はしました。

「清松《きよまつ》さんの書いた何かあるんでしょう？」と云った事があります。

「あるよ」

「見せて頂戴《ちょうだい》。何？ 小説ですか」

「小説だけど、きたなく書いてあるから迚《とて》も読めやしないよ。読んでやろうか？」

「読んで頂戴――何時《いつ》？」

「今晩でもいい」

「じゃ、用を仕舞ったら行きますよ」

　その晩、私は二階の書斎で「関子と真造」を出して待っていると、十時頃になって、お夏は上って来ました。「おそくなりました」と笑いながら寄って来て、机の横にペッタリと、何だか甘ったれるようなしなをして坐《すわ》ります。湯から上りたてで、上気した所へ薄く化粧したのが、私にはいつになく美しく見えました。

「余《あんま》り晩《おそ》いから、寝ようかと思ってたんだ」

「お気の毒様――未《ま》だ床が敷いてありませんネ。じゃア、直ぐおよれる*ようにしいといて上げましょう」

お夏は次の間の押入から私の夜具を出して其処へ敷いてくれました。

「さ、これでいいわ、どれ、原稿は」

こう云って今度は私と並んで坐ります。妙にはしゃいでいると思ったが、何となく美しく思ったその晩の事で、私もさしてそれを不快《いや》には思わなかったのです。

「綺麗《きれい》に書いてあるじゃ、ありませんか。これなら読めてよ」

「読めれば自分で読むといいや」私はその時、或危険が近づきつつあると云う漠然《ばくぜん》とした予感から故意《わざ》と、こう冷やかに云いました。

「いやですよ——読んで頂戴、私もこうして一緒に字を見ているから」それが如何《いか》にも若々しい調子です。

秋の事で私は、フランネルに*袷羽織《あわせばおり》をはおっていましたが、それを通して、血の気の多いお夏の、身体の温《あたたか》さを感ずるような気がしました。

「さ、読んで頂戴よ、——お白湯《さゆ》でも持って来ましょうか」

「いらない」と云いましたが、

「まあ、持って来て置きましょう」と間もなく湯呑《ゆのみ》に白湯をついで持って来ました。

私は読み初めました。

関子の継母と関子の学校の教員との会話から書き始めてあるので、事々しく云って相談をしかける継母を慰めて教員が切《しき》りに関子を弁護し、若い男と女とが親しくするのを一途に妙な関係でもあるように疑うのは悪かろうと云って、そうはたで疑ったりすると、反《かえ》って後《のち》には、そんな関係を生ずる事もあるものだからと云うような説を立てると、継母がそれに対し不平を起す事などがあって、第二にその晩真造――この子供は家《うち》が大阪で関子の家《うち》へ寄食して中学校へ通っているのですが、その日は日曜で昆《こん》虫《ちゅう》採集へ行った疲れで、ぐっすり寝込んでいるし、関子は翌日学校へ出さねばならぬ裁縫で夜なべをしている時、奥では妻が夫に教員との話の不平を散々並べて後、二人床に入ると云うような事が書いてあるのです。

当時の私の事にすれば、そう云う事を書いて一寸《ちょっと》平気では居悪《いにく》く、何とかそれに云い訳をしないと気が済まなかったのです。

「変な事が書いてあるけどネ」こう云って顧ると、今まではしゃいでいたのが大変真面目な顔をして、私の眼を見て黙って首肯《うなず》きました。

「こう云う事を書かないと、云いたい事が強くならないんだよ」私はそう断って、更に読み続けました。

――筋の大体は前にお話したようなものですが、お清といった関子の実母との関係を書いた部分に来て、

「……然《しか》しこの惨酷《ざんこく》なる道徳家も只《ただ》一ツ、妻に対して優しい時がある。それはどういう時かといえば、彼が肉慾に燃え切っている時である。彼は道徳家である。然しその妻に対しては人一倍烈《はげ》しい情慾を燃やすのである。彼が慾に燃えるのは時をかぎらぬ。それは直ぐ顔色に現われる。一種の力ある、恐ろしい容貌《ようぼう》になるのだ。その容貌をもって他《よそ》から帰って来る時にはお清は思わず身を震わしたのである。しかも彼女はこう云う時にのみ、優しい言葉を掛けられるのだ。夫の帰った時は彼女は例として、奥まった、夫の部屋に着更《きが》えを持って行くのだ……」

　こんな風に読んでいると、お夏は膝《ひざ》で私の方へ押して来ます。それは故意《わざ》とするというより自然そうなると云ったようです。私はお夏のはずませている息の音を明らかに聞いて、漠然と予《あらかじ》め感じていた事がいよいよ来たと思いました。然しどういうものか、私は別に驚きもしませんでした。が反って大胆に読む声を切ってお夏を顧みたのです。眼がうるんで、口を堅く結んで、鼻だけから烈しい呼吸をしています。豊かな胸は著しく波打っているのです。私は黙って再び原稿へ眼を還《かえ》しました。

「お清は初婚の女である。」――読む私の声も知らない間に変っていました。

「来た当時は、それをひどく恐ろしい事に考えた。然しそれも自分の我儘《わがまま》からで、何《ど》所《こ》の妻も始終こういう想《おもい》をしてるのであろうと断念して居た。妻は身仕舞もそこそこに夫の脱ぎ捨てた衣類を纏《まと》めて引き下がるのである。それまで、優しかった夫は急に邪見になるのが常であるから。」私自身も今は不思議な程に息がはずんで来ました。私は白湯を飲んで、

「夫は一体邪見な男である。然し肉慾をはたした後程《あと》邪見な事は又ないのである」二人は此処《ここ》で私は不意にお夏の肉のある腕に首を巻かれて、引き寄せられました。二人はその儘、横に倒れました。が、その瞬間、私はこんな事は初めての経験じゃないという事を、冷やかに、しかも妙に痛切に感じました。で、お夏のするが儘に私は体の抵抗もせずに接吻《せっぷん》したのです。

女との関係では嘗《か》つて、こうした事はなかったけれども、基督教に接する以前に男同士の恋で度々経験した事だったからでしょう。

私はその夜、遂《つい》に二十何年来の神秘を解きました。異った性。これはそれを識《し》らぬ若者には永遠の神秘です。私は遂にこの神秘を解きました。智慧《ちえ》の実を食いました。

その夜独りになってからの私の心持は今思っても実に変なものでした。大罪を犯したと云う苛責《かしゃく》の苦しみもありましたが、実はそれ以上に神秘を識ったと云う喜悦を感じていたのでした。然しその時分の私として、そんな事は到底意識的に考えられる事ではなかったのです。只々大変な罪を犯した、という後悔の念がその時の全心理を支

配しているもののように感じていたのです。

で、この行《おこない》の唯一《ゆいいつ》の逃げ道は、愛情に依《よ》って二人はそう云う事をしたのだという事です。それなら「関子と真造」に書いた自分の考から許さるべき行《おこない》になるけれども、自分がお夏を愛していたと考えるのは我ながら空々しいような気もするのです。然し少くともその晩はお夏を美しいと思い、或程度の愛情は有《も》っていたとも考えて見ました。

四

その晩は四時を聞いて漸《ようや》く眠りましたが、二時間程したら眼が覚めてしまいました。いつ、知らぬ間《ま》に書生が雨戸を開けて行って、朝日が部屋一ぱいに射し込んでいる。いつものような穏かな朝です。私は前夜の事が、恐ろしい一夜の夢で――とそう思いきらない内にもう、それを否定する考が湧《わ》いて来ますが、然しそれでも尚《なお》、うそというような心持もしないではありません。

が、思い切って起き上った時に、其処《そこ》に落ちていた束髪の櫛《くし》を見たら、前夜の有様をマザマザと眼の前に展《ひろ》げられるような堪えられない苦痛を感じたのです。櫛を机の抽斗《ひきだし》に仕舞って部屋を出ました。然しお夏が居るだろうと思う茶の間へは行く気になれないので直《す》ぐ庭へ出ました。藪庭《やぶにわ》と云う造りの、木の繁った千坪余りの庭は人に姿を見られたくない、こう云う場合は最もいい隠れ場所でした。未だ蟋蟀《こおろぎ》が鳴いています。私は黄色い桜の葉の散り敷いた中を歩きながら考えました。考えれば、どうしても前夜の事は矢張り罪だと云う気がしてなりません。何故《なぜ》なら私は前夜も今朝も、いつも必ずする祈りを仕ませんでした。それが口では何と理窟《りくつ》をつけようとも、自《みずか》らそれの罪だった事を認めている証拠ではあるまいか。

青桐《あおぎり》で百《も》舌《ず》がけたたましく啼《な》きました。私は全く一人秋の中に取り残されたような孤独を感じました。私は何を考えるともなし暫《しばら》く木立の中をぶらぶらと歩いた後《のち》、盆栽へかける水を入れた大きな瓶《かめ》の処《ところ》へ来ました。水は澄み切っています。小さな錦魚《きんぎょ》や緋《ひ》鯉《ごい》が私の影に驚いて底の方を忙《いそが》しく泳いでいます。ぼんやり瓶の縁へ手をついて中を見ていると、夏の初めに買って来た時、真黒かった錦魚で背中の方からまばらにはげて黄色くなりかけたのや、大概は赤くなって只腹の所だけが、僅《わずか》に黒く残ってるのなどがある。私は植木室《むろ》の棚《たな》から麩《ふ》を取って来て、入れてやりました。喜んで食います。私は今度は薔《ば》薇《ら》の挿し木を作った仕《し》立鉢《たてばち》を一つ一つ叮嚀《ていねい》に上げては蚯蚓《みみず》を取って、それを入れてやりました。一口には呑み込めませんから口へ入れては、はき出し、はき出しては又呑みして騒いでいます。

下駄《げた》の音がした。振り向かずに居ると、

「もう皆さん、お膳《ぜん》におつきですよ」と云う。お夏です。

お夏の顔には「先日は――」と云って会釈《えしゃく》する人の表す様な表情があります。私は急に遣瀬《やるせ》ない悔と怒《いかり》とを一時に感じました。その心持はお夏も直ぐ私の顔から読み取った様でした。さっさっと帰って行きます。すえ首をして、尻《しり》を左右に動かして小走りに急ぐ、その後姿を見ると私《わたし》はたまらなく醜く感じました。

茶の間へ来ると、母が直ぐ、

「どうしたんだろう、大変顔色が悪いよ」と云います。

と、給仕に坐っていたお夏が直ぐ引きとって、

「書き物で、夜明しをなすったんですって」と空々しくチラッと私の顔を見ました。

私は息のはずむ程腹が立った。「ああ、いやな女だ」もうつくづくそう思いました。が、矢張りその夜私は接吻を許したのです。翌晩も同じ事です。その又翌晩も。

こうなると、私のような自己のない、弱い、思い切って信ずる事も、思い切って反抗する事も、そうかといって、ぼんやりと平気でいる事も出来ない人間には、唯一の逃げ場は絶望的になる事より他《ほか》はありません。

総《すべ》ての力を尽し、力尽きて遂になると云うのが本統に絶望的な絶望でしょうが、私

にはそれだけに力を尽す気力も第一にありません。寧《むし》ろ、それを以《も》って申し訳とする絶望です。問題の解決とする絶望です。誇張です。宗教もない、道徳もない、社会もない、家庭もない。――今から思えば実に無意味な事です。その当時でも一方にはそんな気分を笑うような心持も、どうかすると出ては来ますが、私はそれを無理におさえて、緊張した、多少人工的な苛々《いらいら》した気分で、生活していました。然しそういう気分も止《や》む時なしに続ける事は到底出来ません。ややもすると錦魚の為に蚯蚓を探してやる時の気分にもなるのです。

或《ある》午前の事でした。部屋でぼんやりしていると、女中が手紙を持って来ました。田島という、米国のアマーストの学校*にいる友達からの便りで、開くと押し花が入っていました。櫨《はじ》のようで、もう少し大きい葉で、その葉の間に小さな白い花が五つ六つかたまってついています。

「これはMay flower*であります。晩春になると近所の山野に咲き乱れて居ます。命は僅二週間位であります。木の大きさは三寸位で、根が深く岩や古木にしっかりくっついて匐《はらば》って居《お》ります。これは去る日曜日独りでNotchを散歩した時に取った狂咲《くるいざき》です。どんなになりますか知れませんが御眼にかけます」

こう云う書き出しで、これを帽子のリボンに差して夕方の田舎路《いなかみち》をぶらぶら帰って来ると、後《うしろ》で口笛を吹く者がある。振りかえると、誰もいなくて、急に口笛も止む。歩き出すと又口笛を吹く者がある。

「僕は呼吸を計りまして、不意に振り向いて見ました」と書いてある。その時田島君の瞳孔《どうこう》を通して網膜の中で赤いものが一分《ぶ》といわず、一厘《りん》の何十分の一ばかりずったというのです。路傍《ろぼう》に一軒、孤立して建っている万屋《よろずや》の屋根裏の窓で、その赤い物は動いたのだというのです。

尚田島君はせまらぬ筆つきで、この店にいる十六七の可憐《かれん》な娘の事を細々《こまごま》と書いて、予《かね》てから、話を仕た事も、物を買った事もないけれど、何となくこの娘が好きで、毎日曜日の散歩にも娘の姿が見える時にはその週はいい週間で、見えなければ悪いと、そうきめていた、その娘だったのだと書いています。読みながら久しぶりで私は延々《のびのび》した気分になりました。

私は直ぐ返事を書いて、君のゆったりとした今の生活が、それだけで既に詩とか音楽のように僕の荒《すさ》んだ寂しい心を慰めて呉《く》れるという事から、僕も君のいる処へ行って同じような生活に入りたい、そんな事を書いていると、下の庭で、「おじちゃま」と細い、然し澄んだ声でいうものがある。私はまき子が来たなと思って、「マーヤン」と呼んでやりました。私の姉の一番末の娘で黒眼勝な眼の大きい、可愛《かわい》い子供です。皆「マーチャン」とか「マーヤ」とか呼ぶのですが、私はもっと可愛く「マーヤン」といってやるのです。

「ハァイ」と云います。

「母ァちゃんと来たのかい」私は手紙を書きながらいいました。と、誰かその返事を
小声で教えるようでしたが、

「そうでちゅよ」という。私は姉が一緒だな、と思いましたから、ペンを措《お》くと、いきなり障子を開けて、欄干へ出ました。ところがマーヤを抱いているのはお夏でした。

「おじちゃま」と大きい眼を見張って又いいます。

「おい」こう云うと私は直ぐ欄干を離れずには居られませんでした。

　お夏は故意《わざ》と此方《こっち》を見ずに襟足《えりあし》を見せて、抱いてるマーヤの顔を覗《のぞ》き込んでいます。その頰に浮ぶ微笑からお夏が現在頭に浮べて居る考――つまりマーヤという小さな児で暗示する厭味《いやみ》な恋の串戯《じょうだん》を直覚的に感じた様な気がして、私は直ぐ不機嫌《ふきげん》に部屋へ入ってしまいました。

　半月程経《た》ちました。自家《うち》の者は私の様子の変ったのを心づいたようでしたが、何も云いませんでした。母などは何となく心配してるようでした。然し誰一人お夏との関係を気付いた者はありません。この関係が生じてから変ったのは私ばかりで、自家《うち》の

人の眼にはお夏は全く変らなかったものと見えます。私の眼には随分際《きわ》どい所まで平気で出しているようでしたが、そういう方面には家庭《うち》の人は案外鈍いものだと思います。一番先に気がついたのは女中の中で一番年の少い賢い中働《なかばたらき》でした。

私の感情は段々に荒んで行って、お夏には随分ひどく当ってやりました。初めはお夏も不快《いや》な顔をする位のものでしたが、その内にいくらか荒んだ気分になって行って、自家《うち》の人々へも時にはそれを現すようになりました。或時、

「もう皆さん知っていらっしゃるようだ」とお夏が云った事があります。

「知れたら、どうするってえんだ」私はわざと荒々しく云って、冷やかに笑ってやったのです。

「貴方《あなた》が下手だから駄目《だめ》だ」

「ぐずぐず云えば乃公《おれ》一人飛び出せばいいんだろう」

「それで、いいでしょう」お夏も負けずにこんな事を云います。

この時分二人は如何《いか》にも絶望的な、気違いじみた事を云って居たのですが、それらは要するに誇張だったと思います。自分ではそうは考えませんでしたが、今から思えば決して真剣ではなかったのです。

それと、一つの大きい不思議は私の基督教的の考というものです。姦淫《かんいん》罪という掟《おきて》

は何年という長い間、私を苦しめぬいたものでした。一度の恥かしい行《おこない》すらが、腿《もも》に小刀を刺そうとした程に、私を煩悶《はんもん》させたものでしたが、現在愛情もなしに続けている姦淫に、殆《ほとん》ど何の宗教的煩悶も感じない。大怪我《おおけが》をした人の神経がその部分だけ一時麻痺《まひ》して了《しま》う事実と似た現象とも考えられますが、兎《と》に角《かく》、あれ程長くつきまとっていた教えと云うものが、余りにたわいなかったのは今から思っても不思議に堪えません。

然し尚不思議な事は、それ程宗教とは離れてしまいながら、しかも益々《ますます》私が絶望的になって行く事です。私は自分の理性の不明な事、初めの考の惰性になっている事などにも帰する事が出来ますが、一方には今までの停滞した単調な生活に厭々《あきあき》して何か新しい強い刺戟《しげき》を欲する所から寧ろ遊戯的な気分までが加わって益々そう傾いて行ったものではないかと思います。

五

自家《うち》の者が気付いたようだとお夏が云ってから、凡《およ》そ一週間程して、滅多に来る事などのない母が突然私の部屋へ入って来ました。

「大変埒《らっち》なく仕とくんだね」微笑しながら散らかった部屋を見廻して云います。私は黙って居た。

「近頃はちっとも学校へ行かないようだが、いいんですか？」と火鉢の向うへ坐《すわ》りながら私の顔を見ていいます。他《ほか》から問題を惹《ひ》いて来る心算《つもり》だなと思いながら、

「いいって事もありませんが、行ってもつまりませんからね」と殆ど意味のない言葉で答えました。

「つまらないって、卒業する迄《まで》は真面目《まじめ》に通って貰《もら》わないとお父さんでも私でも安心して居られないからね――お前、自家《うち》に居て勉強出来ますか」

「やろうと思えば出来ますよ」

「どうだろう、何処《どこ》か下宿でも仕て見たら」

「何故ですか」

「何故って事もないが、その方が勉強が出来やしないかしら」

「下宿はよしましょう」私は不快《ふかい》な顔をしてこう云った。

お夏と分けようとするなら、何故お夏を還《かえ》して了わないのだろうと思いました。兎に角、父と母と相談した結果、そんな事にして、事件の本題には全然触れずに片附けようという方針らしいのです。

母は切《しき》りに下宿屋へ移るように勧めましたが、私はどうしても承知しませんでした。

ない。「この頃のようにくさくさしてたらお前、脳を悪くするばかりですよ。ちと上方《かみがた》の方でも旅行をして見たらどうです」仕舞にはこんな事を云い出しましたが、「考えて置きましょう」といい捨てて私はさっさと部屋を出てしまったのです。

お夏との関係が生じてから、私は余り友達と往《い》き来《き》をしなくなりました。殊《こと》に親しい、真面目な事などを語り合った友達とは会いたくなかったのですが、その時ぶらりと家《うち》を出ると、行こうか、行くまいか、と迷いながら、遂にその決心をしない内に芝のある友達の家の前まで来てしまいました。

快活な友は、自分で茶を淹《い》れながら、

「近頃はどうしてる？」といいます。

「元気がなくて、いけない」

「どうかしたの？」

「気分が悪くて何処へも出る気が仕ない」

私は暗にこの一ト月ばかり、まるで教会へ顔を出さぬ云い訳をしたのです。この友は中学時代の友で今は同じ教会員でもあるからです。

「学校も休んでるそうじゃないか。いつものかと思って居たが身体が悪くちゃ、いけないね」

「身体が悪いと云う程でも無いんだけど」私は曖昧《あいまい》にして、それが一トかどの宗教上の煩悶とでも聞きなされるように云った。

一時間程話して此処《ここ》を出ました。友は私の苦悶を矢張り宗教上の疑惑と釈《と》って色々とその方面の話で慰めてくれましたが、それは私に何の感銘をも与えませんでした。如何にも空虚な言葉を聞かされているように感じたのです。何の響も私の胸に起しませんでした。宗教という木は私に挿し芽にされていて何年という時を経《た》ったけれども遂に根を下してはなかったのかも知れません。

外は風が吹いて、ほこりが立っていました。秋も段々深くなって道端には落葉の風に集められた処などがあります。私はぶらぶらと自家《うち》の方へ歩きました。途々《みちみち》、私の頭には、お夏が病気ででも、怪我ででもいいから不意に死んで呉れないかしらと云う考が切《しき》りに浮びました。一方には、人の死を願うと云う、殺そうと考えるよりも恐ろしい心を我ながら可恐《こわ》く感じて、そんな事を願う位なら、お夏に対してどんな無情な事を仕ようと幾らましだか知れないと思いながら、矢張り死んで呉れるといいなと云う考は頭を離れませんでした。

仕舞にはこんな事までが浮びます。私がそんな事を夢にも思わないのに突然お夏が病死する。私は心からお夏の死を悲む。そしてお夏との関係が純然たる過去となって詩のように、小説のように、私の心に残る。……然《しか》しこの横着な空想を憎む心、暗い二人の未来に対する恐れの情などもこんぐらかって、私の胸は益々重くなって行きます。

「もう、考えるという事がいけない」と私は独り首を振っていったのです。考えてすれば、其処《そこ》に責任が生ずるようで、今は考えるという事が何となく恐ろしくなって来たのです。絶望的になった人間のする事、理性を失いかけている人間のする事――何の責任もない、何でも出来る。こんな気がするのです。だからその夜お夏が、

「貴方、今日、阿母《おっか》さんに何か云われましたネ」と云った時、

「旅行しろとさ、――お夏さんと駈落《かけおち》をしろと云うのかも知れない」と云ったのです。

黙って私の顔を見ているのに、

「おい、駈落をしろとさ」と重ねて云いました。

今思えば、これもその場の調子に出た言葉だったのですが、然し殆どこれだけが動機で、その翌朝未明、二人は家を飛び出して了ったのです。

六

それからの生活は殆どお話になりません。お夏が婚家を去る時貰った二千円ばかり

の金が或《ある》銀行に預けてありましたが、それを引き出して、二人は海水浴場や、温泉場を、先々と廻り歩いていたのです。

お夏に接する迄は私は澄んだ頭脳と澄んだ心とを持った青年でした。然しその後段々と私の心は濁って来ました。でも頭までは濁らなかったのです。然し旅へ出てからの生活の荒《すさ》み方、――その初めと云えば前にも云った、「誇張された絶望」からなのですが、不知《いつか》それが恐ろしい習慣となって、今は二人の間にこびり着いて了いました。こうなると、今まで澄んでいた頭脳迄が段々に濁って来ました。冬の弱い日光にすら眼をはっきりとは開いて居られないような心持になって来ました。頭は常に重くて、物を云うにも云いたい事が、直《す》ぐ口に出て来ず、それより先に癇癪《かんしゃく》が起って了うと云うようになりました。

身体のいいお夏はその時分は未《ま》だ私のような事はありませんでした。で、時々妙に浮かれたりする事があるのです。そういう時は言葉までが変って、今の若い女学生の使うような語尾を用います。歯が浮くと云いますが、私は撲《なぐ》りたい程に腹が立つのです。

又見えすいた無邪気な真似《まね》をする事もあります。

「おい、お前は幾つ年上だっけ」

私は我慢が出来ずに、こう云ってやった事もありました。はしゃいでいたお夏は急に不快《いや》な顔をします。

その内、お夏の頭も濁り出しました。ヒステリー的になって行くのがよく分ります。荒んだ、無為な日――そうです。その頃の二人の生活にはこの言葉が最も適当です――そういう日を送っている私には女が段々ヒステリー的になって行く事が、どう云うものか一種の興味になったのです。

お夏は実際肉慾の強い女でした。而《そ》して或る頃から自分の乳房をジーッと握らせなければ承知しないと云う女です。而して或る頃から女だけに満足を与えるような方法を始めると、それからはお夏の病気の進むのが眼に見えて、はっきりして来ました。一寸《ちょっと》した事に非常に喜ぶかと思うと、一寸した事で非常に腹を立てます、笑うかと思うと直ぐ泣く、又つまらぬ事に、びっくりするような事も度々になりました。

こういう間にも、私自身、矢張り頭の濁《にごり》が濃くなりつつあったのである。

或市《まち》へ来て、宿をとって、もう寝ようという時でした。

「町を歩かない？」とお夏がいいます。旅に出る前から毎晩寝る前に飲んでいた薬を買いに行くんだなと思いながら、

「いやだ」といいました。

「じゃあ、出て来ますよ」

衣桁《いこう》*に掛けてあるコートを羽織ると黙って出て行きます。

「小説でも雑誌の古でも貸して呉れって云って貰おうか」

お夏は障子の縁《ふち》へつかまってスリッパアを穿《は》きながら此方《こちら》へ背を見せたまま、

「買って来ましょう」という。

「買わなくてもいいよ」

「そうですか」とその儘後手《ままうしろで》に障子を閉めると静かにスリッパアを曳《ひ》きずりながら行きます。

「誰の小説を買って来られたって、たまるものか」

少時《しばらく》して、

「面白《おもしろ》い物は厶《ござ》いません」と女中が薄よごれた小説、雑誌、講談本などを一ト抱え持って来ました。一つ一つ選《よ》って見たが、何《ど》れも面白くなさそうな物ばかりで、中に二葉亭《ふたばてい》*訳の「片恋」*というのが、汚れ切ってある。未だ読んだ事もないし、面白そうでもあるが、いかにもきたないので、みる気が仕ません。

「御覧になれるような物が厶いますか」障子の側《そば》に膝をついていた女中が云う。

「あるよ、これで結構、………それから床を敷いて貰おう」

女中が床を敷く間、私は本を選びました。積んである下の方に昔の草双紙*の妙に湿気を帯びたのが七八冊ありました、「田舎源氏」*の端本《はほん》です。頁《ページ》の下の隅が字も何も見えない程によごれて紙が毛ば立っています。然しそれを繰っている内にいつか私は五つ六つの頃「妙々車《みょうみょうぐるま》」*と云う、種員《たねかず》*か誰かの草双紙が帙《ちつ》に入って祖母の部屋の違い棚に乗っていたのを、紙にのせた菓子を食べながら、寝そべって、見た事がある、私にはその時分のような一種なつかしい気分が湧《わ》いて来ました。

「おやすみなさいまし」と女中は叮嚀《ていねい》に手をついてから、出て行きました。

私は他《ほか》のきたない本を片寄せて、縁側へ出して了って、「田舎源氏」だけを枕頭《まくらもと》に置き、電燈の紐《ひも》を延し、衣桁に下っていたお夏の細いしごきで、額の釘《くぎ》へ引っぱり、燈《あかり》を丁度頭の上へやってから、寝床へ入りました。

大変脱《ぬ》けてはいたが大体編《へん》の順序をつけてから見始めると、暢気《のんき》だった幼時のなつかしい気分の再生とこの小説の昔風な気楽な内容とから来る気分で、(傍《わき》にお夏は居ず)私は久し振りで何ともいえない胸が軽くなったような気持がして来たのです。光氏《みつうじ》*という美しい男が、色々な美しい女と識《し》り合う所が、種彦《たねひこ》*の作を読んだ事はありませんが国貞《くにさだ》*の絵だけでよく解《わか》ります。○《まる》の中に藤とか阿とか紫とか桂とかたそとかあゝやとか書いた印《しるし》が袖《そで》や裾《すそ》についています。眉毛《まゆげ》のあるなし、着物の異《ちが》い位はあるが、どれも同じような美しい顔をした、それらの女と光氏が次々と識り合って行きます。前の頁で或女と会ってると直ぐ次の頁で異う女とあいびきをしています。その他絵で見た所では家来でも女中でも小姓でも坊主《ぼうず》でも皆光氏の恋の為《ため》に一生懸命になって働いている様に見えます。私は見て行く内に光氏の極端に自由な恋が何だか可笑《おか》しくなって来ました。と同時に極端に不自由な自分とお夏との関係についても何となく滑稽《こっけい》な感じが起って来たのです。私は何という事もなしに愉快になって来ました。往来へでも飛び出して力一杯駈けてでも見たいような気がして来ました。今にもお夏が帰って来たら、もう今からお前とは別れるから、と快活にいってこの家《うち》を出て了おうかしらとも思いました。お夏が笑談《じょうだん》位にとって別れましょうというと、自分は出たぎり帰って来ない、お夏はどうするだろう？　然しそれでお夏も救われるのだ。

こんな事を考えている内に、身体中がポッポッと温くなって来ました。私はかなり厚い毛のシャツを着たまま寝ていたので、それをすっかり脱ぎ捨てて素肌《すはだ》に袷《あわせ》だけになって了おう、こう思って起き上ると私はどうしたのか、手を延し、パチッと電燈のひねりをねじったのです。暗くなって、あっと声を出しました。私は闇《やみ》の中に坐ったまま、少時《しばらく》ぼんやりして了ったのです。シャツを脱ごうと思って起き上ったものが、何故《なぜ》電燈を消したろう……

たしかに自分の考えていたのはシャツを脱ごうという事だけで、シャツを脱いでからどうしよう、シャツを脱ぐ前に何をしようというような、素袷になって又寝ようという、シャツを脱ぐという行為とは時間的に一直線上で後に続く考の他は何にも思った事はなかったのです。それがどうして、何の連絡もない、燈《あかり》を消すという行為に変ったのだろう？　運動神経が中枢《ちゅうすう》の命令を途中で変えるという事は考えられません。私はこれは頭が狂って来たんだ、と思わないわけには行かなくなりました。軽くなった胸には急に重い鉛の塊を投げ込まれました。光氏も、自由恋愛も、駈けたい気分も、何もかも今は影を隠しました。

暗い中に坐ってると不安は段々拡《ひろ》がって行きます。電燈をつけてその儘又床へ入りましたが、田舎源氏は今は側に置くさえ不快《いや》な気がしました。夜着の襟に顔を埋《うず》めて眠ろうとするが中々寐《ね》つかれません。間もなくお夏が帰って来ました。お夏は何にもいわず、かたことといわして薬を飲む様子でしたが、その儘眠って了いました。

七

或夜の事です。或入江になった穏かな海岸の宿屋でしたが、五月の事で未だ避暑客も来ない頃で、海に面した細長い平家の一棟には私達二人だけしか客はありませんでした。

お夏を厭《いと》う私の心持は大概お解りの事と思いますが、それなら何故、それを振捨てて一人逃げて了わないとお思いかも知れませんが、その頃の私にとってお夏というものは、丁度アルコール中毒にかかった人が一日も酒を離せないように、私は一日でもお夏を傍に置かずには居られなかったのです。

で、この事はその夜以後初めて心づいた事ですが、正直にいえば私は矢張りお夏を愛して居たのでした。私の頭にある恋の種類には入らない、或恋の形だったのかも知れません。それに、お夏は何といっても私には最初の女です。初恋の女と云うものが、その人に一種特別な価値を持って居るように、初めて識った女と云うものも、その男には一種特別な力を持っているように思われます。厭《いや》だ厭だと思っているお夏にもこの特別な力があって、私はそれによって束縛されて居たのです。

その夜は静かな晩でした。部屋の直ぐ前が海で、石垣を洗う入江の静かな波がザブリザブリと音を立てる、それに混って折々台所の方で高声で話す男の声が聞えるばかりです。二人はいつものように同じ部屋で黙っています。私は何を考えるともなく仰《あお》向《む》けにねころんで居ました。お夏は菓子盆の乗った食台にだらしなく横坐りに倚《よ》りかかって宿から貸して呉れたその日の地方新聞を展《ひろ》げて……見ているのか、いないのか、兎《と》も角《かく》、眼をさらしています。

その時分の私の頭と云うものは実に変でした。或時は溶けた鉛のように重く、苦しく、ドロドロしている事もありますし、或時は乾いた海綿の様に、軽く、カサカサして中に何にもない様に感じられる事もあるのです。乾いた海綿のようになった場合には自分自身の存在すら、あるか、ないか、分らなくなって頭には何の働きも起さなくなるのです。若《も》し死人に極く少しの意識が残る事があったらこんな心持が仕やしないかと思われる様な心持です。又前のような場合にはどうかすると色々な事が浮んで来て覚めながら夢を見ている様です。後から後から妄想《もうそう》が恰《あたか》も現実の出来事のようにはっきりとして頭の中を通って行きます。

最初は私は何方《どちら》の場合も堪《たま》らなくいやだったのですが、習慣になった為もありましょうが、後《のち》には底疲れのした身体をぐったりと横たえて、頭の中で演じられる、その色々な芝居を眼球《めだま》の内側で視凝《みつ》めているのが一つの楽しみになって来たのです。

今、仰向けに寝ころんでいる私の頭はそういう状態になっていたのです。

その時お夏は不意と身を起すと、黙っていきなり倒れるように私の身体の上に被《おお》いかぶさって来ました。発作的にこんな事をするのはお夏には始終の事でしたが、その時は私もビクッとしました。何故なら私は自分がお夏に殺される事を想《おも》っていたからです。

お夏は起き上りかけた私を抑え付ける様にして強い接吻《せっぷん》をします。私はそれが自分の馬鹿《ばか》馬鹿しい妄想だとは考えながら尚《なお》何となく、不安で不安で、堪りませんでした。じっと動かずにいる内にその不安は見る見る大きくなって行って、今にも吸わしている舌の先をガッチリと嚙断《かみき》られそうな気がして来たのです。そうなると、もう堪りません。私はやにわにお夏をはね退《の》けようとしましたが、お夏は大きい身体に力を入れて抑えつけ、尚々強く舌を吸います。私は後先の考えもなく、お夏の顔へ手をかけると力を入れて押し上げた。その拍子《ひょうし》にお夏の歯が私の舌をクッと嚙んだ……。お夏の変な叫声で気がついた時には私はお夏の顔をしたたかに撲《なぐ》っていたのです。

鼻血が大変出ました。どう云うものかお夏は何にも云いません。黙ってハンケチや鼻紙でその始末をしています。そうなると私も急に妙な気がして来て洗面場《せんめんば》から金だらいに水を持って来てやりました。私にも云う言葉がなかったから黙っていましたが気の毒な事をしたと云う考が切《しき》りに起ります。然し気の勝った女がそんな事をされて黙っているのは不思議だと思って居る内に、お夏は急に烈《はげ》しく泣き出しました。

私は出来るだけ優しく色々な事を云って慰めて見ましたが、お夏の心は妙に冷やかになっていて、それを受け入れません。そうなると私自身矢張りいやに冷やかになって慰める言葉も腹からは出なくなったのです。

何という事もなしにその夜の事件から二人は急に赤の他人になったような気がしました。二人の間にはどうしても飛び越せない深い谷が出来て了ったように思われました。私は急に堪えられない寂しさに襲われました。そして、初めてお夏は最初の女で自分はそれに対して一種のかなり深い恋をしていたのだと云う事を知ったのです。私はお夏の為に総《すべ》てを捨てたのです。そしてその時から、憎みながらもお夏というものが私の手にある「総て」になったのです。今お夏を離れれば私には何にもなくなります。

私はどうにでもしてお夏を再び自分のものにしたいと願うようになりました。私はどうにでもして、再びお夏を自分のものにしなければ置かぬと思ったのです。

然しお夏の心は妙に冷えて了いました。お夏ばかりではありません。私の心も同じ程度に冷えて了ったのです。一方には元通りになろうとあせる心はありながら他方に冷えて行く自分の心をどうする事も出来ませんでした。

それからも二人は強い接吻をよくしました。長い接吻もよくしました。然し二人の間の谷は依然深い谷で、其処には冷めたい、きびしい風が吹いていました。私は以前の憎みながらも狂わしいように相抱く事の出来た気分の方が遥《はるか》に遥に自分を喜ばして居たという事を痛切に感じました。

こういう気分で尚二人は的《あて》もなく先々と歩いていました。その間に二人の頭の濁りは何にもおかまいなしに進んで行きます。お夏は純粋な、かなり烈しいヒステリーになって了いました。私も同じです。二人は益々荒《すさ》んだ気分になって今は心から互を憎むようになりました。

八

私共はある山の温泉場《おんせんば》へ来ました。門を入ると私は先へ立って玄関の所へ来ましたが如何《いか》にも森閑としたものです。袖垣で仕切られた庭では夏の支度《したく》と見えて畳屋が表の裏返しをしています。私共の入って来たのを見て、畳屋は少時《しばらく》刺す針の手を止めていましたが、客と見て、

「おい、お客様だよ」と家内《うち》へ向いて呼んで呉《く》れた。女中が出て来て、二人は一番突き出した見晴しのいい十畳の間《ま》に通されました。

湯から上ると私は庭下駄《にわげた》を穿いて庭へ下りました。お夏もついて来ました。日は入って薄ら寒い空気の中に二人は宿の浴衣《ゆかた》に懐手《ふところで》をして、ぼんやりと畳屋の仕事を見て立っていました。其処《そこ》へほうり出してある長い鋭い針や錐《きり》が白っぽい薄暮の光を受け

て冷やかに光っています。

「寒い」一独語《ひとりごと》のようにこう云って、お夏はだらしなく下駄を曳《ひ》きずって、部屋へ入って行きました。

私は何を考えるともなく、畳屋がぶつりぶつりと刺す長い錐を見つめている内に妙に胴震いがして来ました。柄《え》の所までぶつりと深く刺す。鋭い錐が気持よく台を貫《とお》す。それを見ていると何という事なしに息がはずんで来て、私はもう凝《じ》っとして居られなくなりました。——けれども、その錐でお夏を殺そう……そう思ったわけではないと思います。無理な解釈かは知れませんが、荒《すさ》んだ無為な生活にある私にとって鋭い光った長い錐が厚い台をぶつりぶつりと貫《とお》す——その感じ、そういう痛快な感じのする生活に入りたい、そんな心持からではなかったでしょうか。然し、それは解りません。

私はその晩その錐でお夏の咽《のど》を突いて殺したのです。

そしてはっきり我に還《かえ》ったのは翌朝《よくあさ》ある峠を越した途中の穢《きたな》い宿屋の二階ででした。

九

縁《へり》のない、やけて赤くなった畳に晩春の穏かな朝の光りが一杯に差し込んでいる。その陽の当っている処《ところ》に、蠅《はえ》が群って騒いで居る。流の音、鶯《うぐいす》の声、これらが絶えず聞える。日を背にした彼方《むこう》の山の側面が煙ったように紫色をして居ます。風もなく、妙にぼわんとした、睡《ねむ》たげな朝です。私の頭も眠ったように静まっています。只《ただ》時々幽《かすか》な不安に襲われます。綿のように疲れて、柱に背をもたせたまま、ぐったりと自分で自分の身体《からだ》が一寸《すん》も、もう動かす事の出来ない物のような気がしています。

「何しろ大変な事をして此処《ここ》へ来てるんだ」そう思って見ても、それがどういう順序でなし遂げられ、現在とはどういう順序で、つながっているのか分りません。それを憶《おも》い出さねばならぬという気はありながら、さてさっぱりそれが浮んで来ません。しかも浮ばぬものを静かに考え出そうと云うのはその時の気分で迚《とて》も出来ない事だったのです。

私は手を拍《たた》いて女中を呼びました。女は袖のない襦袢《じゅばん》と腰巻に前掛をしめただけの姿で階子《はしご》段《だん》をみしみし云わして上って来ました。

それに私は自分は何時《いつ》此処へ来たかを訊《き》いて見ました。女中は田舎詞《いなかことば》で、その朝未《ま》だ暗い内に雨戸をどんどん叩《たた》いて来たという事を驚いたように、黙って暫《しばら》く私の顔を見つめた後《あと》で云いました。

「矢張りそうだ」私はこう思いながら女中を下げて、

「何でもお夏を殺すと矢張り夜っぴて此処まで逃げて来たんだ」と思いました。然《しか》しそれは確に昨日の出来事だったかしら？　何だか遠い以前に起った事のような気もして、はっきりと時が浮びません。のみならずその場所も如何にも漠然《ばくぜん》としていて、頭に映って来ません。が、暫くして漸《ようや》く、兎に角あの山の温泉場だった事だけは憶い出したのです。続いて懐手をして畳屋の仕事を見ていた、あの場面が頭へ浮んで、あの長い錐でその晩……と思ったら、私の身体はブルブルッと震えました。

あの錐でぶつりと咽を突き貫したのだ。

実際私はお夏を殺そう、そんな事をはっきりと考えた事は嘗《かつ》てなかったのです。死んでくれたら、とはよく思いました。又自分が殺されはしないか、そうも考えた事はありますけれど、自身手を下《くだ》してお夏を殺そう、そうはっきり考えた事は遂《つい》になかったのです。それは取り止めもない空想ではよくこの女を殺す所、又殺した後《あと》の事なども考えましたが、事実やろうと計画した事は嘗てなかったのです。それがどうしてそんな事をしてしまったろう？

一と月程以前、或海岸の波打ち際《ぎわ》を歩いている時に、「そんなに厭ならお殺しなさい」とお夏がさも憎さ気《げ》に云った、その時の事を私は憶い出しました。

「四つも上のお婆《ばあ》さんに見込まれて災難ね」と続けて云う。

「黙れ」と怒鳴ったのです。

「本統に殺しちゃ、どう？　本望ですよ。……殺せないの？」こんな事を云って、ヒステリー的に笑います。

「自分で死ね」私は出来るだけ冷やかに云ったつもりでしたが、それに泣くような調子がありました。こんな場合にも殺すとか殺されるとか、そんな考は互になかったのです。

こう思った時に、

「けれども自分は遂にお夏を殺してしまった」

私は拳固《げんこ》で卓を叩くように、こうキッパリと腹の中で云って見たのです。然し、どう云うものかそれに何の手答もないような感じがしました。私は何故《なぜ》そんな大きな事実でありながら、それを痛切に肯定する事が出来ないだろうと不思議に思いました。事実の余りに大きかった事が反《かえ》って夢のような漠然とした印象きり残さなかったのかしら、とも疑って見たのです。

が、兎も角、あの錐をお夏の咽に突きさしたのはよく覚えて居る。お夏はたわいなく直《す》ぐ死んで了《しま》った。その姿もありありと覚えています。で同時に大変な事を仕て了ったと思ったのも、もう仕方がないとその儘《まま》、雨戸を開けて戸外《そと》へ出たのも、戸外は月夜で青白い月光が夢のようにその辺の風物を包んでいた事も、冷《ひい》やりとする風が頬へ当った事も、みんな私は明かに覚えていたのです。それからやにわに山路《やまみち》を逃げて此処まで来たものに相違ない。

そう思って、身のまわりを見ると足から臑《すね》の辺《あた》り、所々《ところどころ》に傷をして、それから流れた血が黒味を帯びてこびり着いて居ます。然しどうしても昨夜《ゆうべ》の出来事は夢のようでなりません。が、それが若し夢なら、現在こうしてる、これは何だ。猶且《やはり》夢を見ているのかしら?

それとも今此処にお夏も一緒に来ているのではないかしら。そんな気もしてもう一度女中を呼ぼうかと思いましたが、やめて、尚精《くわ》しく昨夜からの出来事を静かに繰返して見ようと努めました。

殺した場所を想い浮べようとしましたが、何となくぼんやりしていて浮びません。その内、それは何でも温泉宿のあの部屋ではなかったと云う気がして来ました。考える内に段々にその場が浮び出して来たが、若しかするとそれは今自分の想像で作り上げた場面ではないかしらというような疑念も湧《わ》くのです。

それは酒場のような所です。私は冬帽子の値段を訊いて見ると、バア*の向うにいるのがお夏で、

「三円五十銭よ」と云います。その調子が如何《いか》にも気に食わなかったのを覚えていま

す。

「先刻《さっき》二円五十銭だって云ったじゃないか」というと、――実際そう云ったんです――

「いいえ。貴方《あなた》の聞き違いでしょう」と笑っています。腹が立ちましたから、罵《ののし》ると、「そんなら、聞き違いじゃなくって、私の云い違いかも知れません――けど兎に角これは三円五十銭よ」切り口上です。私はかッとなって了いました。いきなりお夏の両手を摑《つか》むと、力任せにバアの此方《こっち》へ引張りました。お夏の身体はたわいなくずるずるとバアを越して私の足許《あしもと》に落ちました。私は滅多打ちに仰向いているお夏の顔を撲ったのです。お夏は黙って居ます。その平気なのが又堪らなく腹が立って、どうしてやろう……と見廻すと、――どう云うものかその時私は傍《わき》に錐のある事を知っていたようでした。――昼間畳屋が使ってたその錐がある。鋭い長いのが光って落ちてます。もう何の考もなく、それを取るとぶつりとやって了ったのです。

直ぐ、逃げようと云う考を起して戸外《そと》へ出ると、戸外は例の月夜で冷たい風が顔を吹きます。私は兎も角山の方が安全だと思ったので、その方へ逃げる足を向けました。

この辺まで記憶をたどると後は楽にずるずると出て来ました。

暫く走って、急に暗くなったと思うと杉の大木が空を隠しています。その下を行く時はじめじめした苔《こけ》が湿った綿の上を歩くような心持をさせました。私は尚上へ上へと走ったのです。その間《あいだ》絶えず背後《うしろ》に迫って来るものがあるような気がして、私はうねった道を尋常に廻って行くのが恐ろしく、不意に道を外《そ》れて急な、道も何もない処を攀《よ》じ登って行きました。咽は乾着《ひっ》く、只さえ疲労していた身体で不意に烈しい運動をしたので、動悸《どうき》は甚《ひど》く、腿《もも》は張り、汗はかきながら頬がすっかり冷えて、今にも脳貧血で倒れるかと思いました。だのに、追う者は楽々といつ迄《まで》も直ぐ背後《うしろ》について来るような気がします。私は突然振りかえって、それへ立ち向って見ました。勿論《もちろん》何も居ません。それはその時でも知って居たのですが、そうでも仕ないと、いつまでもそういう者がついて来るようで、かなわなかったのです。

暫く来た所で私はとうとう倒れて、何か鼻の奥にしみるような物をもどしました。起き上った時、私は木の間《あいだ》から、遥か下の方に、月あかりに淡く温泉宿を眺めました。が、灯《あかり》が動く様子もなく何もかも静かに眠っていました。

「まだ気がつかない」こうは思っても、然し凝《じ》っとはしていられません。再び登り出すと直ぐ又背後《うしろ》から誰かついて来ます。私は何遍立ち向う気で振りかえったか知れません。

高山《こうざん》の春で未だ草は茂って居ませんが、急な坂はいくらあせっても捗《はかど》りません。

一間《けん》程土がなだれた処へ来て力のない足にはずるずると却々《なかなか》踏みしめられずなやんで居ると、傍《そば》に細い木の根がさらされたようになって白く現れています。それを手頼《たよ》りに登ろうと、不図《ふと》上を見ると、其処に洋服を着た大きな人が立って居ます。色々な意味で久しい間、御世話になった土村《つちむら》先生*です。濃い眉《まゆ》の下に深く落ち窪《くぼ》んだ、力のある眼で黙って私を見下して居られる。私はぞっとしました。

それから何でもその腋《わき》の下をくぐるようにして尚登って行ったように思いましたが、私は此処まで記憶をたどった時に、急に気の抜けたような心持がしたのです。あの真夜中、あの山中《さんちゅう》に土村先生が立っていられる、そんな事はあり得ないと思ったのです。今まで自分の繰り返して来た記憶は何なのだ。それは現実に起った事の記憶ではないと思われて来ました。夢の記憶かしらと思っても見ました。そんなら今こうしているのは何なのだろう？　足は傷をしている、我ながら持ちあつかう程に身体も疲労している、この現在はどうしたのだろう？　これが夢ならいいとして若《も》し現実なら、あの山の中の事は何だろう……いよいよ自分は気が違ったのかしら……

尚、前の事を考えると、帽子の価《あたい》を訊くあたり、その場面からいっても、総てあの温泉場ではどうしてもない。若しかするとお夏を殺したのも現実の出来事ではなかったかも知れぬ、と思うようになりました。然し、それにしては余りに明かです。戸を開けて外へ出る、其処は昼間畳屋が仕事をしていた庭で、黒い縁《へり》のたちくずが白い飛石の上に落ちていたのさえ覚えています。淡い月光に包まれた冷たい夜――どうしたって、夢ではありません。

私はもう何が何だか分らなくなりました。前年からのお夏との関係、それ全体が夢ではなかったかしら――それとも人格の分裂――そういう現象かしら？

今は殺人と云う大きな意識もぼやけた影を私の心に映して居るばかりで、何の強い刺戟《しげき》をも与えなくなりました。身体は鉛のように重く、頭の中は溶けてどろどろになって、私はもうこの疑問を考える気も根《こん》も尽きはてて、その儘ごろりと横になると、小一時間は何を考えるともなく、只うとうととして居たのです。

もう前夜のように恐怖で凝っとして居られないと云うような気もありませんが、こうして居るのも何となく危険に思われます。私は疲れ切った身体を起して兎に角この家《うち》を出る事にしました。

十

春の日光は山の小路《こみち》を穏かに照して居ます。日蔭《ひかげ》には未だ夜の露が残って居ますが、土から半分現れた路の石は白く乾いて日光を反射して居ます。その強くもない光も私にはまぶしかったのです。痩馬《やせうま》を背負った山の労働者が四五人高声に何か話し合いながら、すれちがいに臭い煙草《たばこ》のにおいを残して登って行きました。私は蹌踉《そうろう》として峠を下へ向いました。

この小さな部落を出る処に、路からは高く、石垣で積んだ上に広くもない畑が作ってあります。其処から汚れた手拭《てぬぐい》を被《かぶ》った若い女が二人立って此方《こっち》を見て居ました。私はそれを見上げる元気もなく過ぎました。私の頭には今は何物もありません。

暫く来た処に小さな流れがあって、其処に子供が三四人小さな水車《すいしゃ》を仕掛けて遊んでいました。私はぼんやりと立って、それを見ていました。鶯の声が絶えずあたりに聞えます。私は泥酔《でいすい》した人のように眼を据《す》えて廻る小さな水車を見詰めていました。見詰めてる内に頭がボーッとして来たと思うと、水車の車が段々に早く廻って来ました。――段々に早くなる。クックックッと角が立って廻ります。間もなくその角立つのがなくなってクルクルと更に早くなったと思うと、その辺の子供は皆何処《みんなどこ》かへ行って了いました。流れの音も、鶯の声も総てのもの音は聞えなくなりました。私には今は只眼に映る水車の車だけになりました。車は非常な早さでキリキリと廻ります。その内それは段々大きくなって、私の眼に迫って来ます。もう見詰めては居られません。私はその儘其処へ昏倒《こんとう》してしまったのです。

――それが、初めて気がついた時には私はいつか東京の癲狂院に入れられていました。

（附記）

自分は歳暮《くれ》と正月は東京にいては、何にも出来ないと思ったので、読みたい本を少し持って、寒かろうが、それだけに静かだろうと思われる小涌谷《こわきだに》*へ来たので、一番陽当りのいい並びで丁度津田君と隣り合せの部屋を取ったのである。津田君はその十日程前から一人で来ているのだそうだ。

隣室とは、怪し気な竹の絵に竹是隠君子《たけはこれいんくんし》という賛を気持の悪い書体で書いた唐紙一重で境されているが、津田君はいるのか居ないのか分らぬ位にいつも静かである。只夜、寝付きに屹度《きっと》うなされるのが、此方《こっち》にいても気味の悪い程で、余り長い時には声をかけようと思う事もあったが、大概は自分で気がついて、暫くは物に驚いた人のするような深い呼吸をしているが、間もなく起きて、廊下を往《い》ったり来たりするのが例であった。そうすると後は多くの場合、よく眠られるらしかった。

冬場は人を減らすとかで、吾々《われわれ》の所へ来る女中は二十五六の感じの悪いよく饒舌《しゃべ》る女と、もう一人、ロセッティ*の絵にでも見るような、メランコリック*な顔をした十六七の女との二人であった。

此処へ来た翌日の晩めしの時はよく饒舌る方が自分の方へ出た。東京者で麻布《あざぶ》の自分の家《うち》の近所にも居た事があるとかで、その辺の事は何でもよく知っていた。氷川町《ひかわちょう》*の魚松《うおまつ》という、自家《うち》へも来る魚屋の主《あるじ》が放蕩者《ほうとうもの》でとうとうあの家を抵当流れに人手に渡した事などを精しく話して居た。隣では若い方を相手に酒を飲んでいるらしかった。

「少ししか、いけないんですけど」と自分の方の女中は一寸《ちょっと》隣を指して、「毎晩うなされるとかで、今晩は酔った勢でぐっすりおよりたいんですとさ」といった。

食後、自分は球場《たまば》へ行って、ランプを持って来る若者を対手《あいて》に二ゲームばかりやって還って来たが、隣では未だ飲んでいる様子だった。大分元気らしく、若い女をつかまえて何か切《しき》りと云っている。声も小さし、舌もよく廻らないので、云ってる事は解《わか》らなかったが、その内突然、

「貴方、人違いですったら」と鋭い声がして女の立ち上る気配がした。

「馬鹿」と男の鋭い声もして、これも起《た》ち上ったらしく、何かもみ合うような物

音がすると、不意に境の唐紙がゴトッと此方《こっち》へふくらんで、それが外れると、ふうわりと自分の部屋へ倒れて来た。その隙《すき》に真赤な顔をした、若い女中は、自分の部屋を抜けて出て行って了った。

自分は殊更《ことさら》に冷やかさを装うて、机に凭《よ》ってその光景を見ていた。隣の人は一種の憎しみを含んだ眼差《まなざ》しで自分を見据えていたが、ぶつぶつ解らぬ事を云いながら、自分の所からは唐紙で見えない元の席へ腰を下すと、酒のない杯をするような音をさせていた。

年上の女中が入って来て境の唐紙をはめると、切《しき》りと詫《わび》をいって、明日《あした》は御部屋を変えましょうと云うような事を云う。それが如何にも隣に聞えよがしなのが自分に不快《いや》な気をさせた。然し隣の人に対しても自分は不愉快な感じを持たずには居られなかった。その晩は身辺にきたない物でもある様な心持をしながら寝たのである。然し翌朝又その女中が手柄顔《てがらがお》に「あちらで御引っ越しになるそうです」といったので、その人が何だか急に気の毒になり、このいやな女中への面当《つらあて》もいくらかはあって、自身出かけて、それを留めたのである。それから自分は津田君と話すようになった。

津田君のうなされる事はそれからも毎晩であった。

老人

五十四歳で彼は妻を失った。それは秋で、長男が工科大学*へ入り、長女が三人目の娘を生んだ時であった。彼は俄《にわ》かに五つ六つ年寄ったように見えた。勇敢な事業家にも何所《どこ》か衰えの影がさした。——少くも他《はた》からはそう見えた。

四月《よつき》して、彼は十年余り御殿女中をして居た女を後妻に貰《もら》った。後妻は彼の長女より一つ年下で、毎朝襟白粉《えりおしろい》を忘れぬ女であった。

若い妻を得た彼は先妻を失って老い込んだだけの年を取りかえして、尚《なお》その上にも若返ったように思われた。彼は十何年ぶりで妻と共に芝居を見た。相撲《すもう》も見た。山の温泉場に避暑もした。が、それも半年《はんとし》とは続かなかった。彼は何時《いつ》か元の勇敢な事業家に還《かえ》って居た。

彼の仕事は請負で井戸を掘る事であった。水利に乏しい地方で彼の鋭い観察と深い経験から掘り当てられた吹きぬきが何《ど》れ程あるか知れない。彼の発見した鉱泉の為《ため》につまらぬ村が有名な土地になった所も二三ヶ所ではない。

勇敢な事業家に還った彼は再び暇なく地方へ出張する身となった。最初妻はそれをいやがって居た。当時長男は大学の近くに下宿して居たが、高等商業学校*に通う次男は窮屈そうに己れと余り年の異《ちが》わない新しい母と共に住まって居た。

二年程して、彼は或《ある》石油会社の顧問として少からぬ報酬を受ける身となってからは、時々北のその地方へ行くばかりで他《た》へは余り出なくなった。然《しか》し五年目に彼はこの会社を辞《よ》して了《しま》った。それは其所《そこ》の若い技師が彼の意見を尊重しなかったからで、重役までが彼よりも新しい学問をした技師を信用するらしく思えたからであった。この技師は彼の長男より二年後に工科大学を出た男で、その意見を信用する事は彼にはどうしても出来なかったのである。

その時彼は六十五歳になって居た。

後妻には子がなかったから、二人は長男の娘を手元へ呼んで育てた。彼は祖父らしい心になってその孫娘を慈《いつく》しんだ。

隠居してからの彼は前からも好きだった普請《ふしん》道楽に憂身《うきみ》をやつした。それから七年間に僅《わずか》二百坪足らずの屋敷に、建ててはくずし、建ててはくずし、売払い、又建ててはくずして売払い、三度もそう云《い》う事をして、その度の損耗は少しも顧みなかった。

これが最後だと云って、彼は一年計画で又新築をくわだてた。それが全く出来上らない内に妻が死んだ。妻の病気は貧血から来た肺結核で、それと決定《きま》った時に孫娘は長男の方へ還したから、今は全く孤独で暮す身となった。六十九歳になって居た。

――その後《ご》、彼はよく待合に出入《ではいり》するようになった。

待合の者も芸者も金銭ずく以上に彼に親切だったが、時には彼自身で不快を感じないではいられない事があった。夜帰る時、電車まで送ると云って若い芸者がついて来た。並んで歩いていると、擦《す》れ擦れに若者が行き違った。若者は妙な眼をして二人を見て往《い》った。こういう時、若者の心に思う事が彼の心に直《す》ぐその影を映すのである。のみならず、並んでいる若い女が同じ影を受けて感ずる心持をも彼は感じないではいられなかった。そんな感じも青年のように烈《はげ》しくはないが、淡いながら彼の気分を曇らすには充分であった。そして彼は停留場の遥《はる》か手前で芸者を無理に帰す。芸者は切《しき》りにもっと行くといったが、彼には人々の待ち合せている赤い電燈《でんとう》の下まで、自分と行く事がこの若い女にどれ程の苦痛であるかが解《わか》って居た。

間もなく彼は下町の或横丁に小ぢんまりとした名古屋普請の家を建てた。出来た時に彼は彼に最も優しかった出たて*の若い芸者を落籍《ひか》して妾《めかけ》とした。そしてその時、三年経《た》ったら手を断《き》ってその家をその儘《まま》やると云う事を申し渡した。

二十代の頃彼が馴染《なじ》んでいた遊女に二人の金持の客があった。一人は金鉱を持った四十五六の男であった。一人は老舗《しにせ》の隠居で七十二歳の老人であった。二人共その遊女を身受けしようと云い出したが、前に一度身受けされて懲《こ》りている女は今度は自分でひくといってそれを断った。が、暫《しばら》くして女は急に現在の生活がいやになった。女は俄《にわか》に身受をして貰う事にした。その時女は七十二歳の老人の方を選んだのである。いっそ老い先の短い人を選ぶと云う事はこの社会に普通な事で女に特別な悪意があるとは思わなかったが、それを打ち明けられた時彼は寂しい気がした。残った年期とその余生とを比較概算されている老人を彼は心から憐《あわれ》んだ。

そして僅四十何年か経った今、何時《いつ》かその老人の立った所に自分も立って居たのである。——こう思って、顧みれば四十何年も彼には僅としか考えられなかった——

当時の彼はその事でかなり烈しく女を責めたが、今の彼は老人の死期を待つ若い女の心を責める事が出来なくなって居た。けれども自分の死期が待たれると考える事は流石《さすが》に堪えられなかったので、彼は妾に三年間と期限を切ったのである。三年目は七十二歳で丁度前の老人が遊女を身受けした年である。

妾は彼の一番上の孫娘と同年で、下《しも》ぶくれの眼のうっとりとした、肉づきのよい女であった。

彼は木の香《か》の高い明るい家に、総《すべ》て新しい世帯《しょたい》道具に囲まれていると、不図二十代か三十代の心持になる事があった。それも初めの中《うち》だけで、やがて三年経って彼は七十二歳になったが、女と別れるのは堪えられなく寂しい気がした。

女も情夫があったにかかわらず、この老人と今、約束通り別れるのは何か惨酷《ざんこく》な様に思われた。のみならず何もかも解った老人と別れるのは、自分にとって危険のようにも考えられたのである。そうして義理からでもなく、もう一年この儘で居たいと申し出した。老人は喜んだ。

老人は火鉢《ひばち》を間にして女と向い合うような時も、女の関節の所だけが少し凹《くぼ》んでいるふっくりとした柔かい手の前に自分の皮の下の肉の去ったかさかさした手を出す事が出来なかった。彼はじっと強く女を抱き締めてやるだけの力のない腕を悲しんだ。そうして、なぜ他《ほか》の老人のように自分の心も老人らしくなって呉《く》れぬだろうかと悲しんだ。

一年は経った。その間《あいだ》に女は男の子を生んだ。それが自分の子でない事はよく知って居たが、彼は腹を立てる勇気も……心に女を怨《うら》む事さえ出来なかった。そして女はもう一年こうして置いて呉れと云い出した。それを聞いた時に老人の眼には涙が浮んだ。

次の一年には老人は死を願い出した。女は情夫の二人目の子を腹に持った。彼はその情夫と云う若者を見た事がある。生き生きとした見るから気持のいい男であった。彼は孫程の若者に対して嫉妬《しっと》も起らなかった。然しその子の生れる迄《まで》には死ねるように祈って居たのである。

その内その一年は経って、赤児《あかご》は生れたが、老人は死ななかった。そして今度は彼の方からもう一年と云い出した。女は快く承知した。

又その一年も終ろうとする秋であった。彼は風邪気《かぜけ》で床についたがインフルエンザで重態に変った。女は本宅へ来て、彼の子供等や孫等と一緒に心からの介抱をした。

一週間して彼は望み通り女や孫子の中で七十五歳で静かに永眠した。

遺言によって、女はその家の他《ほか》に少からぬ遺産を受けて、二人の子供を育てる事になった。

四月《よつき》の後《のち》、嘗《か》つて老人の坐《すわ》った座布団《ざぶとん》には公然と子供等の父なる若者が坐るようになった。その背後《うしろ》の半間《はんげん》の床の間には羽織袴《はおりはかま》できちんと坐った老人の四ッ切り＊の写真が額に入って立っている…………。

襖《ふすま》

友と私とは日が入って、山の或《ある》温泉宿に着いた。歩きはしなかったが、尻《しり》に痺《しびれ》の切れる程、俥《くるま》で山路《やまみち》をゆられた疲れで、夜は早く床に入った。二人は白い括枕《くくりまくら》を胸に当てて巻煙草《まきたばこ》をふかしながら話した。

「温泉場へ来ると直《す》ぐ憶《おも》い出す話があるんだが、君にはもうしたかしら」と友が云《い》った。

「どんな話だったかな」

「蘆《あし》の湯《ゆ》＊の紀伊国屋《きのくにや》での話だ。今の菊五郎＊が丑之助《うしのすけ》と云ってた時分だから、やがて十年も前だね」

「丑之助の出て来る話なんか未《ま》だ聴かないよ」

「丑之助は出て来ないが、丑之助に似た女の出て来る話なんだ」

「聴かないね」と私は首を振った。

「それなら仕ようかね、僕が恋された話だよ」と友は語り出した。

紀伊国屋の三階に二間続いて十畳の座敷があるが、客の非常にたて込んだ夏で、僕と祖父と祖母と、その頃幼稚園に通って居た末の妹とその守《もり》と都合五人だったがその一つの座敷へ入れられて了《しま》った。が、襖一重隣の十畳にも矢張り五人居た。京橋*に居る弁護士だと云う若夫婦と五十二三の気の強そうな割に若々しく見える母と、ミノリさんと云う五ツばかりの——可愛《かわい》いというより人形のような綺麗《きれい》な女の子と、その守とだ。

細君は身長《せい》のすらりと高い、か、ら、だ、ッ、つ、き、の甚《ひど》くいきな人で、話の調子ではこれが家つきの娘らしかった。夜になるとよく自分で弾いて長唄《ながうた》をやっていた。どうかするとその三味線《しゃみせん》で、小声で義太夫《ぎだゆう》を語る事などもあった。又毎朝ミノリさんと云う児《こ》に唄を教えた。

子供同士はそんな事がなくても直ぐ友達になるものだけれど、吾々《われわれ》が来た翌朝《よくあさ》、隣で唄の稽古《けいこ》が始まると僕の妹は直ぐ縁側へ出て、後手《うしろで》に欄干に倚《よ》りかかって、背をすりながら静かに横あるきをして隣を覗《のぞ》きに行った。

一トくさり済むと隣の細君は、

「おはいり遊ばせ」と声を掛けた。妹は顎《あご》を胸へつけるようにして、子供に特有な真面目《まじめ》腐った顔をして黙って居る。僕は花という此方《こっち》の守に眼くばせをした。花が出て行って、その時から妹とミノリさんとは友達になったのだ。

もう十日程もいるとかで、ミノリさんという児は函根細工《はこねざいく》の玩具《おもちゃ》を沢山持っていた。霧の晴れた時などは、一棟《むね》の二階の屋根一ぱいに造った大きな「出ッぱり」*の上にその玩具を運んで僕の妹とよく遊んでいた。隣の鈴《すず》という守は又、此方《こっち》の花と同年輩で、二人は二人で子供を離れていい友達になって了った。

この鈴が丑之助によく似ていたのだ。東京座*で、家橘《かきつ》*の長兵衛（幡随院《ばんずいいん》のじゃない）八百蔵《やおぞう》*の烏山《からすやま》の勘兵衛、猿之助《えんのすけ》*の何とかいう悪者でやった、何とかいう狂言をその少し前に見たが、それに出て来る丑之助の何とかいう田舎娘にそっくりなのだ。芝居の見始めで、歌舞伎《かぶき》座の役者のする狂言だと一つ物を二度ずつ見ないと承知の出来ない頃で、役者ではその時分子役あがりで丁度声がわりの仕ていた丑之助が可愛いので一番好きだった。だから、その方の聯想《れんそう》から僕は隣の守も直ぐ好きになったのだ。尤《もっと》も極く軽い程度だけれど…………

眼のぱっちりした円々とはち切れそうに肥《ふと》った、色の浅黒い顔が如何《いか》にも無邪気に可愛かった。田舎者で口数を余り利《き》かない、一眼で世慣れない、善良な娘という事が解《わか》るような顔なのだ。東京者の花はすっかり上手《うわて》に出て何かしゃべっていた。僕が妹を連れて散歩に出る時とか、運動場のブランコに乗りに行くような時には、花がいなくても鈴はミノリさんを誘い出してついて来る。それが如何にも露骨だ。ミノリさんの相手で何か他《ほか》の事をして遊んでいるような場合にも僕が散歩の支度《したく》をすると、直ぐ玩具を片づけてついて来る。十六位だろう。僕は十九だったと思う。二人は一緒に歩いても別に話をする事もなかった。然《しか》し段々には僕も鈴がついて来ないと寂しいような気がして、用でも仕かけていれば少しは待ってやった。

その頃は役者の絵葉書と云うものが無かったから、僕は新富町《しんとみちょう》＊の森山という役者の写真を殆《ほとん》ど一手販売にして居る家《うち》へじかに行って、ためたものだ。僕に芝居を見る事を教えて呉《く》れた林などは死んだ菊五郎＊の弁天小僧の写真をわざわざ日吉町《ひよしちょう》＊の小川＊で小さく縮めさせて、時計の鎖に下げる親指の腹程の写真挟《ばさ》みに入れて持っていた。僕も丑之助のを林にそうして貰《もら》って下げて居た。だから、その他《ほか》にも丑之助の写真は実に沢山持って来てたのだが祖父や祖母の前で見耽《みふけ》られないのを僕はひどく不自由に感じていたのだ。で、その代りにと云ったら妙だが、兎《と》も角《かく》も僕は時々鈴の顔を見るようになった。そして何時《いつ》かそれが癖になって了った。

日常の生活では特別な場合の他は、舞台の人を見る時とか、写真の顔を見る時のように凝《じ》っと他人の顔を見る事はない。だから見られる方の事にしたら、始終人前にさらしているものでも、見られるという事は特別に感じるわけだ。まして癖になった程に見られたのだから幾ら暢気《のんき》らしい鈴でも多少は拘泥《こうでい》しないではいられなかったろう。

　こんな事を云うと自分だけいい児になるようでみっともないが、正直な所を云って僕は丑之助に似ているから鈴が好きだったんで、鈴の顔で丑之助がしのべるから一緒にも歩きたかったのだ。

　ところがその内、妙な事が起って来た。それは僕が鈴の顔を凝っと見るように、鈴が時々凝っと僕の顔を見るようになった事だ。

　宿で貸す小さな一閑張《いっかんば》り*の机を縁側へ近く出して本を読んでいるような時に僕は不図《ふと》何処《どこ》かで鈴が見ているな、と感ずる事がよくあった。そういう時には実際屹度《きっと》何処からか見ているのだ。僕には鈴が何故《なぜ》そんなに自分の顔を凝っと見るのか解らなかった。兎《と》に角《かく》僕が余程好きになったには相違ないが、好きになったからと云って、人の顔を凝っと見つめるのは少し変に思われた。――後でこんな事ではなかったかと思ったが、鈴は僕がいやに顔を見るのを、自分を恋してるんでそんな事をするのだと解して、其処《そこ》で私もお前を恋してるぞ、という事を見せる為《ため》に、いやに僕の顔を見だしたのではないかしら。そんな事かも知れない。暢気な若い田舎娘の考としてはありそうな事と思う。然しそうなると、好きは好きでも、幾らか気味が悪く、前程は僕も鈴の顔を見る事が出来なくなった。

この辺で隣の家族の事を少し話す方がいいかも知れない。細君は大変いい人だ。僕は大好きだった。亭主はいやな奴《やつ》で、嫌いだった。生白《なまじろ》いにやけた男で赤い口髭《くちひげ》が房々とのびている。母は鼻の尖《とが》った瘠《や》せた人で黒い豊かな切下げの髪をひっつめて結んでいた。随分癇《かん》の強い我儘《わがまま》な女で、或晩の事、こんな事があった。八時半頃から女按摩《あんま》を呼んで療治をさせていたから、僕の祖父は女中を呼んで、「御隣が済んだら来る様に」と按摩に伝えさした。此方《こっち》の言葉も聞えたろうし、女中が按摩に伝えたのも聞いていたから、先方《むこう》の母は、それを知らない筈《はず》はないのだ。ところが十時頃漸《よう》く済むと、其処へ丁度碁かなんか打って還《かえ》って来た弁護士が「負けると一層肩が凝るような気がします」そんな事を云って、自分も揉《も》んで貰おうかしらと云い出した。細君は湯かはばかりへ行っていないが、此方《こっち》で待ってるのを承知してる母が屹度止めるだろうと思って耳を澄ましていると、何とも云わない。そうして、十一時頃まで揉ましてその男の方の済んだ時の云い草が「私のから見ると大変はしょったようだね」とこうだ。

按摩が此方《こっち》へ来た時分は祖父はもうぐっすり寝込んでいたから僕は断って了った。母という人は総《すべ》てがこの調子で、しかも口八釜《やかま》しくて何へでもきんきん響く声で口を出す。料理の献立が来れば自分一人で決定《きめ》て了うと云う風だ。だから隣とは子供同士は随分親しくして居たが、吾々は殆ど何の交渉もしなかったのだ。

或晩の事だ。十二時頃まで僕は床の中で本を見て、それからランプを消して眠った。十畳でもたてに三つ床を並べるのだから、かなりぎしぎしで、殊《こと》にその一方に通れるだけの道を残そうとするとはじに寝ている僕は床を隣との堺《さかい》へぴったりくっ着けて了わねばならない。僕の次が祖父、彼方《むこう》のはじが祖母、妹は祖父と祖母の蒲団《ふとん》の接目《つぎめ》に毛布を敷いてその上に寝た。花は祖母の足の所に、これは割に裕々《ゆうゆう》として寝ている。

その内僕は何かで不図眼を覚した。二間半《けんはん》を四枚で仕切った大分大きな襖が今すーっと開《あ》く、――どうしたんだろうと僕は枕《まくら》から首を浮かしてると、三分の二程開いて、又静かにすーっと閉《しま》って了った。その襖は僕の胴より下の部分にあったし、隣も此方《こっち》も薄暗い行燈《あんどん》の光だから、誰がどうしてそんな事をしたのかは全《まる》で見えないが、鈴だとは僕も直ぐ思ったのだ。大胆な事をする奴だ、又何だってそんな真似《まね》をするんだろう。若《も》しかすると鈴は本気で僕を恋し出したなと考えて、少しは嬉《うれ》しいような気もしたが、大して気にも留めず、間もなく僕は又眠入《ねい》って了った。

そして翌朝《よくあさ》湯に入ってる時、不図それを想《おも》い出したまではすっかり忘れていたが、想い出すと却《かえ》って何だか夢のようにも考えられた。

朝飯の時、隣でも食事が始まっていた。その時、

「昨晩、其処の襖が開《あ》きましたね」と隣の母の云うのが聞えた。

「ええ開いたようです」少し笑い声で弁護士がいう。

それがよく聞えるが、祖父も祖母も黙っている。

「鈴や、お前も気がついたろう」と母の少し高い声がすると、鈴は一寸《ちょっと》云いよどんで、

「いいえ、ちっとも……」という。

「あれをお前、知らないの？　お前の寝ている直ぐわきの襖じゃないか」蔑《さげす》むような調子だ。

「どうでもいいじゃありませんか」と細君がたしなめるように小声に力を入れていう。

　こうなると僕も黙っていられなくなったから、

「おばあさん、襖の開いたのは僕も知っているんですよ」と故意《わざ》と大きい声をしてやった。祖父は、

「黙って」と眼でおさえるようにして云う。

「お隣の若さんも気がついたと仰有《おっしゃ》るようだが、一体誰が開けたんだろうね」と隣の母は如何《いか》にも興奮した口ッぷりだ。「お隣の若さん」が甚《ひど》く厭味《いやみ》に響いたので腹が立って来たが、祖父がむずかしい顔をしているので、無闇《むやみ》と口出しもならなかった。

「鈴や、お前が開けたんじゃないの？」と勝気な母はこんな事を云い出した。

「いやで厶《ござ》いますよ」田舎者の重い口で尚切《なおしき》りに鈴はそれを打ち消す。僕にそれを塗りつけるという程の事も云ってはしなかったが、鈴が一途《いちず》に打ち消して了えば事実は塗りつけられる事になるのだから僕もむっとした。

「お母さん、もう、いいじゃありませんか」と又細君が情ないと云う調子で云う。

「又始まった」というように僕には聴きなされた。

「尤もまあ、人間には、寝ぼけると云う事もあるですからな」それまで黙って居た弁護士がこんな事をいう。

見ると祖母はこそこそと黙って食事をしている。祖母も僕が開けたと思ってるに相違ないと思うと益々《ますます》腹が立つ。

「お前さん、そんな暢気な事を云ったって、これが、襖の開いた位の話だからいいようなものの、鈴だってこれからお嫁に行く児ですよ。第一、お前さん達は気がついてるか、どうか知らないけど、一昨日《おととい》の晩も一尺ばかり開いたんですよ、知ってるの？」

「知っとりました」と笑うように弁護士が答えた。

これには驚いた。僕は一体眼ざとい性《たち》で、少し変った事だと直ぐ眼を覚す方だと自ら信じ切っていたのだが、それは全く気がつかなかった。

「この暑さじゃあ、私共だって、中々東京へは帰れないし、御隣だっていらしたばかりじゃ、暫《しばら》くは襖一重でこうして居なければならないが、その間ちょい、ちょい襖が開《ひら》かれちゃあ堪《たま》りませんよ」

「おじいさん、襖を開けたのは本統に僕じゃあ、ないのですよ」僕は激しながら訴えるようにいったのだ。

祖父は微笑しながら軽く首肯《うなず》いて、

「飯を食ったら歩こう」という。

僕はいらいらして直ぐ飛び出した。玄関で待ってると、暫くして祖父は大きな灰色のヘルメットを被《かぶ》って、杖《つえ》を担《かつ》ぎ、スリッパをつッかけて下りて来た。

「弁天山の方へ行くか」というから、

「見晴しの方がいいでしょう」といった。今のような新道のない頃で川底のような山路を歩きながら話した。

祖父は白隠禅師《はくいんぜんじ》*の逸話を聞かしてくれた。有名な話でその後も色々な人から聞いたが、ある娘がみもちになって親から相手を聞かれるので苦しまぎれに白隠様だといったら、どういうわけだか知らないが親はそれを喜んで直ぐ白隠の所へ行って、その事をいうと、「ああそうか」といったぎりだったそうだ。暫くして本統の相手が知れたので、親は閉口しきって平あやまりにあやまりながら、その事をいうと、白隠は又、「ああそうか」といったきりだという話だ。

兎に角適切な話なので、僕はすっかり気分を直して了った。そして帰ると、隣では切《しき》りと荷をまとめている。昼食《ひるめし》をすますと、三挺《ちょう》の籠《かご》が来て、たって往って了った。たつ時、細君だけが気の毒そうな顔をして一寸挨拶《あいさつ》に来た。底倉《そこくら》*の蔦屋《つたや》まで降りるのだそうだ。

丑之助に似た、暢気らしい顔の鈴はすっかり萎《しお》れて了った。ぼんやりしている。僕は急に可哀想《かわいそう》になって何か云ってやりたいような気もしたが、何にも云いはしなかった。花だけが玄関まで送って行った。弁護士は洋服姿で歩いて三挺の籠をさい領して行く。皆の姿が弁天山の裏へ入るまで僕は見ていた。

鈴とはそれッきり、丁度十年になるが、一度も、もう会わなかった。が、その翌年《よくねん》何かの慈善興行の時、歌舞伎座で弁護士の夫婦とミノリさんとが枡《ます》にいるのを見かけた。その時いた女中は鈴より気の利《き》いた顔をした、十六七の女だった。便所への通い路で細君とすれ違ったが、お互に知ってから、知らん顔をして了った。

話はこれだけだ。然し最後にもう一ト言、僕を恋してくれた鈴の為に弁護をさして貰うと、鈴があの時襖を開けたのは、襖を開けてどうしようと云う、所謂《いわゆる》みだらな考があって、したのではなく、無智《むち》な田舎娘の事で、そうすれば、丁度顔を見詰める事が愛情を表す手段であると考えたように、そんな事をして、愛情を僕に見せようとしたに相違なかったのだ。

何遍も話す為か、友はすらすらとちゃんとまとまりをつけて、、、、漸《ようや》くこの恋されたと云う話を語り終った。

祖母の為《ため》に

総《すべ》ての友達が自分に敵意を持って居る——と、こう思い込む事が私にはよくある。それが不健全な一時的の気分からだとは知りながら、若《も》し誰かを訪ねでもすれば屹度《きっと》脅迫されるように、私は不快《いや》な事を云《い》ったり仕たりして了《しま》う。堪えられない孤独と腹立たしさを感じて別れて来る。と、必ず祖母を思う。

「何と云っても、もう祖母だけだ」と思う。

祖父は今から丁度五年前に死んだ。祖父はえらい人だった。知ってる人は皆彼をえらい人だと云って居た。祖父は一族の大黒柱で祖母には殆《ほと》ど一つの偶像になって居た。非常な養生家で七十九歳になってカナリ立派な健康を保って居た。ところが胃癌《いがん》になった。普通の年寄なら死ぬべき時が来ても、鍛え上げられたからだは死にきれなかった。数ヶ月の間は見て居られない程の苦しみをした。十六歳と云う古い昔から殆ど傍を離れた事のない祖母は死物狂いの力で看病した。私は死物狂いの看病がいつまでもいつまでも続くのには驚いて見て居た。七十になるひよわな祖母に何処《どこ》からそんな力が湧《わ》いたか、それが不思議に思われた。

私は祖父を尊敬し、愛しもした。然《しか》しその時は祖父の死と共に祖母の死が来はしまいかと、それを恐れて居た。

九月の末に床について、正月の初めに*祖父は遂《つい》に亡《な》くなった。祖父が息をしなくなるとその部屋には急に人々の烈《はげ》しい泣声が起った。兄弟の多かった祖父には甥《おい》とか姪《めい》とか云う者が多かった。それらの人々が遠くから集って来て居た。

少時《しばらく》して私は泣声を聞き捨てて起《た》った。茶の間へ行こうと中の口へ来ると、その格《こう》子《し》の内に六十ばかりの何処かで見た事のある白《しら》っ児《こ》*の男が立って居た。

「手前はU町のTI葬儀社で厶《ござ》いますが……」こう云って、どうか御用が仰《おお》せつかりたいという。

私はどうしてこんなに早く来たのか不審に思った、それは祖父が眼をねむって未《ま》だ十五分しない時だったから。――TI葬儀社と云うのは私の家から電車へ出るU町の左側にある。其処《そこ》と自家《うち》の間はよしんば若い者がどんなに駈《か》けても十五分で往復の出来る近さでないから、私は変な気がしたのである。

「私には分らないから」こう云って来て了った。

然し祖父の葬儀万たんはこの白っ児が引きうける事になった。後で聴くと白っ児が来て又十五分しない内に××町の葬儀社からも人が来たそうである。

祖父を送って了った祖母は何となく、もうこの世には用のない人間と云う感じを人々にさせた。私にはそれが心細かった。そして事実祖父の死からは段がついて元気がなくなった。

――祖母は一体が烈しい気性で、「どうでもいい」と云うような事が出来なかった。祖父が死んでから傍に寝て居る私の朝寝坊をよくぐずぐず云う。その事では毎朝のように喧嘩《けんか》した。祖母は同じ調子で色々な事に干渉する。時々は私も我慢出来ずに乱暴な事を云って、いじめてやる事もあった。

何でだかは忘れた。或時《あるとき》カナリ烈しい云い争いをして祖母を泣かした。黙って了った祖母に散々悪口《あっこう》を云い捨てて私は湯へ入った。暫《しばら》くすると、もうどうしても我慢が出来ないと云う顔をして、唐木《からき》*のステッキを持って入って来た。打つなと、背中を丸くして居ると何にも云わずに力まかせに裸の背中をピシャリピシャリ殴る。

「平気だ」と冷笑すると、

「未だか」こう云って今度は首筋を二つ三つ殴って、戸をガタンと閉めて出て行った。――こんな事もそう古い事ではない。然しもう、八釜《やかま》しい事は云っても、それ程の元気はなくなった。――私は何だか白っ児が気になって来た。

――白っ児とは時々往来で会った。前ハダカリのだらしのない風をしてぶらりぶらりと下駄《げた》を曳《ひ》きずって居る。血管の透いて見える白いような赤いような皮膚には所々褐色《かっしょく》のしみが地取《じど》って、丸顔で頬が落ちて居る。割に大きな口で、その端がつり上って居るのが只《ただ》でもニヤリとして居るように見える。灰色に光った眼ですれ違いにジロッと他《ひと》の顔を盗み見る。すると私の心はいつも反射的に妙な緊張を感じずには居なかった。そうしては祖父の死んだ日の事を憶《おも》う。今か今かと屋敷のそば迄《まで》来て居たこの白っ児の姿を想像するとかッとして、たしかに祖母の命を呪《のろ》って居やがる、と思う。こう思うと私は可笑《おか》しい程に興奮した。

――が、二年程は何事もなかった。

二年目に私は或事から家《いえ》の中に騒ぎを惹《ひ》き起した。父は廃嫡《はいちゃく》してやるから勝手に出て行けと云う。其処で私は祖母に承知させて、私の名で貯《たくわ》えてあった祖母の金を持って田舎へ住むつもりで、既に家《うち》まで借りて、もう二三日で出ようと云う時、元来脳の弱かった祖母は過度の心配から頭が変になって卒倒して了った。一時はその儘《まま》死ぬかと思った。自家《うち》の者は皆《みんな》そう諦《あきら》めたらしかった。――これで私は家《うち》が出られなくなった。

……十日程で、死なないだけは明かになったが、床を離れる迄には三月や四月はかかると医者は云った。

祖母の死、これが私に本当に恐ろしくなったのはこの頃であった。

叔父の一人が、

「……そりゃ、お前のように自家《うち》の財産を何とも思わないのは気持もいいさ。然しお祖母《ばあ》さんも、もう二年だぜ……お祖母さんが安心して眼をねむってから勝手を仕たって遅くはあるまい」こんな事を云った。私はこう云った。

「心配を掛けてる間お祖母さんも死にきれないんだから、安心されるのが私には何より可恐《こわ》いんです」

叔父は笑ったが、私は笑わなかった。——「もう二年だぜ」医者だってこんな事を平気で云える奴は憎んでやる。——腹ではこう思って居たのだ。

祖母の健康はいくらかずつ回復して行った。よくなるにつけ、重《おも》るにつけ、気むずかしい事を云って看護婦や、私には義理のある母などを困らした。こう云う時、頭から祖母を叱《しか》りつける事の出来るのは私だけであった。

私はそれまではよく外国行を心に計画していた。然しこの時分からその望は自《みず》ら殺して了ったのである。十三で実母を失った私はその以前からも殆ど祖母の手だけで育てられた。だから私の我儘な性質とか意久地なしとかは総て祖母の盲目的な愛情の罪として自家《うち》の者からも親類からも認められて居た。病床で二人だけになると祖母はよくそれを云い出しては涙を流した。これにはいつも私は怒らされるか泣かされるかしない事はない。殊《こと》に亡くなった母の事を云われると、理窟《りくつ》なしに直ぐ涙が流れて来た。そして或時はこういう相手もなくなった一人きりの自分を想像する事もあった。

祖母は段々によくなった。二ヶ月半ばかりで、とうとう床を離れるまでになった。然し眼に見えて弱くなった。その様子を見ると私は力の入れ所のない不安を感ずる。こんな時私は、

「長生しなくちゃ駄目ですよ」こんな事を荒々しく云った。又、

「いまに私も何か仕ますからネ」こんな事を云った。祖母は首肯《うなず》きながら、その「何か」が解《わか》らないと云うような顔をして居る。それには私も腹を立てる事があった。

或晩夢を見た。

――不図眼を覚すと（それが夢だ）祖母が部屋を出て行く。便所なら今母が昌子《まさこ》

（私の末の妹）を抱いて行ってるのにと思ったが、そのままにしていると間もなく祖母は手洗《ちょうず》を済まして還《かえ》って来た。私は眼を覚している時はいつもしてやる様に起きて夜着《よぎ》をかけてやった。何気なく見ると、夜着の袖口《そでぐち》から小さな手が出て居る。昌子の手だ。――私はその時直覚的に、便所から出て来た母とのすれ違いにどうかしてこの手が祖母へくッついて来たんだなと思った。こう思うと一種の緊張した興奮が腹の奥に起ったような気がした。然し外面は私はグッと落ちついて了った。

私は割に平気に廊下と一ト間を隔てた母を呼んだ。母は昌子を抱いたまま出て来た。昌子はぐっすりと眠り込んでガックリ頭を後に垂れて居た。……手は両方共ある。

その時直ぐ夜着の袖口を見たが、今度は手がなくて、三寸ばかりに延びた私の髪の毛がゾックリ一トかたまり、皮ごと落ちて居た。――「何か居るぞ！」こう思った。

「お父さんをお呼びして下さい」私は自分の頭に手をやって見る気もなかった。母は無言で起《た》って行く。そこらがシーンとして居る。祖母も母も眠ったように口をきかない。「凶」――こう云った見えない力がこの家中《うちじゅう》を一ぱいに支配している、こんな気がした。

それに対しては瞬《また》きも出来ないと思う。……と見ると、母の袖の下からだらりと下った昌子の片手だけが土色をして居る。思わず立って私はついて行った。その時、背後《うしろ》からすッと私をすり抜けて行く者がある。私は直ぐそれへついた。その者は襖《ふすま》も障子も音なく開けて行く。それが非常な速さだ。中の口から戸外《そと》へ出る。「女の西洋人だ」——こう思うと「いや、白っ児だぞ」と直ぐ思い直した。灰色のスカートを曳いて飛ぶように門の方へ逃げて行く。私はいきなり後《うしろ》から組みついた。——夢は覚めた。

私は暫く深い呼吸をしながら天井《てんじょう》に丸く映って居る行燈《あんどん》の灯《あかり》を見つめて居た。……どうしたのか祖母も眼を覚して居る。私は今の夢を話してやった。すると祖母は、

「そんなら私も丁度同じ夢を見て居た」と云った。これにはぞーッとした。——がそれも翌朝《よくあさ》になって見たら夢だったのである。

この夢は妙に頭についた。

——子供の頃、一つ下の級に何という事もなくひどく憎らしく思った子供があった。或時は余り憎らしくなって、持って居た鞠《まり》をいきなり頬へたたきつけて泣かした事もあった。ところが暫くして私は全くその児が嫌いでなくなった。それは夢でその児が綺麗《きれい》な着物を着て可愛《かわい》くなって私に親しくしたからである。翌日は私はこの子供に一種の愛情をさえ起して居た。——

白っ児にも夢からそんなに思うのは馬鹿々々《ばか》しくも、乱暴のようにも思える事があった。然し祖父の亡くなった日の事を思うと、急に、「何だ！」と云う気になる。そんな事で油断すると危険だぞとも思った。

白っ児は懐手《ふところで》をして、よくぶらぶら往来を歩いて居る。それが私には餓《う》えた肉食獣の食をあさってでも居るように見えた。ところがこのいつもぶらぶらしている男が葬式の列に添うて走りながら世話を焼いて居る様子を見ると、まるで別人かと思う程にキリリとして了う。何も知らずに眼を泣きはらして白い着物で従う女の人などを見ると、他事《ひとごと》ながらかッとして来る事もあった。

祖母は何となく元気が無くなった。——気のせいでそう見えるのかな、とも迷った。夜晩《おそ》く帰って来ると眼を覚して居て、「何処へ行って来た？」と訊《き》く事がある。「何か口に入れる物はないか？」など、云う事がある。そんな時、私はビスケットを二ツ三ツ持って行ってやると、それを食べて又眠る。こんな事は私にも子供から決して許さなかった事だ。

祖母は又私のする二三日の旅行も喜ばなくなった。私にはそういう事々が情なく感ぜられた。それにつけ呪って居るような白っ児をどうかしなければならぬと思う。

或日親類の者が来て、その家《うち》の老人が重患でもう助かるまいという話をしながら、「病人も夜着《よぎ》を釣るようになると、もう長い事はありません」と祖母に云っていた。私は聴いて居てヒヤリとした。夜着が重いと云いながらこの言葉を憶い出す祖母を考えても——自分を考えても私はゾッとした。いずれは死ぬ。百まで生きる人は殆どない。然し九十、自分が四十以上になるまでは生きていて貰いたい。白っ児をどうかしなければならぬ——然しどうかするとはどうする事かと思うと私の考も其処で止って了う。

秋も更《ふ》けたが妙に生温かい日が続いて、その内不意に寒い日が来た。祖母は風邪をひいた。これが段々悪くなって苦しそうな咳《せき》が頻《しき》りに出る。呼吸が妙に早くなる。——私は恐れて居た事がいよいよ来たなと思った。

病名は知らないが、肺臓にたんが溜《たま》って空気を吸う場所を段々狭くする為に呼吸が早くなるのだと云う。ところがそのたんが時々込み上げて来る。これが見て居られない。

せいてもせいてもたんが切れない。上眼《うわめ》使いをして力を入れてせこうとするが如何《いか》にも力が足りない。背後《うしろ》から抱いているが、私にもどうする事も出来ない。その内祖母は疲れて、もうせく力がなくなると、ぐッとつまって息が止って了う。抱いてる私の手を握り〆《し》め、背を丸くして苦しむ。痩《や》せきった小さなからだには全体に力が入って居るが、それで息が出来ない。顔が赤くなって、眼をつり上げて了う。私は無益に力を入れて――仕方がない、自分で咳をする。調子をつけて力を移すようにするが、祖母は今にもガックリ往《い》って了いそうになる。父も母も只あわてるばかりだ。

　こう云う時、私は屹度部屋の暗い隅を一生懸命に睨《にら》んで居る。其処に実際、白っ児の灰色の眼が見えるのではないが、私はそれをこしらえて――又出来る――それを出来るだけの力で睨みつけるのである。

　祖母の苦しみぬく時にはその様子を見て居られなくなる。長いと云っても本当に計ったら何秒と云う間であろう。その僅《わずか》な間が見て居られない。何秒の逃場としても私は暗い隅に眼を外《そ》らさずには居られない。息を凝《こら》して睨んで居る。その内、祖母の唇からドロドロのたんが流れ出して来る。看護婦がガァゼでそれをとる。祖母はすっかり疲れる。静かに寝かしてやると黙って眼を眠る。凹《くぼ》んだ眼から涙が溢《あふ》れて居る。

――こう云う事が三四度あったが、祖母は又取り直して来た。

　日に八度吸入をした。吸入器のコップに二杯ずつ、寝ながら吸入をした。祖母のは湯気の中で呼吸してると云うだけで殊更に強く吸うと直ぐ咳になる、が、それで少しずつはよくなって往った。大きな火鉢《ひばち》にかけた金盥《かなだらい》からは絶えず湯気をたてて置いた。はかばかしくはないが段々と呼吸の数《すう》も減じて行った。

私はこんな事を思った。前の時でも今度でも、もう殆ど危いとなってどうか取り直す。これが若し自分が自家《うち》に居なかったらと想像すると祖母は到底生きていそうもない気がする。それが白っ児か何かもう知らない。——兎に角、祖母を襲って来る者に自分は何かしている。この考は何となく疑えなかった。然し私は、快くなって行く様子を見ながらも安心は出来ないと絶えず思って居たのである。

三月《みつき》ばかりで思ったより早く全快した。医者は二月末までは鵠沼《くげぬま》*あたりの海岸に行って居る方がいいと云った。

朝、荷は新橋*へ先に届けさして、後《あと》から祖母と俥《くるま》を連ねて家《いえ》を出た。U町の葬儀社の前へかかると、生花造花《いけばな》などが店先に並べてある。白張り、竜頭《りゅうず》などが軒先《のきさき》にたてかけてある。黒い着物の人足共が溝板《どぶいた》の上にしゃがんで煙草《たばこ》をのんで居る。

その様子から家《うち》の中の工合《ぐあい》がいつも余所《よそ》の葬式にそれらを運び出す時とは異《ちが》う。

「若しかしたら白っ児が死んだ！」——思うだけで胸がドキドキして来た。……白っ児はたしかに居ない。……俥は店の前を過ぎた。私には不意にヒロイックな烈しい興奮と得意とが起って来た。頭巾《ずきん》を被《かぶ》った頭をチョコンと出している小さな祖母を後から見ている内に、「どうだい！」と怒鳴ってやりたいような気がして困った。

新橋へ来ても何にも知らずに祖母は間抜けな顔をして風に当った眼をショボショボさして涙を拭《ふ》いていた。私は、

「お祖母《ばあ》さんは馬鹿だなア」こう云って背中でも撲《なぐ》ってやりたいような気がした。

白っ児はたしかに死んだ。――それはどういうものか疑う気が少しもなかった。

人の死を喜ぶ。それも殆ど矛盾なしに喜ぶ。――私には初めての経験だ。

私も葬儀社と云う職業のあるのは仕方がないと思って居る。然し葬儀社はしても考えてならぬ事があろうと思う。ところが、白っ児は絶えずそれを考えて居たのではないかしら……

私は戦争は勿論《もちろん》、総ての殺人を憎む、(今もそうきめて居る)――死刑と云う法律も私には許せないものだ。だのに、白っ児の死、それには何かの意味で自分が原因になって居そうな気をしながら矛盾なしに喜ぶ事が出来た。――いい事か悪い事か知らない。――が、どっちにしろ私は嬉《うれ》しくて嬉しくてならなかった。

鵠沼に居る間に祖母は大変丈夫になった。そして二月の末に帰って来た。

それからも私はよく店の中を注意して見た。然し遂に白っ児の姿は見る事がなかった。

私はこの冬祖母を又鵠沼へ連れ出そうと思って居る。祖母は去年より遥《はるか》に丈夫になった。

母の死と新しい母

一

十三の夏、学習院の初等科を卒業して、片瀬《かたせ》*の水泳に行って居た。常立寺《じょうりゅうじ》の本堂が幼年部の宿舎になって居た。

午後の水泳が済んで、皆《みんな》で騒いで居ると小使が祖父からの手紙を持って来た。私は遊びを離れて独り本堂の縁《えん》に出て、立ったままそれを展《ひら》いて見た。中に、母が懐妊したようだと云《い》う知らせがあった。

母は十七で直行《なおゆき》と云う私《わたし》の兄を生んだ。それが三つで死ぬと、翌年《よくとし》の二月に私が生れた。それっきりで十二年間は私一人だった。所に、不意にこの手紙が来たのである。嬉《うれ》しさに私の胸はワクワクした。

手紙を巻いて居ると、一つ上の級の人が故意《わざ》と顔を覗《のぞ》き込むようにして、

「お小遣が来たね」と笑った。

「いいえ」

答えながら、賤《いや》しい事を云う人だ、と思った。

私は行李《こうり》から懐中硯《かいちゅうすずり》を出して、祖父へと母へと別々に手紙を出した。

――旅に出ると私は家中《うちじゅう》――祖父から女中までに何か土産を買って帰らねば気が済

まなかった。仕舞には「今度はおよしよ」と云われるようになった。それで矢張り買って来る。と、祖母や母も「それぞれうまい物を見立てて」と讃《ほ》めた。

この水泳でも、来るとからそれを考えて居た。然《しか》し手紙を見ると「今度は特別に母だけにしよう」と急に気が変った。「褒美《ほうび》をやる」こう云うつもりであった。

江の島の貝細工では蝶貝《ちょうがい》＊という質《しつ》が一番上等となって居たから、それで頭の物を揃《そろ》えようと思った。櫛《くし》、笄《こうがい》、根掛け、簪《かんざし》、これだけを三日程かかって叮嚀《ていねい》に見立てた。

片瀬も厭《あ》きて来ると、帰れる日が待遠しくなった。

日清《にっしん》戦争の後《あと》で、戦地から帰って来た予備兵が自家《うち》にも二十何人か来て泊って居ると云う便りが暫《しば》らくすると来た。私は賑《にぎや》かな自家《うち》の様子を想像して早く帰りたくなった。

二

帰ると、土産を持って直《す》ぐ母の部屋へ行った。母は寝て居た。悪阻《つわり》だと云う事で、元気のない顔をして居た。

その部屋の隣は十七畳のきたない西洋間で、敷物もなく、普段は箪笥《たんす》や長持の置場になって居たが、片づけられて兵隊が十何人か其所《そこ》に入って居た。その騒ぎが元気なく寝ている母に一々聴えて来る。それがさぞいやだろうと思った。

母は夜着から手を出して、私の持って来た品を一つ一つ、桐《きり》の函《はこ》から出して眺めていた。

——翌朝《よくあさ》起きると直ぐ行って見た。母は不思議そうに私の顔を見つめていたが、

「何時《いつ》帰って来たの？」と云った。

「昨日《きのう》帰ったんじゃありませんか。持って来たお土産を見たでしょう」こう云っても考える様子だから、私はその品々を父の机の上から取り下して見せてやった。それでも母は憶《おも》い出さなかった。

その時は気にも掛けなかったが、段々悪くなるにつれ、頭が変になって行った。そして暫くすると頭を冷やす便宜から母はざんぎりにされて了《しま》った。

病床を茶の間の次へ移した。隣室の兵隊が八釜《やかま》しくてか、それは忘れた。若《も》しかしたらその時はもう兵隊は居なかったかも知れない。

大分《だいぶ》悪くなってからである。母が仰向《あおむ》けになって居る時、祖母が私に顔を出して見ろと云った。ぼんやり天井《てんじょう》を眺めている顔の上に私は自分の顔を出して見た。傍《わき》で祖母が、

「誰かこれが解《わか》るか？」と訊《き》いた。母は眸《ひとみ》を私の顔の上へ集めて、少時《しばらく》、凝《じ》っと見て居た。その内母は泣きそうな顔をした。私の顔もそうなった。そうしたら、母は途断《とぎ》

れ途断れに、

「色が黒くても、鼻が曲って居ても、丈夫でさえあればいい」こんな事を云った。

次に、根岸のお婆《ばあ》さんと云う、母の母が私のしたように顔を出して、自分で、

「私は？」と云って見た。

母は又眸を集めて見て居たが、急に顔を顰《しか》めて、

「ああ、いやいや、そんな汚いお婆さんは……」

と眼をつぶって了った。

三

かかりつけの医者は不愛想な人だが、親切で、その上自家《うち》中の人の体を呑《の》み込んで居ると祖母などは信用しきって居た。ところがその二年程前、旧藩主の気の違った殿様を毒殺したと云う嫌疑《けんぎ》で私の祖父等五六人と共に二ヶ月半この人も未決監に入れられた。それ以来どう云う理《わけ》か縁を切った。（今は又かかるようになったが）で、母の病気は松山と云う世間的にはこの人より有名な近所の医者に診察して貰《もら》って居た。然し祖母は何かとそれに不平があった。殊《こと》にのっぺりした代診のお世辞のいいのを不快に思って居た。

病気は段々と進んで行った。絶えず頭と胸を氷で冷やした。

これも理由を知らないが、病床は又座敷の次の間へ移された。で、二三日するといよいよ危篤《きとく》となった。

汐《しお》の干《ひ》く時と一緒に逝《い》くものだと話して居た。それを聴くと私は最初に母の寝て居た部屋へ馳《か》けて行って独りで寝ころんで泣いた。

書生が慰めに入って来た。それに、

「何時《なんじ》から干くのだ？」ときいた。書生は、

「もう一時間程で干きになります」と答えた。

母はもう一時間で死ぬのかと思った。「もう一時間で死ぬのか」そうその時思ったという事は何故《なぜ》かその後《ご》も度々想《おも》い出された。

座敷へ来ると、母はもう片息で、皆《みんな》が更《かわ》る更《がわ》る紙に水を浸して脣《くちびる》を濡《ぬ》らして居た。

——髪をかった母は恐ろしく醜くなって了った。

祖父、祖母、父、曾祖母《そうそぼ》、四つ上の叔父、医者の代診、あと誰が居たか忘れた。これ等の人が床のまわりを取巻いて居た。私は枕《まくら》の直ぐ前に坐《すわ》らされた。散切《ざんぎり》になった頭が括枕《くくりまくら》の端の方へ行って了っている。それが息をする度に烈《はげ》しく揺れた。吾々《われわれ》が三つ呼吸する間に、母は頭を動かして、一つ大きく息をひいた。三つ呼

吸する間が四つする間になり、五つする間になり、段々間《あいだ》があいて行く。踞《こご》んで、脈を見ている代診は首を傾けて薄眼を開《あ》いて居る……。もう仕なくなった。こう思うと、暫くして母は又大きく一つ息をひいた。その度に頭の動かし方が穏かになって行った。少時《しばらく》すると不意に代診は身を起した。――母はとうとう死んで了った。

四

翌朝《よくちょう》、線香を上げに行った時、其処《そこ》には誰も居なかった。私は顔に被《か》ぶせてある白い布《きれ》を静かにとって見た。ところが、母の口からは蟹《かに》の吐くような泡が盛り上っていた。「未《ま》だ生きて居る」ふッとそう思うと、私は縁側を跳んで祖母に知らせに行った。

祖母は来て見て、

「中にあった息が自然に出て来たのだ」と云って紙を出して叮嚀にその泡を拭《ふ》き去《と》った。

江の島から買って来た頭の物はその儘皆《ままみな》、棺に納めた。

棺を〆《しめ》る金槌《かなづち》の音は私の心に堪えられない痛さだった。

坑《あな》に棺を入れる時にはもうお終《しまい》だと思った。ガタンガタンと赤土の塊を投込むのが又胸に響いた。

「もうよろしいんですか？」こう云うと、待ちかねたように鍬《くわ》やシャベルを持った男が遠慮会釈《えしゃく》なく、ガタガタガタガタと土を落して埋めて了った。もう生きかえっても出られないと思った。

母は明治二十八年八月三十日に三十三で死んだ。下谷《したや》の御成道《おなりみち》＊に生れて、名をお銀《ぎん》と云った。

五

母が亡《な》くなって二月《ふたつき》程すると自家《うち》では母の後《あと》を探しだした。四十三の父が又結婚すると云う事がその時の私には思いがけなかった。

お益《ます》さんという人の話が出た。これも思いがけなかった。この人は七つ迄《まで》の友達だったお清《きよ》さんと云う人の姉さんの又姉さんである。が、その話はそれっきりで、却《かえ》ってお益さんの父から他《ほか》の話が起った。そして写真が来た。

その翌日祖母は私にその写真を見せて、

「お前はどう思う？」と云った。不意で何といっていいかわからなかった。只《ただ》、

「心さえいい方《かた》なら」と答えた。

この答は祖母をすっかり感心させた。十三の私からこの答を聴こうとは思わなかっ

たように祖母は祖父にそれを話して居た。聞いて居て片腹痛かった。

暫くして話は決った。話が決ると私は急に待遠しくなった。母となるべき人は若かった。そして写真では亡くなった母より遥《はる》かに美しかった。

――実母を失った当時は私は毎日泣いて居た。――後年義太夫《こうねんぎだゆう》で「泣いてばっかり居たわいな」という文句を聴き当時の自分を憶い出した程によく泣いた。兎《と》に角《かく》、生れて初めて起った「取りかえしのつかぬ事」だったのである。よく湯で祖母と二人で泣いた。然し私は百日過ぎない内にもう新しい母を心から待ち焦《こが》れるようになって居た。

六

一日一日を非常に待遠しがった末に、漸《よう》や く当日が来た。赤坂の八百勘《やおかん》*で式も披露《ひろう》もあった。

式は植込みの離れであった。四つ上の叔父、曾祖母、祖母、祖父等と並んでお杯を受けた。その時私は不器用に右手だけを出して台から杯を取上げた。武骨な豪傑肌《ごうけつはだ》の叔父さえも、謹んでして居る中で自分だけ態《わざ》とそう云う事をした。しながら少し変な気もしたが、勇ましいような心持もあった。

式が終って、植込みの中を石を伝って還《かえ》って来ると、背後《うしろ》から、「何だ、あんなゾンザイな真似《まね》をして」と叔父が小声で怒った。私は初めて大変な失策をしたと気がついた。私は急に萎《しお》れて了った。

広間では客が皆《みんな》席について居た。私は新しい母の次に坐った。母は拇指《おやゆび》に真白な繃《ほう》帯《たい》をして居た。かすかな沃度《ヨード》ホルムの匂《にお》いがした。

席が乱れるにつれて私も元気になって来た。雛妓《おしゃく》の踊りが済むと、大きい呉服屋の息子で私と同年の子供がその時分流行しだした改良剣舞*をやった。その後で四つ上の叔父と私と只の剣舞をした。

芸者が七八人居た。吾々の前には顔立のいい女が坐って居た。父は少し酒に酔って居て、母の前で、その芸者に「この中ではお前が一番美しい」と云う意味の事を云った。何か云って芸者は笑った。母も強《し》いられて少し笑った。私はヒヤリとした。お杯の時した自分の武骨らしい厭味《いやみ》な様子と、父のこれとが、その時心で結びついたのである。

お開《ひら》きになった。玄関で支度《したく》をして居ると、新しい母の母が寄って来て、「これを忘れましたから、上げて下さい」と小さな絹のハンケチを手渡した。帰ると、母はもう奥へ行って居て会えなかった。私はそれを叮嚀にたたみ直して自分の用箪笥に仕舞って寝た。

七

翌朝私が起きた時には母はもう何か一寸《ちょっと》した用をしていた。私は縁側の簀子《すのこ》で顔を洗ったが、毎時《いつも》やるように手で洟《はな》が何となくかめなかった。

顔を洗うと直ぐハンケチを出して母を探した。母は茶の間の次の薄暗い部屋で用をしていた。私は何か口籠《くちごも》りながらそれを渡した。

「ありがとう」こういって美しい母は親しげに私の顔を覗《のぞ》き込んだ。二人だけで口をきいたのはこれが初めてであった。

渡すと私は縁側を片足で二度ずつ跳ぶ馳け方をして書生部屋に来た。書生部屋に別に用があったのでもなかったが。

その晩だったと思う。寝てから、

「今晩はお母さんの方で御やすみになりませんか」

と女中が父の使で来た。

行くと、寝て居た母は床を半分空けて、

「お入りなさい」と云った。

父も機嫌《きげん》がよかった。父は「子宝と云って子程の宝はないものだ」こんな事を繰り返し繰り返し云い出した。私は擽《くすぐ》られるような、何か居たたまらないような気持がして来た。

私の幼年時代には父は主に釜山《ふざん》と金沢に行って居た。私は祖父母と母の手で育てられた。そして一緒に居た母さえ、祖母の盲目的な烈しい愛情を受けている私にはもう愛する余地がなかったらしかった。まして父はもう愛を与える余地を私の中に何処《どこ》にも見出《みいだ》す事が出来なかったに相違ない。この感じは感じとしてその時でもあったから、私には子宝が何となく空々しく聴きなされたのである。――それより母に対して気の毒な気がした。

父が眠ってから母と話した。暫くして私は祖父母の寝間へ還って来た。

「何の御話をして来た」祖母が訊いたが、

「御話なんかしなかった」と答えて直ぐ夜着の襟に顔を埋《う》めて眠った風をした。そして独り何となく嬉しい心持を静かに味わった。

皆《みんな》が新しい母を讃《ほ》めた。それが私には愉快だった。そしてこの時はもう実母の死も純然たる過去に送り込まれて了った、――少くともそんな気がして来た。祖母も死んだ母の事を決して云わなくなった。私も決してそれを口に出さなかった。祖母と二人だけになってもその話は決してしなくなった。

その内親類廻りが始まった。祖母が一番先、次に母、それから私と、俥《くるま》を連らねて行った。往来の男は母の顔に特別に注意した。母衣《ほろ》の中で俯向《うつむ》き加減にして居る母の顔を不遠慮に凝っと見る男の眼を見ると、その度々私は淡い一種の恐怖と淡い一種の得意とを感じて居た。

翌々年英子《ふさこ》が生れた。

又二年して直三《なおぞう》が生れた。

又二年して淑子《よしこ》が生れた。これは今年十二になる。祖母のペットで、祖母と同じように色の浅黒い児《こ》である。

又二年して隆子《たかこ》が生れた。又二年して女の子が死んで生れた。隆子はその乳までも飲んで母のペットになって居た。

それから三年して、眼の大きい昌子《まさこ》が生れた。昌子が三つと二ヶ月になったこの正月に又女の子が生れた。

母のお産は軽かったが、後《あと》まで腹が痛んだ。

「未だ余程痛みますか？」と私が訊いた時、

「蒟蒻《こんにゃく》で温めて貰ったら大分よくなりました」母は力《りき》み力み答えた。

「こんなに痛むのは今度だけですね」

「年をとって段々体が弱って来たのでしょうよ」若くて美しかった母もこんな事を云うようになった。

クローディアスの日記*

——日

彼は珍らしいいい頭をした男である。理解力も豊かだし、それに詩人だ。自分は近い内に何もかも語り合って彼によき味方になって貰《もら》わねばならぬ。自分は総《すべ》てを彼に打ち明けて関《かま》わない。然《しか》し今はその時でない。彼は今心の均衡を失っている。尤《もっと》もそれは自分も同じ事だ。兄の死後その妻を直《す》ぐ妻として自《みずか》らその王位に直った、単にその生活の変化から云《い》っても何となく自分は常と同じ調子では過ごせない。まして久しい恋——それには殆《ほとん》ど望《のぞ》みを断《た》っていた恋を得た喜びには自分の心の均衡を失わずにはいられない。

自分は今、自分のこの心持を出来るだけ他《た》に隠している。それは自分が、自分の仕た事或《あるい》は自分のこの心持を恥ずるからではない。只《ただ》自分には自分のこの心持を不愉快に思う人のある事が解《わか》っているばかりである。解っているばかりでなく、それに対しては自分は同情する事も出来るからである。

そしてそういう人々の第一人《だいいちにん》は彼である。彼が近頃何となく弱って憂鬱《ゆううつ》になったのは見ていても気の毒である。のみならず彼は自分に対して或不快を感じている様子だ。

それにも自分は同情が出来る。自分のこの柔かい心持は彼との関係では唯一《ゆいいつ》の望である。自分は自分のこの柔かい心持を出来るだけ大切にしなければならぬ。

——日

自分は自分の仕た事を少しも恥じはしない。然し慣習からは愉快な事ではなかったに相違ない。自分は少くともこの数箇月は喜びと苦しみとの間に彷徨《ほうこう》していなければならないだろう。

自分程外界の事情に気分を支配される人は少ない。それを制御しようとするといつも失敗する。寧《むし》ろなるがままに任せて、その間《あいだ》で出来るだけよく処理して行くより他《ほか》はないのである。

何しろ今は彼と語り合うべき時ではない。その気分でない。今若《も》し話し損えば、二人は永遠に取りかえしのつかぬ関係になりかねない。

先刻《さっき》会った時、妙な顔をしていたから「気持が悪いのか？」と訊《き》いて見た。それに対する彼の答えが自分には不愉快だった。寧ろ子供らしい男である。実際子供らしい低級な悪意の示し方であった。あの子供らしさに釣り込まれないだけの余裕を常に持っていなければならぬ。

兎《と》も角《かく》も、ウイッテンバーグ*の大学へ行く事を思い止《とま》って呉《く》れたのは仕合せであった。今のままで別れて了《しま》ったら、二人の間の溝《みぞ》は遂《つい》に越えられない幅に拡《ひろ》がって了うだろう。

自分には彼の母が彼を愛するようには到底愛する事は出来ない。それの自分に望めないのは当然の事である。よしんば出来ても、彼もそれをその儘《まま》に受け入れられる人間ではもうない――そんな事はどうでもよい、二人の間では愛よりも今は理解である。そして理解し合えば其処《そこ》にまた愛も湧《わ》くわけである。

――日

…………二三度呼びにやったが遂に来なかった。勿論《もちろん》今晩の酒宴は彼の為《ため》ばかりではなかったにしろ、隣に設けて置いた席が終りまで空《あ》いているのを見ると、自分にはそれから色々な事が想《おも》われて幾ら飲んでも気が沈んで気が沈んで堪えられなかった。それを又はずませようとするポローニヤス老人の努力が尚《なお》気を滅入《めい》らして了った。自分はよくあの時間まであの席に堪えられたものだ。

「酒宴の習慣は守るよりは破る方がいいのだ。外国人がこの国の奴《やつ》を豚《ぶた》というのはこの習慣に溺《おぼ》れるからだ」*こんな事を云って友達と何処《どこ》かへ出て行ったそうだ。初めて開いた今晩の酒宴を、こんな云い草で断る、その礼儀のなさは真正面《まとも》からは腹も立てられない。が、腹が立てられないだけそれだけ不愉快な感じは一層であった。それも、気分の云わせる言葉として自分は許さねばならぬ。若しかしたら父の葬式が余《あまり》に質素だったのが彼の感情を害しているかも知れぬ。

いずれにもせよ、近い内に何もかも話し合おう。彼が生れぬ前《さき》から彼の母を恋していた事まで打ち開けて差支《さしつか》えない。彼にとっては不快な事に相違ない。然し或誤解をとく為には其処まで話さねばならぬ。それも機会でいうべき事だ。機会で話さねばこんな事は半分も解らない。いい機会を待とう。

妻は何か彼に云い聞かす気でいるらしい。然し今何を云っても云い込められるばかりだ。彼も妻が思っているよりは遥《はるか》に大人である。

――日

昨夜は一と晩中、何かしら不快《いや》な心持で過ごした。どうしても寝つかれなかった。睡《ねむ》くて眠る事が出来なかった。今でもいやな心持が腹の底におどんでいるような気がする。又頭を悪くしたのかも知れぬ。そうとも思わなかったが近頃は何かしら絶えず考え事をしていたからかも知れぬ。そんな事が自分の神経を弱らしたのだろう。然し昨晩は天候から云っても不気味な夜であった。烈《はげ》しい風が頻《しき》りに窓を打つ。自分は飲み過ぎからズキズキする頭を冷やそうと、窓の扉《と》を開けると、その瞬間に扉の合せ目からぼんやりと白く光った小さな玉がふうーッと闇《やみ》の中に飛び去ったような気がした。明るい部屋から急に闇を見たからだと思った。

戸外《そと》の気温は非常に寒く三十秒もそうしてはいられなかった。それに烈しい風が灯《ひ》を消しそうにしたから、自分は扉を閉めた。その時不図《ふと》又、自分は今の光り物を見た――見たというより感じたのだ。飛び去った奴が又ふうーッと飛んで来て、合せ目へ来て、其処へくっついて、此方《こっち》を覗《のぞ》いている――こんな感じがしたのだ。何だか凄《すご》い気がした。

自分は近頃、何かに呪《のろ》われているというような気がする。

これは確に自分の生理状態から来ているのだ。兎も角自分には仕事がある。こんな事に拘泥《こだわ》ってはいられない。今は出掛けられないが、もう少ししたら猪狩《ししが》りにでも行きたいと思っている。

――日

今朝ポローニヤス老人が何かあわただしい用事でもあるように、娘のオフィリアを彼が恋しているようだと話して行った。老人は又くどく自身が十二分の警戒をしているから、それに就《つい》ては心配しないでくれと云っていた。

彼があの娘を恋している事は自分も感じていた。あの女らしい、賢い娘には自分も同情を持っている。そして老人のように一途《いちず》にその関係を警戒するのは自分にはいい事と思えない。今日はそれに何もいわなかったが、正直にいえば彼がその恋を心から深く味《あじわ》って呉れる事を自分は望むのである。そうすれば彼の母に対する自分の恋にも其処から多少の理解が湧いて来ねばならぬ筈《はず》である。

老人は彼の恋を割に浮いたもののように解《と》っている。それは可哀想《かわいそう》だ。あの老人は自身酸《す》いも甘いもすっかり嚙《か》み分けて居るという自信（大した根拠もない）に捕われている男だ。だから、何もかも早わかりの、早片づけをして一人で吞《の》み込んでいる。しかも彼はこの老人が考えてるような浅薄な青年ではないのだ。

＊

――冬は大概気分がいいのだが、今年は少し変だ。生活の変化がたしかに心身の調子を狂わしているのだ。それにしても早く彼と理解し合わねばならないと思う。

善良な妻の自分に対する態度は総て生前の兄へ対してのそれである。この平和な女らしい性質を不満足に思うのは自分が悪い。自分は妻のあの平和な性質をその儘にこの家の中の調子にしたいと思う――近頃は切《しき》りにそんな事が思われる。

今、又ポローニヤスがこんな話を持って来た。――昨日だったという。あの娘が部屋で縫物をしていると、帽子も被《かぶ》らず外套《がいとう》も胸は開《あ》けたまま、蒼《あお》ざめた顔つきで、入ってくると彼はいきなり娘の手頸《てくび》を握ったまま長い事その顔を見詰めていたが、その手を軽く振って頭を二三度上げ下げすると、深い深い溜息《ためいき》をついてその儘物も云わずに娘の方を振りかえったまま出て行ったという。老人は自身見てでもいたように芝居がかりの身振りで、それを話して、で、確にそれは彼が恋故《ゆえ》に気が狂った証拠だという。が、どうも自分にはそう思えない。……然し若しかしたら何事かあったのかも知れない。尤も一面では老人以上に芝居気の強い男だから、その「何事か」もそれ程大した事ではないかも知れない。

――日

彼が娘にやった手紙を見せて老人は切りに彼の病気はどうしても恋からだという。尚、老人は自慢らしく娘が老人の意志通りに綺麗《きれい》に彼を撥《はね》つけた事を口巧者《くちごうしゃ》にしゃべり立てていたが、自分にはそれをその儘には承《う》け入れ兼ねる事がある。第一に彼の自分を見る眼がこの二三日非常に不愉快になった。何となく底意のあるイヤな眼だ。自分はあの呪うような眼で凝然《じっ》と見られる時に心の自由を失うような気がする。自分は不図、先夜扉《と》の隙間《すきま》から内を窺《うかが》っていたあの小さな光り物を憶《おも》い出した。

恋故に悶《もだ》えている者の眼では確にない。自分の観察する所によると、彼は時々あの眼を彼の母にも向けている。――邪推かも知れないが、彼の母には彼の父の死後、余りに早く結婚した事を後悔してる風が見える。これが若し邪推でないとすれば、確にあの眼で毒注《さ》された考である。＊妻は彼の狂気が其処に原因していると信じているらしい。この事は今の自分には堪え難《がた》い苦痛である。

然し自分はそれで彼女を責めようとは思わない。自分は彼女の善良な弱い性質をよく知っている。自分は只これを起った情ない出来事として諦《あきら》めるより仕方がない。そして自分だけで、悔ゆべき事ではないという最初からの考を益々《ますます》堅く握り〆《し》めていればそれでいいのだ。

――老人は自分が老人の云う事をその儘に承け入れないもので、彼と娘とを人のいない広間の廊下で偶然のように会わせて見ようと云い出した。立聞きは快い事ではないが、兎も角承知して置いた。

――日

自分は今度の結婚を決して恥じてはいない。少しでも恥ずる心を持っていたら、自分の性質としてそれは到底出来る事ではない。如何《いか》に彼女を愛していたとはいえ、道徳的に何等の自信もなく若し結婚したのなら、自分は寧ろ無法者である。そして愚者《おろかもの》である。然し自分には自分だけ、それに対する立派な心用意があった。その心用意があったから自分は寧ろ大胆に結婚を申し込み、その承諾を得て、それを直ぐ、天下に発表する事が出来たのである。そして発表する場合でも自分は却《かえ》って弱々しい感じを与える弁解は、全くつけなかったのである。其処に動かし難い自信を自身ですら見たような気がした。然しそれには何処か弱い所があったかも知れない。自分は自分の力を正確に計る事を誤っていた。今になって見れば自分は遂にその弱点を彼から突き込まれたのであった。が、自分はあれ程に低級な、そして平凡な、理解も同情もない突き込み方でくる事は全く予想しなかった。彼の自分の行為に対する見方は裏店《うらだな》に起った或姦通《かんつう》事件を見るのと殆ど変っていない。彼はその見方に対して自ら何の疑《うたがい》も起さずにいる。彼が自分等に対し、こんなに低級に解しようとは、それは自分の心用意の中にも用意されていない事だった。

自分はこれに対しては何処までも戦わねばならぬ。

が、そう思いながら、今日自分は自身の内に、猶《なお》恐ろしい弱点のある事を不図感じた。それを今更の様に知った。――それは自分の心の何処かに未《ま》だ潜んでいる、安値《あんちょく》な、慣習的な、所謂《いわゆる》良心という奴だ。それの裏切りである。

ポローニヤスが娘に、「信心らしい顔附と殊勝らしい行いで悪魔の根性に口当りのいい外被《ころも》をかける、それが其処にも此処《ここ》にもある例《ならい》だ＊」とこんな事をいっていた。傍《そば》で聴いていて、自分は不図自分の事を云ってるなという感じがした。自分は何かしらん心に鋭い笞《しもと》＊を感じた。そしてはっと気がつくと自分で驚いて了った。自分の心を叱《しか》って、更に「自分に何の恥ずる所がある」とはっきりと思って見た。が、そう思いながら、そんなに思っていなければ、やりきれないからそう思うのか、実際心の底から恥じていないのか解らない――こんな考が又ふっと湧く。もうその時は自分で自分が気味悪くなった。

一寸《ちょっと》した感情から、それへ自身全体を惹《ひ》き込まれて、心の均衡を失って了うのが自分の大きい弱点である。自分はその朝の夢からさえ終日の気分の均衡を失う事が少くない。

自分は他人が自分をどう思おうと、それだけなら少しも恐れはしない。自分を憎んでいる者の少くない事を自分はよく知っている。それが誰々であるかも知りながら、それが客観的《きゃっかんてき》にそれだけの事実である間は自分は何とも思いはしない。そういう事にはそれ程自分は臆病《おくびょう》ではない。然し、その或ものが自分の心を釣り込んで行く事がある。すると、その釣り込まれた自身の心が自分にとっては最も恐ろしい者になるのである。

……………ポローニヤスと隠れていると、何か考え考えうつ向いて歩いて来た。静かな気高い顔つきをしていた。物蔭《ものかげ》に隠れている自分が下らぬ者のような気さえ一寸した。

その時彼は娘にこんな事を云っていた。*

自分は元来は正直だが、高慢で、執念深くて、それに野心が激しくて、若し自分で許せさえすれば、かなりの悪事も仕かねない。が、只それを調整《ととの》える思案と、それに像《かたち》を附ける想像力とがなく、又時も場合もないから仕ないのだ。

又娘に切《し》きりに寺へ行け、寺へ行けと云っていた。

彼のいうことを単に彼の性格として考えれば、それに自分は興味も持てるし、同情も出来る。然し彼は何か考えているらしい。何か考えている内に、あんな事を思うようになったのだ。何しろ自分に関する事に相違ない。若しこの考が孵《かえ》ったら彼は何をするか解らない。自分はどうしていいかしら？　若し話し合うなら、今の内だ。然し、彼のそう云う考も彼の健康から来る事であったら、英国へやるというのも一つの考である。

――妻はポローニヤスの娘に、、、、

「あの子の心の狂ったのがお前のきりょう故であれと念じて居ます。それなら又お前の気立であれを正気にさす事も出来ましょうから……」*

こんな謎《なぞ》を掛けるような事を云っていた。自分は妻程に女らしい優しい美しい心を持った女を知らない。自分は妻の為めにも彼を憎む事はしたくない。自分は彼の勝《すぐ》れた才能と得がたい人格とをまだまだ愛している。どうにもして早く理解し合わねばならぬ。

何か芝居をすると云う。彼の心が本統にそんな遊び事に向ったのなら喜ばしい事である。

――日

………乃公《おれ》が何時《いつ》貴様の父を毒殺した？

誰がそれを見た？　見た者は誰だ？　一人でもそういう人間があるか？　一体貴様

の頭は何からそんな考を得た？　貴様はそれを聞いたのか？　知ったのか？　想像したのか？　貴様程に安値《あんちょく》なドラマティストは世界中にない。ああ、皆が寄ってたかって乃公を気違いにしようと云うのだ。乃公はこれまでにこんな気持の悪い経験をした事がない。

全体貴様は乃公をおびやかして兄殺しの大罪人とすればそれが何の満足になるのだ？　貴様の考は正《まさ》しくヴァルカンの鉄砧《かなしき》ほどにもむさ苦しい想像*に過ぎないのだ！　そんな事を貴様は疑《うたぐ》って見た事はないか？　その想像は貴様の安価な文学という悪魔から貰ったに過ぎない。それを貴様は疑って見た事がないのか？　貴様程に芝居気の強い奴はない。貴様はそんなに悪しい悲劇の主人公になって見たいのか？――それも自分独りで演じているならいい。貴様は乃公に覚えもない敵役《かたきやく》を演《し》じさせようとそれを強いて来る。そうだ、貴様のはそれを強いて来たのだ。それは許せない。

貴様程に気障《きざ》な、講釈好きな、身勝手な、芝居気の強い、そしておしゃべりな奴はない。

老人に、昔大学で芝居をした時、何の役を演《し》たかと貴様が訊《き》いた。老人はシーザー*になって殺されましたと答えた。その時貴様は何故《なぜ》乃公の顔を盗み見た？　貴様はその時どれだけ正当に乃公の顔から乃公の心を読み取る事が出来たと信じている？ 貴様は乃公の心がその時平静を失いかけたまでは解ったろう。が、何故平静を失いかけたかまでは考えて見ない男である。それが貴様の作った筋書に合えばそれより深く物を見ようとしない——乃公にはあの時、何故貴様が乃公の顔を盗み見るかが直ぐ感じられたのだ。盗み見る目的が直覚的に感じられた時に、乃公の心に潜んでいる安価な文学というものが同時に乃公の心で裏切りをやったのだ。無心でいようと努力すればする程却って乃公の心は自由を失いそうになる。そして遂に貴様の空想にかなうような表情が乃公の顔に現れて了《しま》ったのだ。貴様が何かありがたい証拠でも掴《つか》んだように思ったのは只これだけの事実だ。然しあれ位の事は未だいい。が、あの芝居はなんだ——「ゴンザゴ殺し」*！ 言葉の陳腐をさえ嫌《きら》うと自《みずか》ら云う人間で、あの露骨な仕組は何《なん》だ？ しかも、それで、臆面もなく他《ひと》にのしかかって来る。貴様はよく懐疑的な口吻《こうふん》をしたがる癖に物を単純に信じ、それで平気でのしかかって来る。あの厚顔には感じ易《やす》い心は巻き込まれずにはいない。実際乃公の心は見事に巻き込まれた。然しこれが事実の証拠として何《なに》になる！

黙伎《もくぎ》*の一くさりで既に乃公は自分の中の悪魔と、どれだけ戦ったろう？ 乃公はもうあの時あの場にいたたまらなくなったのだ。が、場をはずす事の危険を考えると起つ事も出来なくなったのだ。「無心に、無心に」乃公はこれをどの位、心に繰返したか知れない。然しいやに落着いたホレーショの眼が絶えず乃公の顔を見つめている。仕舞には乃公自身の神経までが乃公の顔の筋肉の微細な運動を凝視しだした。

その内に芝居の王の云う事が、貴様の父が実際に云ってでもいるような心持がして来た。乃公は乃公自身が恐ろしい悪人だったと、そんな気がして来た、——ええ、それが何《なん》だ！ そんな事が何だ！ そんな事が事実の何の証拠になる？

ああ恐ろしい底意だ。憎むべき底意だ。貴様のそれが、乃公の感情の行く所、何処《どこ》へでも待伏せをしている。乃公の心はそれを見つめながら進んで了《しま》う。そしてそれへ陥って了うのだ。

乃公に対する貴様の底意、それを乃公は前から気づいていた。が、これまではどうかしてそれに好意を持とうと考えていた。自身にも起って来る貴様に対する悪意は、それは出来るだけの努力で殺して来たのだ。乃公は貴様の善良な母に対しても、そうして来たのだ。が、もうそんな半ぱな心持ではいられない。乃公はもう、その危険さに堪えられない。強い力で浮ぼう浮ぼうとする物を或る力で水の中途に沈めている、そんな愚しい、苦しい努力は、もうしていられない。

乃公はもう腹の底から貴様を憎む！——腹の底から憎む事が出来る！

――日

――毒殺、これ程のことがどうして隠しきれるものか。人眼の多い中で、どうして隠しきれるものか。そして若《も》し誰か知っているものがあれば、仮令《たとえ》どれ程の権力で圧《おさ》えつけようが、口から耳へ、又口から耳へと順々に伝わらずにいるものか。貴様は一人でも偽りなくそんな陰口をきき得る者を実際に知っているか？　誰がある？　貴様は一つでも客観的に認め得る証拠を手に入れる事が出来たか？

第一に乃公が若しそれ程巧みに悪事を包み得る悪漢ならば初めから見えすいた貴様のあの狂言などに易々と乗せられるような事は仕はしない。のみならず、兄の死後直ぐその妻と結婚するような事もしなかったろう。乃公にはそれが出来るだけに正しい自信があったのだ。

貴様は上手な洒落《しゃれ》を云う手間でもっともっと考えて呉《く》れねば困る。そして事をもっと真正面《まとも》から行《おこな》って呉れねば困る。露骨な裏廻り程醜い物はない。真正面から来さえすれば解《わか》る事も廻りくどく仕組むとその間に真実らしく誤って来るものだ。

貴様は何と云っても乃公の最も愛する妻の最も愛する児《こ》である。

乃公は貴様の事の為に今は妻にさえ思う事が充分に云えなくなった。

今日は乃公の心は余程柔いだ。その内に何もかも話し合って、互いに解る機会があるだろう。その機会の来るまでは何事も起らぬよう心に祈っている。

………今、ポローニヤスが殺された！*　剣で突き殺したと云う。気違いだ！　気の違った悪魔だ!!

――日

彼はとうとう彼の母までを後悔させて了った。この世に悲劇を演じに来たような奴《やつ》である。彼の教育はその筋を作ろう為だ。彼の哲学はそれを意味あり気に見せる為だ。あの廻りくどい云い廻しと浅薄な皮肉とは科白《せりふ》の抑揚変化の為だ。それに過ぎない。そして自身その主人公といういい役を引きうけて置いて、いやな敵役《かたきやく》を自分に振ろうと云うのだ。どんな役者がやっても悲劇の主人公は直《す》ぐ女を泣かす事の出来るものだ。無邪気で、そして単純な彼の母は其処《そこ》をつけ込まれたのだ。

――母を責めている時、彼は父の幻を見るような様子をしたと云う事だ。その時「乱心の折りには有りもせぬ物の形を心で上手に作るものだ*」と云ったら、大変怒ったそうだ。空々しくそれ程の芝居をするとも考えられない点で、若しかしたら本統の気違いになったかも知れぬ。父が殺されたと云う不思議な考も若しかしたら、そう云った幻から得たものかも知れぬ。

何しろ、彼はもう正気な人間ではない。正気な人間にしては余りに明らかな自家撞《どう》着《ちゃく》を平気でやっている。彼は彼自身の父の死にあれ程に不法な空想をして置きながら、人違いから刺し殺したポローニヤスの子供等に対しては何とも考えていない。簡単に「自業自得《じごうじとく》だ」*と云っていたという。「不憫《ふびん》な事をしたが、これも天の配剤だ。天は之《これ》を以《も》って自分を懲《こ》らし、自分を仮りの道具として此奴《こやつ》等を罰したのだろう」*とこんな事を云っていたそうだ。全体ポローニヤスが何時《いつ》死に価する程の罪悪を犯した？　そして父を殺されたレアーチーズや、あの娘はどうすればいいのだ？

妻は「気違いながら、殺した事を甚《ひど》く後悔しています」*と云っているが、自分はもうそれは信じない。

彼は老人の死体を何処かへ隠して了った。

何《なに》にせよ自分はもう彼を自分の傍《そば》へ置く事は出来ない。

――日

口巧者《くちごうしゃ》で、そして賢そうな眼差《まなざ》しをしている彼は或《ある》一部分の人間から尊敬されているからこの国では罰する事は出来ない。が、もう彼の病気も危篤《きとく》になっている。到底この儘にはして置けない。もう理解というような悠長《ゆうちょう》な事を待ってはいられない。自分は危険な荒療治をしなければならない。

今は矢張り英吉利《イギリス》へやろうと考えている。

敵役が殺されずに主人公の死ぬ方がより悲劇になる……*

――日

優しい娘は気が違った。一人の心に不図湧いた或「考」がこれ程に多くの人間を不幸にしようとは考えなかった。もう自分は心から彼を呪《のろ》う。

――日

禍厄《わざわい》は一つ来ると続いて来るものだ。老人の死体を窃《ひそ》かに埋《うず》めたのが愚民共に妙な邪推を抱かせた。フランスから帰って来たというレアーチーズまでがその噂《うわさ》に乗って自分を疑《うたぐ》っている様子だ。

――日

――――自分が兄の死を心から悲しめなかったというのはそれは寧《むし》ろ自然な事ではないか。自然だというのが立派なジャスティフィケーションである。自分だけなら立派なジャスティフィケーションになっているのだ。然《しか》るにそれを彼が破壊してかかった。それだけなら未《ま》だよかった。悲しい事には、その「彼」＊は自分の内にも住んでいたのだ。

実際あの時の事を思うと今でも愉快な心持はしない。子供の内から一緒に育った兄の死としては自分も本統に悲しかった。が、それ以上に自分には或喜びがあった。心は自由である。想《おも》うという事に束縛は出来ない。それは愉快な事では確になかった。然しそれをどうする事も出来ないではないか。自分は自分の心の自由を独り楽しむ事がよくある。又同時にそれが為に苦しめられる事もあるのだ。その意味では自分にとって自分の心程に不自由なものはないのである。実際今の自分には、自分を殺そうと考えている彼よりも、どうにもならない自身の自由な心の方が恐ろしい。自分に於《おい》ては「想う」という事と「為《な》す」という事とには、殆《ほとん》ど境はない。（思った事を直ぐ為すという意味ではないが……）

それでも自分は明かに云える。自分は嘗《か》つて一度でも兄を殺そうと思った事はない。そういう非道《ひどう》な考を一度だって兄に対して構成した覚えはないのだ。然し自然に不図浮ぶ考は、それはどうすることも出来ないではないか。

兄は三年程前から自分と彼女との間を疑い出した。然し彼女は自分が恋してる事すらも気がつかない位で、兄が疑い始めた事などは夢にも知らなかった。兄の心と自分の心とは、時々心同志で暗闘をする事があった。そして兄はあの頃から決して自分を留守へ残さないようにした。旅にも、狩りにも、屹度《きっと》自分を誘うようになった。そんな旅も狩りも自分には愉快な筈《はず》はない。第一に始終窺《うかが》うような兄の心が自分には腹立たしかった。今になればそれもよかったと思う。何故なら、こんな事が却《かえ》って彼の未亡人に結婚を申し込む勇気を自分に与えてくれたからである。

——秋の月のある寒い晩だった。納屋につながれている猟犬がよく鳴いた。狩場の馴《な》れない堅い寝床では自分は中々寝つかれなかった。暗いランプが兄と自分との並べた枕元《まくらもと》に弱い陰気な光を投げていた。その内疲労から自分は不知《いつか》吸い込まれるように何か考えながら眠りに落ちて行った。自分はそれを夢と現《うつつ》の間で感じながら眠りに落ちて行った。そして未だ全く落ちきらない内に不図妙な声で自分は気がはっとした。眼を開《あ》くと何時かランプは消えて闇《やみ》の中で兄がうめいている。然しその時直ぐ魘《うな》されているのだなと心附いた。いやに悽《すご》い、首でも絞められるような声だ。自分も気味が悪くなった。自分は起してやろうと起きかえって夜着から半分体を出そうとした。

その時どうしたのか不意に不思議な想像がふッと浮んだ。自分は驚いた。それは兄の夢の中でその咽《のど》を絞めているものは自分に相違ない、こういう想像であった。すると暗い中にまざまざと自分の恐ろしい形相が浮んで来た。自分には同時にその心持まで想い浮んだ。――残忍な様子だ。残忍な事をした……もう仕て了《しま》ったと思うと殆《ほと》んど気違いのようになって益々《ますます》烈《はげ》しく絞めてかかる、その自身の様子がはっきりと考えられるのである。

兄は吠《ほ》えるようなうめきを続けている。自分はどうしていいか解らなかった。其処に若し明るい灯《ひ》があったら自分は決してそんな想像に悩まされる事はなかったのである。時々にそう云う事のある自分は、自身の部屋ではその用意がいつもしてあるのだ。自分は枕元の明るい灯を直ぐ点《つ》ける。そうすると、いやな夢から覚めた時でも、いやな想像の凝《こ》って来る時でも、視覚からなら容易にそれを散らす事が出来るのだ。尚《なお》部屋にはそれを助ける為に愉快な色をした風景画を二三枚かけて置くのだ。明るい灯でそれを見ると頭の調子は直ぐ変る。いやな気分も直ぐほぐされて了うのだ。殆ど夢なしには眠られない自分は、いつもこれだけの用意は忘れなかった。ところが狩場の百姓家ではそれが出来なかった。暗い中に大きく開《ひら》いた眼には只想像の場面だけが映っている。それから眼も頭も転ずる事が出来なかったのである。

自分は枕に顔を伏せて暫《しばら》く息を凝らした。自分は何か他《ほか》の感覚でその調子を転じなければならなかった。自分は強く自身の腕を噛《か》んで見たりした。その内兄もすやすやと眠って了った。

翌朝《よくあさ》が何となく気づかわれたが、兄は魘された事も知らぬ様子でその日の狩の計画などを自分に話していた。自分もそれで安心はした。然しその想像はその後《ご》もどうかすると不図憶《おも》い出された。その度自分は一種の苦痛を感ぜしめられる。

――日

彼も、もう英吉利《イギリス》へ着く頃である。自分には近頃何となく弱々しい心が起る。然し自分を殺そうとする者を憐《あわれ》む心はいいとは考えられない。

――日

彼の死の知らせが来た時を想うと、気持の悪い不安が起って来る。その時の妻を考えても、自分を考えても堪えられない気持になる。いやな事を凝《じ》っと待つ心持程に不愉快なものはない。「時」が自然にそれを近づけてくれる。弱い心を圧《おさ》えて只凝っと眼をねむっていなければならない…………。

（日記はここで断《き》れている。然しこのクローディアスの運命は必ずしも「ハムレット」の芝居のそれ＊と同じになるものとはかぎらない。——作者）

正義派

上

或《ある》夕方、日本橋の方から永代《えいたい》*を渡って来た電車が橋を渡ると直《す》ぐの処《ところ》で、湯の帰りらしい二十一二の母親に連れられた五つばかりの女の児《こ》を轢《ひ》き殺した。

その時、其処《そこ》から七八間先で三人の線路工夫が凸凹《でこぼこ》になった御影《みかげ》の敷石を金テコで起しては下の砂をかきならして敷きかえていた。これらが母親の上げた悲鳴で一度に顔を挙げた時には、お河童《かっぱ》にした女の児が電車を背にして線路の中を此方《こっち》へ向って浮いた如何《いかが》にも軽い足どりで馳《か》けている所だった。運転手は狼狽《あわて》て一生懸命にブレーキを巻いて居る……と、女の児がコロリと丁度張子の人形でも倒すように軽く転がった。女の児は仰向《あおむ》けになった儘《まま》、何の表情もない顔をしてすくんで了《しま》った。

橋からは幾らか下りになって居るから巻くブレーキでは容易に止まらなかった。工夫の一人が何か怒鳴ったが、その時は女の児はもう一番前に附いている救助網の下に入って居た。然《しか》し工夫は思った。運転台の下についている第二の救助網は鼠落《ねずみおと》しのような仕掛けで直ぐ落ちる筈《はず》だからまさか殺しはしまいと。――ガッチャンと烈《はげ》しい音と共に車体が大きく波を打って止まった。漸《ようや》く気が附いて電気ブレーキを掛けたのだ。

ところが、どうしたことか落ちねばならぬ筈の第二の救助網が落ちずに小さな女の児の体《からだ》はいつかその下を通って、もう轢き殺されて居た。

直ぐ人だかりがして、橋詰の交番からは巡査が走って来た。

若い母親は青くなって、眼がつるし上って、物が云《い》えなくなって了った。一度女の児の側《そば》へ寄ったが、それっきりで後《あと》は少し離れた処から、立ったまま只《ただ》ボンヤリとそれを見て居た。巡査が車の間から小さな血に染んだその死骸《しがい》を曳《ひ》き出す時でも、母親は自身とは急に遠くなった物でも見るような一種悽惨《せいさん》な冷淡さを顔に表して見て居た。そして母親は時々光を失った空虚な眼を物悲しげに細めては落着きなく人だかりを越して遠く自家《うち》の方を見ようとして居た。

何処《どこ》からともなく巡査とか電車の監督などが集って来て、人だかりを押し分けて入って来た。巡査は大きな声をして頻《しき》りに人だかりの輪を大きくした。

矢張りその人だかりの輪の内で或監督がその運転手にこんな事を訊《き》いて居た。

「電気ブレーキを掛けたには掛けたんだな?」

「掛けました」その声には妙に響がなかった。運転手は咳《せき》をして「突然線路内に飛び込んで参りましたんで……」声がしゃがれて、自身で自身の声のような気がしなかっ

た。其所《そこ》で運転手は二三度続け様に咳をしてから何か云おうとすると、監督はさえぎるように、

「よろしい。――兎《と》も角《かく》もナ、警察へ行ったら落着いてハッキリと事実を云うんだ。いいか？ 電気ブレーキで間に合わず、救助網が落ちなかったと云えば、まあ云わば過失より災難だからナ。仕方がない」と云った。

「はア」運転手は只堅くなって下を向いて居た。

「どうせ、僕か山本さんが一緒に行くが……」と其所から急に声を落して「其所の所はハッキリ申し立てんと、示談の場合大変関係して来るからナ」と云った。

「はア」運転手は只頭を下げた。監督は又普通の声になって云った。

「もう一度確めて置くが、女の児が前を突っ切ろうとして転がる、直ぐ電気ブレーキを掛けたが間に合わない。こうだナ？……」

この時不意に人だかりの中から、

「そら使ってやがらあ！」と云う高い声がした。人々は皆《みな》その方を向いた。それを云ったのは眉間《みけん》に小さな瘤《こぶ》のある先刻《さっき》の線路工夫の一人であった。工夫は或興奮と努力とを以《も》って、人だかりの視線から来る圧迫に堪えて、却《かえ》って寧《むし》ろ悪意のある微笑をさえ浮べてその顔を高く人前にさらして居た。

女の児を轢いた車は客を後《うしろ》の車に移すと、満員の札を下げて監督の一人が人だかりの中を烈しくベルを踏みながらその儘本所の車庫*の方へ運転して行った。その側《かわ》だけ六七台止って居た電車が順々に或間隔を取ってそれに従って動き出した。

失神したようになった、若い母親は巡査と監督とに送られて帰って行った。

警部、巡査、警察医などが間もなく俥《くるま》を連ねて来て、形式だけの取調べをした。兎も角、その運転手は引致される事になって、尚《なお》それと一緒に車掌とその他《ほか》目撃して居た二三人を証人として連れて行きたいといった。四十恰好《かっこう》の商人で、その車に乗り合わせていた男がその一人になった。あと誰かと云う時に少し離れた処で興奮した調子で何か相談して居た前の三人の工夫が、年かさの丸い顔をした男を先にして自ら証人に立ちたいと申し出て来た。

下

警察での審問は割に長くかかった。運転手は女の児が車の直ぐ前に飛び込んで来たので、電気ブレーキでも間に合わなかった、と申し立てた。工夫等はそれを否定した。

狼狽《ろうばい》して運転手は電気ブレーキを忘れていたのだ、最初は車と女の児との間にはカナリの距離があったのだから直ぐ電気ブレーキを掛けさえすれば、決して殺す筈はなかったのだ、といった。監督はその間で色々とりなそうとしたが、三人はそれには一切耳を貸さなかった。そして時々運転手の方を向いては「全体手前《てめえ》がドジなんだ」と、こんな事をいって、けわしい眼つきをした。

三人が警察署の門を出た時にはもう夜も九時に近かった。明るい夜の町へ出ると彼等は何がなし、晴れ晴れした心持になって、これという目的もなく自然急ぎ足で歩いた。そして彼等は何か知れぬ一種の愉快な興奮が互の心に通い合っているのを感じた。彼等は何故《なぜ》かいつもより巻舌で物を云いたかった。擦《す》れ違いの人にも「俺達を知らねえか！」こんな事でも云ってやりたいような気がした。

「ベラ棒め、いつまでいったたって、悪い方は悪いんだ」

年かさの丸い顔をした男が大声でこんな事を云った。

「監督の野郎途々《みちみち》寄って来て云いやがる――『ナア君、出来た事は仕方がない。君等も会社の仕事で飯を食ってる人間だ』エエ？　俺《おら》、余っ程警部の前で素っ破ぬいてやろうかと思ったっけ」

「それを素っ破抜かねえって事があるもんかなあ……」と口惜《くや》しそうに瘤のある若者

が云った。――然し夜の町は常と少しも変った所はなかった。それが彼等には何となく物足らない感じがした。背後《うしろ》から来た俥が突然叱声《しっせい》を残して行き過ぎる。そんな事でもその時の彼等には不当な侮辱ででもある様に感ぜられたのである。歩いている内に彼等は段々に愉快な興奮の褪《さ》めて行く不快を感じた。そしてそのかわりに報わるべきものの報われない不満を感じ始めた。彼等はしっきりなしに何かしゃべらずにはいられなかった。その内にいつか彼等は昼間仕事をしていた辺《へん》へ差しかかった。丁度女の児の轢き殺された場所へ来ると、其処が常と全く変らない、只のその場所にいつか還《かえ》っていた。それには彼等は寧ろ異様な感じをしたのである。「あんまり空々しいじゃないか」三人は立留《たちどま》ると互にこう云う情ないような、腹立たしいような、不平を禁じられなかった。

彼等は橋詰の交番の前へ来て、其処の赤い電球の下にもう先刻《さっき》のではない、イヤに生若い新米らしい巡査がツンと済まして立っているのを見た。「オイオイあの後《ご》はどうなったか警官に伺って見ようじゃねえか？」

「よせよせそんな事を訊いたって今更仕様があるもんか」

年かさの男がそれについて、

「串戯《じょうだん》じゃねえぜ、それより俺《おら》、腹が空《す》いて堪《たま》らねいやい」こう云いながら通り過ぎって一寸《ちょっと》巡査の方を振りかえって見た。その時若い巡査は怒ったような眼で此方《こっち》を見送っていた。

「ハハハハ」年かさの男は不快から殊更《ことさら》に甲高《かんだか》く笑って、「悪くすりゃ明日《あした》ッから暫《しばら》くは食いはぐれもんだぜ」と云った。

「悪くすりゃ所か、それに決まってらあ」と瘤のある男でない若者が云った。こう云いながら若者は暗い家《うち》で自分を待っている年寄った母を想《おも》い浮べていた。

「なんせえ一杯やろうぜ」こう年かさの男が云った。

彼等は何かしら落着きのとれてない心のままで茅場町《かやばちょう》＊まで来ると、其処の大きい牛肉屋＊に登《あが》った。二階には未《ま》だ四五組の客が鍋《なべ》の肉をつつきながら思い思いの話をしていた。中には二人で互に酒をつぎ合いながら、真赤になった額を合わすようにして、仔細《しさい》らしく小声で話合ってる客もあった。三人は席をきめると直ぐ酒と肉とを命じて其処に安坐《あぐら》をかいた。そして幾らか落ちついたような心持を味《あじわ》った。然し彼等はまだその話を止《や》めるワケには行かなかった。彼等は途々散々しゃべって来た事を傍《そば》に客や女中共を意識しながら一ト調子高い声で此処《ここ》でも又繰り返さずには居られなかった。

女中共はもうその騒ぎを知っていた。そして直ぐ四五人が彼等をとりまいて坐《すわ》った。

「何しろお前《めえ》、頭と手とがちぎれちまったんだ。それを見るとその場で母親の気はふれちまうし……」話はいつの間にか大変大袈裟《おおげさ》になっていた。然し三人はそれを少しも不思議とは感じなかった。女中共は首を振り振り痛ましいというように眼を細めて聴いていた。

年かさの男と瘤のある若者とはカナリ飲んだ。二人は代る代る警察での問答まで精《くわ》しく繰り返した。そして所々に、

「ここらは明日《あした》の新聞にどう出るかネ」と、こんな事を入れたりした。

二階中の客は大方彼等自身の話をやめて三人の話に耳を傾けだした。三人は警察署を出てから何かしら不満で不満でならなかったものが初めて幾らか満たされたような心持がした。——が、それは決して長い事ではなかった。彼等に話すべき事の尽きる前にもう女中共は一人去り二人去りして、帰った客の後片附けに、やがて、皆起《た》って行って了った。彼等は又三人だけになった。その時はもう十二時に近かったが、年かさの男と瘤のある若者とは中々飲む事を止《や》めなかった。そしてその頃は彼等は依然元の不満な腹立たしい堪えられない心持に還っていたのである。最初はそれ程でもなかったが酔うにつれて年かさの男は一番興奮して来た。会社の仕事で食ってるには違いない。然し悪い方は悪いのだ。追い出される事なんか何《なん》だ。そんな事でおどかされる自分達ではないぞ。たわいもなく独りこんな事を大声で罵《ののし》って居た。

暫くして、瘤のない方の若者が、

「俺はもう帰るぜ」と云い出した。

「馬鹿《ばか》野郎！」と年かさの男がぶつけるようにいった。

「こんな胸くその悪い時に自家《うち》で眠れるかい！」

「そうとも」と瘤のある若者が直ぐ応じた。


烈しく酔った二人がいつの間にか、も一人の若者に逃げられて、小言をいいながら怪しい足取りでその牛肉屋の大戸のくぐり*を出た時にはもう余程晩《おそ》かった。何方《どっち》にも電車は通らなくなっていた。


二人は直ぐ側《そば》の帳場から俥に乗ると其処から余り遠くない遊廓《ゆうかく》へ向った。

「親方。大層いい機嫌《きげん》ですね」一人が曳きながらこういった。

「いい機嫌どころか……」と瘤のある若者が答えた。これが直ぐ台*になって、彼は又話し出した。出来事は車夫もよく知っていた。

「へえ、何か線路の方のかたが証人に立ったと聞きましたが、それが親方でしたかい」


掃いたような大通りは静まりかえって、昼間よりも広々と見えた。大声に話す声は通りに響き渡った。

年かさの男は前の俥で、グッタリと泥《どろ》よけへ突伏《つっぷ》したまま、死んだようになって揺られて行った。後《うしろ》の若者は「眠ったな」と思っていた。

永代を渡った。

「オオ此処だぜ、――丁度此処だ」後《うしろ》の若者が車夫にこう云った。

その声を聴くと、死んだようになっていた年かさの男は身を起した。

「オイ此処だな……一寸降してくれ……エエ、一寸降してくれ」いつの間にか啜泣《すすりな》いている。

「もういいやい！　もういいやい！」と瘤のある若者は大声で制した。

「エエ。一寸降してくんな」こういって泣きながら、ケコミ*に立上りそうにした。

「いけねえいけねえ」と、若者は叱《しか》るようにいった。「若い衆《しゅ》かまわねえからドンドンやってくれ！」

俥はその儘走った。

年かさの男も、もう降りようとはしなかった。そして又泥よけに突伏すと声を出して泣き出した。

鵠《くげ》沼《ぬま》行

順吉《じゅんきち》は十四になる弟の順三《じゅんぞう》の声で眼を覚した。

「今日皆《みんな》で拓殖博覧会＊へ行くんですって。お兄様いらっしゃらない？」襖《ふすま》の外でこう云《い》って居る。

「皆って誰なんか行くんだ」

「みんな」

「お祖母《ばあ》さんや昌《ま》ァ公《こう》までか？」

「ええ」

順吉はむッとして黙って了《しま》った。

「お兄様、いらっしゃらない？」又弟が云った。

「今日は日曜じゃないか。そんな人込みに年寄や子供で行ってどうするんだ」

「いらっしゃらないの？」

「迚《とて》も行けないって云って呉《く》れ」

「え」

間もなく順三の梯子《はしご》段《だん》を下りて行く跫音《あしおと》が聞えた。

順吉も起きた。そして少しふくれ面《つら》をして茶の間へ出て行った。皆は着物を着更《きか》えて居た。祖母は皮の信玄袋の口をゆるめて、ハンケチだの煙草《たばこ》入れだの千金丹だのをそれへ詰めて居た。昌子《まさこ》は友禅《ゆうぜん》の着物を着せて貰《もら》って、その長い袖《そで》を持ち扱う風で、両手に一ト巻き巻いて、ぶくぶくした足袋を穿《は》いた足でその辺を駈《か》け廻って居た。

「僕が行かなければ男は誰が行くんです」

順吉は露骨に不機嫌《ふきげん》を見せて祖母に云った。

祖母は一目《もく》も二目も置いた調子で「お兄様がいらして下さらなければ可恐《こわ》い」と上の妹が云っていたと云うような事を云って、

「お前が行かなければ仕方がないから、丁度石井が来たから、あれに連れて行って貰おう」と云った。

「何しろ乱暴だ。途中は俥《くるま》で行ってもいいが、中へ入ればもう同じですよ。第一そんな人込みで何が見られるもんですか。新聞で見たって解《わか》って居るじゃありませんか、年寄や子供で遊びに行ける場所でない事は」

「それならよすか」

「無論およしなさい」

「昨日から皆《みんな》たのしみにして居たんだっけが……」

「迷児《まいご》が出来たり怪我人《けがにん》が出来たりする事を思えば、そんな事は何でもないさ」

祖母は困ったと云う笑いをして黙って了った。

傍《そば》で黙ってそれを聴いていた十二になる淑子《よしこ》が母や隆子《たかこ》（十歳）が未《ま》だ着物を着更えて居る倉のしころ*の方へ行った。すると隆子の、

「つまんないの」と鼻声で云うのが聞えた。

もう支度《したく》の出来上った英子《ふさこ》（十六）がその正月に生れた末の妹を抱いて座敷の方から出て来た。そして、

「お兄様、いらっしゃらないんですって？」と云った。

「何だ、こんな小さな奴《やつ》まで連れてく気だったのか？」順吉は怒るように云った。

妹は気圧《けお》されたような顔をした。

「あぶないから、行ってはいけないと……」少し厭味《いやみ》らしく祖母が云った。

「皆もおやめなの？」こう云って英子もがっかりしたような顔をした。其処《そこ》に、

「今日はおやめですか？」と母が笑いながら、羽織を手に持って出て来た。

「そうなんですって」英子も少し不平らしく云った。

「総勢にしたら八人位じゃ有りませんか。若い者でもその人数じゃはぐれる位だ。はぐれまいとするだけだって何が見て居られるものですか」

「つまんないわ」と隆子が故意にそう云う顔をして母の袖にからまりついた。

「誰だ。青山*へお葬式の車を見に行ってはぐれた奴は」順吉は隆子をにらみつけてそう云った。

「ふうんふうん」と半分笑いながら隆子は泣くような真似《まね》をして母の後《うしろ》に隠れた。

「植木屋に連れられて泣いて帰って来たんです。ああ、いやいやそんなにからまっちゃあ。帯がぐずぐずになって了う」と母は隆子を叱《しか》った。「真実《ほんとう》におやめの方が無事ですよ。歩いて半杭《はんぐい》さんへ行って又皆で日比谷へおいでなさい。それが一番安心でいい」と母は笑った。

独りむっつりしていた順三が、

「日比谷なんか、つまんないや」と云った。

「向島の百花園*に行って見ますか」と僅《わずか》な希望をつなぐように祖母が云い出した。皆は黙って順吉の顔をうかがった。

「そりゃあ拓殖博覧会よりは幾らましか知れないけれど、何しろ浅草の方ですからね、若《も》し電車で行くなら危いな。おまけに船*もあるし」

こう云うと子供達の顔には一せいに失望の表情が浮び出た。

「こんなにみんな支度が出来たのにねえ」と隆子はわざと大人びた調子で上の姉を顧

みた。

「馬鹿《ばか》」と英子は笑いながら隆子を叱った。

座敷の方から四つになる昌子が走って来た。未だ長い袖を手へ巻きつけて上げるようにして居る。

「お兄様、博覧会にいらっしゃらないの？」

「うん。もう皆博覧会はおやめだ」

「もう博覧会はおやめ？　何故《なぜ》？」

「あぶないから」

「何故あぶないの？」

「お前が迷児になるといけないから」

「昌ァちゃんが迷児になるから？」

順三が癇癪《かんしゃく》を起して、

「昌ァちゃん、黙っといで」と叱った。

昌子は吃驚《びっくり》して、大きな眼を一層大きくして順三を見上げた。然し、黙らなかった。

「昌ァちゃん迷児にならないわ。福《ふく》やにおんぶするわ、ね、昌ァちゃん迷児にならないわ」そう云って順吉を見上げた。

「お前がならなくても、隆子姉ちゃんが迷児になるからいけない」順吉は隆子を見て笑った。

「まあ、いやだ」隆子は次の間に逃げて行った。母も倉の方へひき返して行った。

「いっそ鎌倉《かまくら》へ行きますか」又祖母が如何《いか》にも臆病《おくびょう》らしく云い出した。鎌倉というのは祖母には義理の子になって居る順方《のぶかた》と云う順吉の四つ上の叔父の家《うち》を意味して居た。

「鎌倉ならいいでしょう」

「鎌倉なら兄さんも往《い》って呉《く》れますか？」

「ええ」

祖母は急に嬉《うれ》しそうな顔をした。そして、

「兄さんに往って貰えれば安心だ。淑子」と淑子を顧みて、「兄さんが鎌倉へ連れておんなると」と云った。

淑子は終りまで聞かずに走って行った。

これが伝わると急に皆元気づいた。

「こう多勢で押しかけたら、お峰《みね》さんは大まごつきかも知れない」と母が云った。

「全体何人だ」順吉は祖母から女中まで指を折って数えてみた。「十人だ。迚もあの家《うち》には入りきれませんよ。第一それだけのめしが不意に行っちゃあ出来まい」

「それなら三《み》つ橋《はし》へ行って呼びますか」と祖母が云った。

結局、鵠沼《くげぬま》の東家《あずまや》*へ行く事になった。そして、もう何も支度の要らぬ順三を直ぐ一ト足先に鎌倉へやって、鎌倉の連中《れんじゅう》を皆誘って来さす事にした。

順吉は先へ往った順三を除き、あと大小八人を宰領して家《うち》を出た。

それは秋の秋らしくよく晴れた気持のいい日だった。

品川の海を眺めながら順吉は、

「博覧会のゴタゴタへ行くより如何《どんな》によかったか知れやしない」と云って並んで腰かけて居た祖母を顧みた。

彼は皆《みんな》の博覧会行きを頭から反対したのは自分の我儘《わがまま》からではないと思っていた。然しその仕方は少し酷《ひど》かったと考えた。毎日々々勝手に遊び廻っている自分が皆の楽しみにしていたたまの外出にああ云う調子で物を云った事は少し心にひけて居た。彼は出来るだけ今日を、皆にとって愉快なものにしたいと思った。

大船《おおふな》でサンドイッチを子供等に一つずつ買った。

藤沢から電車*に乗りかえた。鵠沼の停留場から祖母と赤児の禄子《ろくこ》だけを俥に乗せ、あとは砂地《すなじ》の路《みち》を歩いて行った。

東家に着いた。二階の広い部屋に通された。直ぐ向うに江の島が見える。小さい連中は喜んで縁へ出た。

鎌倉の連中は却々《なかなか》来なかった。

「何してるのかしら。まささん（叔父にあたる順方《のぶかた》を順吉は子供からの習慣でそう呼んでいた）が御寺へでも往って居たかな」

「お峰さんやお泰《やす》さんがおめかしでもしてるんでしょう」と云って母は笑った。

「腹が空《す》いて了った」

「兄さんは朝御飯を食べずだから、空いたでしょう。昌子の手をつけないサンドイッチがありますよ」と母が云った。

「もう来るでしょう」

女中を呼んで彼は昼の物を云いつけた。それから彼は小さい連中に、

「御飯の出来る間、海の方へ往って見ようか」と云った。皆は喜んだ。

禄子だけ置いて、下駄《げた》を廻して貰って庭から出た。隆子は一人だけ真先に駈け出して、芝生の彼方《むこう》のブランコへ往った。皆は池のふちについて海へ出る木戸の方へ歩いた。

池に舟が浮んで居た。

「乗ろうか？」と順吉は淑子を顧みた。

「乗りましょう。隆ちゃん。お舟に乗るのよ」と淑子は大きな声で隆子を呼んだ。隆子は直ぐ駈けて来た。

「みんなしゃがんでるんだよ」女中共都合六人乗り込んだ所で、「いいか？」と云って順吉は岸へ竿《さお》を張った。

初めて舟に乗った昌子は中腰をして舟べりにつかまった儘、不安な真面目《まじめ》顔をしてその辺を見廻して居た。

「母ァさん」隆子が大きい透《とお》る声で遠い二階へ呼びかけた。

縁側に坐って、らんかんの間から頭だけ見せて居た母が此方《こっち》を向いた。母はらんかんにつかまって起《た》ち上った。そして後《うしろ》を向いて何か云うと、祖母も縁に出て来た。母はハンケチをふった。祖母は小手をかざして見ている。

「お祖母《ばあ》ァさん」と又隆子が大きな声をした。昌子が一緒に「母ァさん」と呼んだ。

「橋だ橋だ。みんな頭を下げろ下げろ。吉枝《よしえ》、昌ァ公を抱け。手をはさむと大変だぞ。いいか」

順吉は勢をつけて竿を一つ突っ張って、自分も頭を下げた。舟はすーっと水の面《おもて》を滑って橋の下をくぐった。暫《しばら》く漕《こ》ぎ廻ってから皆は舟から上った。そして小さい木戸から路へ出た。波の音が秋の穏かな空気に響いて居た。皆は路から草の生えた砂原へ入った。少し行くと小さな流れに出た。人の跫音で、小さい魚の一群が浅い流れを水底にうつる自身の影と一緒に逃げて行った。

「此処《ここ》からは行けないな」順吉は流れの上下《かみしも》を見渡しながら云った。「さっきの路をずーと廻らなくちゃ駄目だ。――兄さんがおぶってやろうか。それとも足袋を脱いで皆渉《わた》るか？」

淑子と隆子が顔を見合せて嬉しそうな顔をした。

順吉は先《ま》ず自分から足袋を脱いで袂《たもと》に入れるとヒヤリとする黒い砂に立った。自分の足がいつになく白く見えた。皆もそうした。昌子まで一人で足袋を脱ぎかけた。

「昌ァ公はその儘でいい。兄さんが抱いてってやる」こう云って抱き上げると昌子は黙って反りかえった。「いやか？　お前も渉るのか？　ころぶと大変だよ。いいおべべが濡《ぬ》れちゃうよ」そう云っても昌子は黙って無闇《むやみ》と反りかえっておりようとした。

「吉枝、そんなら脱がしてやれ。それから俺の下駄を持って来て呉れ」

昌子は嬉しそうに皆の真似《まね》をして、裾《すそ》を上げて流れへ入ろうとした。

「もっと、まくらなければ駄目だ」順吉は引きずりそうな長い袂を背中で結んでやった。

淑子に「もっと、もっと」と笑いながら云われて昌子は自分で、へその出るまで着物をまくった。淑子と隆子は声を出して笑った。

「つべたいわ」と昌子は後《あと》からついて来る順吉を見上げて云った。実際それは痛い程つめたい水だった。

流れを渉ると乾いた白い砂原へ出た。皆は裸足《はだし》の儘、草も何もない砂原を波打際《なみうちぎわ》の方へ歩いた。秋も末に近かったから海岸に遊んでいる客らしい人の姿は見えなかった。皆は自家《うち》の庭で遊ぶ時のように顧慮なく笑い騒ぎながら行った。

波打際では皆裾をまくって、寄せる波に足を洗わして遊んだ。順吉は浅い所で波の寄せる間、昌子を抱き上げて居て、その退《ひ》く時、下してやっていた。昌子は後《うしろ》から持たれるのを厭《いや》がって、下すと直ぐチョコチョコと其処を離れて、独りでその足許《あしもと》を見て立って居たがった。

「倒れるぞ」と順吉は云った。

「何だか眼が廻って来るわ」と、わきで同じ事をしていた淑子が云った。

「こうやってると踵《かかと》の下の砂がなくなるだろう?」

「ええ。後《うしろ》へ倒れそうになるわ。昌ァちゃん。独りでそんな事をして、倒れたら大変よ。波にさらわれてよ」

昌子は怒ったような眼をして淑子を見かえして居た。

石や貝を拾う事にした。小さい桜貝が沢山あった。

「皆おなかが空いたろう」と毛ずねを出して砂に腰を下して居た順吉が暫くして皆に声を掛けた。

「隆ちゃんは少しも空かない事よ」と直ぐ隆子が答えた。

「もう一時半だ。御飯を食べて、若し早かったら江の島へ行って見よう」

兎《と》に角《かく》、帰る事にして順吉は昌子を呼び、思い切ってまくり上げている着物を着せ直してやった。丸くふくれた小さな腹には所々に砂がこびりついて居た。そうして身体《からだ》だか、着物だか、もう磯臭《いそくさ》いにおいがして居た。

今度は流れを渉らずに橋から廻って帰った。池で順三が鎌倉から来た昇《のぼる》（昌子と同年生れ）を舟に乗せて遊んで居た。

鎌倉から四人来て、総勢十四人になった。食事をして話して居ると、四時過ぎた。江の島へはもう時間がないので、土産物の饅頭《まんじゅう》を買い旁々《かたがた》、片瀬の竜口寺《りゅうこうじ》*へ行く事にして、其処を出た。

竜口寺では皆新しく出来た五重塔の横から裏の山へ登った。祖母と順吉だけが本堂の前で皆の降りて来るのを待っていた。

「学習院の水泳で初めて来た時に、今はありませんが、あの山門の右に法善坊《ほうぜんぼう》という小さな家《うち》があって、そこへ泊って居たんです」と順吉がいった。

「何《な》んぼ止めても諾《き》かずに出掛けて……」と祖母は笑いながら答えた。

「今の隆子位でしょうか？　何しろ初めて一人で出たんだから急に心細くなったんですね。それに蚤《のみ》が居て眠れないので尚《なお》まいったんですよ」

「日に二本も三本も、はやくむかいにくるべし、と電報のような手紙をよこして……」

「清吉《せいきち》が来た時には嬉しいんだか悲しいんだか知らないが大きな声をして泣いたのを覚えていますよ。それから、それは自分では覚えていないが、お祖父《じい》さんの名宛《なあて》にして様の字を書かずに出したとか……」

「そうだった」と祖母は笑った。

「書くのを忘れたんですかネ。それとも迎いの来ようが遅いので怒っちゃったのかしら」

　五重塔とは反対側の道から隆子が昇の手をひいて下りて来た。平地《ひらち》へ来ると二人は手を離して競争するように祖母と順吉の立っているところへ駈けて来た。間もなく皆も下りて来た。

　石段の下の饅頭屋に休んで電車の来るのを待った。

電車の窓から七里ヶ浜*の夕方の景色を見て行くのが順吉の予定だった。然し日曜で、江の島からの帰り客で、電車の中は一杯だった。祖母と禄子を抱いた母だけが人の好意で漸《ようや》く腰かけられたが、あとは押され押されて鎌倉へ入るまで立って居なければならなかった。鎌倉へ着いた時は全く日が暮れて居た。

停車場《ていしゃじょう》では駅長の好意で祖母だけ橋を渡らずに赤帽におぶさって線路を越した。皆が橋から廻って其処へ行った時には如何にも疲れたらしい様子をして祖母は板ばりに附いた低い腰かけに背中を丸くして一人腰かけて居た。順吉も今は何となく疲れて居た。

汽車が来た。鎌倉の連中とは其処で別れた。一行は二時間程して漸く新橋に着いた。昌子も禄子もたわいなく眠入《ねい》って居た。

清兵衛《せいべえ》と瓢簞《ひょうたん》

これは清兵衛《せいべえ》と云《い》う子供と瓢簞《ひょうたん》との話である。この出来事以来清兵衛と瓢簞とは縁が断《き》れて了《しま》ったが、間もなく清兵衛には瓢簞に代わる物が出来た。それは絵を描《か》く事で、彼は嘗《かつ》て瓢簞に熱中したように今はそれに熱中して居る……

清兵衛が時々瓢簞を買って来る事は両親も知って居た。三四銭から十五銭位までの皮つきの瓢簞を十程も持って居たろう。彼はその口を切る事も種を出す事も独りで上手にやった。栓《せん》も自分で作った。最初茶渋《ちゃしぶ》で臭味《くさみ》をぬくと、それから父の飲みあました酒を貯《たくわ》えて置いて、それで頻《しき》りに磨《みが》いていた。

全く清兵衛の凝《こ》りようは烈《はげ》しかった。或日《あるひ》彼は矢張り瓢簞の事を考え考え浜通りを歩いて居ると、不図《ふと》、眼に入った物がある。彼ははッとした。それは路端《みちばた》に浜を背にしてズラリと並んだ屋台店の一つから飛び出して来た爺《じい》さんの禿頭《はげあたま》であった。清兵衛はそれを瓢簞だと思ったのである。「立派な瓢《ひょう》じゃ」こう思いながら彼は暫《しばら》く気がつかずにいた。——気がついて、流石《さすが》に自分で驚いた。その爺さんはいい色をした禿頭を振り立てて彼方《むこう》の横町へ入って行った。清兵衛は急に可笑《おか》しくなって一人大きな声を出して笑った。堪《たま》らなくなって笑いながら彼は半町程馳《か》けた。それでもまだ笑いは止まらなかった。

これ程の凝りようだったから、彼は町を歩いて居れば骨董《こっとう》屋でも八百屋でも荒物屋でも駄菓子《だがし》屋でも又専門にそれを売る家《うち》でも、凡《およ》そ瓢簞を下げた店と云えば必ずその前に立って凝《じ》っと見た。

清兵衛は十二歳で未《ま》だ小学校に通っている。彼は学校から帰って来ると他《ほか》の子供とも遊ばずに、一人よく町へ瓢簞を見に出かけた。そして、夜は茶の間の隅に胡坐《あぐら》をかいて瓢簞の手入れをして居た。手入れが済むと酒を入れて、手拭《てぬぐい》で巻いて、罐《かん》に仕舞って、それごと炬燵《こたつ》へ入れて、そして寝た。翌朝《よくあさ》は起きると直《す》ぐ彼は罐を開けて見る。瓢簞の肌はすっかり汗をかいている。彼は厭《あ》かずそれを眺めた。それから叮嚀《ていねい》に糸をかけて陽のあたる軒へ下げ、そして学校へ出かけて行った。

清兵衛のいる町は商業地で船つき場で、市《し》にはなって居たが、割に小さな土地で二十分歩けば細長い市のその長い方が通りぬけられる位であった。だから仮令《たとえ》瓢簞を売る家《うち》はかなり多くあったにしろ、殆《ほとん》ど毎日それらを見歩いている清兵衛には、恐らく総《すべ》ての瓢簞は眼を通されていたろう。

彼は古瓢《こひょう》には余り興味を持たなかった。未だ口も切ってないような皮つきに興味をばかりであった。しかも彼の持って居るのは大方所謂《いわゆる》瓢簞形の、割に平凡な恰好《かっこう》をした物ばかりであった。

「子供じゃけえ、瓢いうたら、こう云うんでなかにゃあ気に入らんもんと見えるけのう」大工をしている彼の父を訪ねて来た客が、傍《そば》で清兵衛が熱心にそれを磨いて居るのを見ながら、こう云った。彼の父は、

「子供の癖に瓢いじりなぞをしおって……」とにがにがしそうに、その方を顧みた。

「清公《せいこう》。そんな面白《おもしろ》うないのばかり、えっと持っとってもあかんぜ。もちっと奇抜なんを買わんかいな」と客がいった。清兵衛は、

「こういうがええんじゃ」と答えて済まして居た。

清兵衛の父と客との話は瓢簞の事になって行った。

「この春の品評会に参考品で出ちょった馬琴《ばきん》*の瓢簞と云う奴《やつ》は素晴しいもんじゃったのう」と清兵衛の父が云った。

「えらい大けえ瓢じゃったけのう」

「大けえし、大分長かった」

こんな話を聞きながら清兵衛は心で笑って居た。馬琴の瓢と云うのはその時の評判な物ではあったが、彼は一寸《ちょっと》見ると、――馬琴という人間も何者だか知らなかったし

——直ぐ下らない物だと思ってその場を去って了った。

「あの瓢はわしには面白うなかった。かさ張っとるだけじゃ」彼はこう口を入れた。

それを聴くと彼の父は眼を丸くして怒った。

「何じゃ。わかりもせん癖して、黙っとれ！」

清兵衛は黙ってしまった。

或日清兵衛が裏通りを歩いていて、いつも見なれない場所に、仕舞屋《しもたや》*の格子《こうし》先《さき》に婆《ばあ》さんが干柿《ほしがき》や蜜柑《みかん》の店を出して、その背後《うしろ》の格子に二十ばかりの瓢簞を下げて置くのを発見した。彼は直ぐ、

「ちょっと、見せてつかあせえな」と寄って一つ一つ見た。中に一つ五寸ばかりで一見極く普通な形をしたので、彼には震いつきたい程にいいのがあった。

彼は胸をどきどきさせて、

「これ何ぼかいな」と訊《き》いて見た。婆さんは、

「ぼうさんじゃけえ、十銭にまけときやんしょう」と答えた。彼は息をはずませながら、

「そしたら、屹度《きっと》誰にも売らんといて、つかあせえのう。直ぐ銭《ぜに》持って来やんすけえ」くどく、これを云って走って帰って行った。

間もなく、赤い顔をしてハアハアいいながら還《かえ》って来ると、それを受け取って又走って帰って行った。

彼はそれから、その瓢が離せなくなった。学校へも持って行くようになった。仕舞には時間中でも机の下でそれを磨いている事があった。それを受持の教員が見つけた。修身*の時間だっただけに教員は一層怒った。

他所《よそ》から来ている教員にはこの土地の人間が瓢箪などに興味を持つ事が全体気に食わなかったのである。この教員は武士道を云う事の好きな男で、雲右衛門《くもえもん》*が来れば、いつもは通りぬけるさえ恐れている新地の芝居小屋に四日の興行を三日聴きに行く位だから、生徒が運動場《うんどうば》でそれを唄《うた》う事にはそれ程怒らなかったが、清兵衛の瓢箪では声を震わして怒ったのである。「到底将来見込のある人間ではない」こんな事まで云った。そしてそのたんせいを凝らした瓢箪はその場で取り上げられて了った。清兵衛は泣けもしなかった。

彼は青い顔をして家へ帰ると炬燵に入って只《ただ》ぼんやりとして居た。

そこに本包みを抱えた教員が彼の父を訪ねてやって来た。清兵衛の父は仕事へ出て留守だった。

「こう云う事は全体家庭で取り締って頂くべきで……」教員はこんな事をいって清兵

衛の母に食ってかかった。母は只々恐縮して居た。

清兵衛はその教員の執念深さが急に恐ろしくなって、脣《くちびる》を震わしながら部屋の隅で小さくなっていた。教員の直ぐ後の柱には手入れの出来た瓢箪が沢山下げてあった。今気がつくか今気がつくかと清兵衛はヒヤヒヤしていた。

散々叱言《こごと》を並べた後《あと》、教員はとうとうその瓢箪には気がつかずに帰って行った。清兵衛はホッと息をついた。清兵衛の母は泣き出した。そしてダラダラと愚痴っぽい叱言を云いだした。

間もなく清兵衛の父は仕事場から帰って来た。で、その話を聞くと、急に側《そば》にいた清兵衛を捕えて散々に撲《なぐ》りつけた。清兵衛はここでも「将来迚《とて》も見込のない奴だ」と云われた。「もう貴様のような奴は出て行け」と云われた。

清兵衛の父は不図柱の瓢箪に気がつくと、玄能を持って来てそれを一つ一つ割って了った。清兵衛は只青くなって黙って居た。

さて、教員は清兵衛から取り上げた瓢箪を穢《けが》れた物でもあるかのように、捨てるように、年寄った学校の小使にやって了った。小使はそれを持って帰って、くすぶった小さな自分の部屋の柱へ下げて置いた。

二ヶ月程して小使は僅《わず》かの金に困った時に不図その瓢箪をいくらでもいいから売っ

てやろうと思い立って、近所の骨董屋へ持って行って見せた。

骨董屋はためつ、すがめつ、それを見ていたが、急に冷淡な顔をして小使の前へ押しやると、

「五円やったら貰《もろ》うとこう」と云った。

小使は驚いた。が、賢い男だった。何食わぬ顔をして、

「五円じゃ迚も離し得やしぇんのう」と答えた。骨董屋は急に十円に上げた。小使はそれでも承知しなかった。

結局五十円で漸《ようや》く骨董屋はそれを手に入れた。——小使は教員からその人の四ヶ月分の月給を只貰ったような幸福を心ひそかに喜んだ。が、彼はその事は教員には勿論《もちろん》、清兵衛にも仕舞まで全く知らん顔をして居た。だからその瓢箪の行方《ゆくえ》に就《つい》ては誰も知る者がなかったのである。

然しその賢い小使も骨董屋がその瓢箪を地方の豪家に六百円で売りつけた事までは想像も出来なかった。

……清兵衛は今、絵を描く事に熱中している。これが出来た時に彼にはもう教員を怨《うら》む心も、十あまりの愛瓢を玄能で破《わ》って了った父を怨む心もなくなって居た。

然し彼の父はもうそろそろ彼の絵を描く事にも叱言を言い出して来た。

出来事

七月末の風の少しもない暑い午後だった。私の乗って居る電車は広い往来の水銀を流したような線路の上をただ真直《まっすぐ》に単調な響を立てて走って居た。人通りは殆《ほとん》どなかった。見渡した所では人造石の高い塀《へい》の前に出て居る大道アイスクリーム屋と、其処《そこ》にしゃがんで扇を使って居る客と、それだけだった。二人の上には塀の内から無花果《いちじく》が物倦《ものう》そうに締りのない枝をさし出している。その葉は元気なく内へ巻きかけて、乾き切った薄ほこりに被《おお》われて気味悪そうに凝《じ》っと動かずに居た。——私は一番前の窓に倚《よ》りかかって唯《ただ》ぼんやりとして居た。それでも生温かい風が少しは通す。汗のにじみ出た手には読みさしの雑誌が外へ折り返したまま巻いてある。

一つの停留所へ来た。降りる人も乗る人も無いので電車はその儘《まま》退屈そうに又次の停留所まで走った。此処《ここ》で肥《ふと》った四十位の女が乗って来た。片手に毛繻子《けじゅす》の小さな洋傘《こうもり》を持って、もう一つの手には濡手拭《ぬれてぬぐい》を持ち、それで頻《しき》りに咽《のど》のあたりを拭《ふ》きながら入って来た。女は汗ばんだ赤い顔をしていた。それに物倦い眼《まな》ざしを向けた乗客もあったが、大概は半睡の以前からの姿勢で只《ただ》ぐったりとして居た。

乗客は八九人あった。私の前に電気局*の章《しるし》のついた大黒帽子*をかぶった法衣着《はっぴぎ》の若者がかけて居た。若者は不機嫌《ふきげん》な顔をしてうつらうつらとしている。その次に麦藁《むぎわら》帽子の鍔《つば》を深くおろした二人連れの書生が二人ながら股《また》を開いたいかつい姿でよく眠入《ねい》って居た。素足にかかったほこりが油汗で黒くにじんで、それから脛《すね》の方に白くぼかしたようにかかっているのが、暑苦しいきたない感じをさせた。その次に洋服を着た五十以上の小役人らしい大きな男がかけていた。よごれたまがい*パナマを後《うしろ》へずらして、股の間に立てたステッキに顎《あご》をのせてポカンと何を考えるともない思い切って気のない顔をして居た。目は開《あ》いて居るが視線に焦点がない。それでも私に見られて居ると云う意識はあったらしい。今度は背後《うしろ》へ倚りかかって薄目を開《あ》いて又ぼんやりとして了《しま》った。すると又急に掌《てのひら》に丸め込んで居た毛ば立った木綿のハンケチでそのぬけ上った広い額を拭ったりした。——私も強い日光にもう目をはっきりとは開《ひら》いて居られなかった。まぶたを細くして物を見て居る、それすらつらい。その内にこのジリジリとしたおさえつけるような不愉快な暑さが不当な体刑ででもあるように私には不平な心持で感じられた。雨に雨具を考え、寒さに防寒具を考える人間が暑さだけをこう真正面《まとも》に受けて、それで弱り切って居る、いかにも腑甲斐《ふがい》ない事だと云うような事を考えた。

——窓から不意に白い蝶《ちょう》が飛び込んで来たのを見た。蝶は小さいゴムマリをはずますように独り気軽に、嬉《うれ》しそうに、又無闇《むやみ》とせっかちに飛び廻った。

電車は依然物倦い響を立てて走って居る。悩み切った乗客は自分が何の目的で何処《どこ》まで行くかも忘れたように唯ぐったりとして居た。蝶は既に何町か運ばれたが、それも知らず、唯はしゃぎ独りふざけて居る。この眼まぐるしいひょうきん者の動作は厚い布《ぬの》でも巻き附けられたような私の重苦しい頭をいくらか軽くして呉《く》れた。

蝶は不意に二三度続けさまに天井《てんじょう》にぶつかった。併《しか》し止りそこなった。そして下の芝居の広告へ行って止った。真黒い木版ずりで別誂《べつあつらえ》玄冶店《げんやだな》とある、そのかんてい流*の太い字から、厚化粧の、深い光を持った真白い羽根の浮上って居るのが美しく見えた。蝶はさんざんはしゃいだ後《あと》の息でもついて居るように急に凝《じ》っとしてしまった。

電車は同じように退屈に唯走った。乗客も同じように半睡の状態でぐったりとして居る。――私もいつか又何も考えなくなった。

あるダル*な数分間が過ぎた。私は運転手の妙な叫び声で急に顔を上げた。そしてその方を見た時に、小さい男の子が今電車の前を突切ろうとするのを見た。子供は此方《こっち》を見ようともせずに一生懸命に駆けて居る。然し外見からはそれは極く暢気《のんき》な駆け様だった。しかも、その時は未《ま》だ子供は線路内に入っては居なかった。運転手は大声で何か云《い》いながら急いでブレーキを巻いた。電車ももう余程のろくはなって居た。が、それは直角に交わる線を子供も電車もその交叉点《こうさてん》へ向ってのろいなりに馬鹿《ばか》々々しい鉢合《はちあわ》せをする為《ため》に走って居るようなものだった。しかもその時は既にどうすることも出来ない事のように思われた。子供の姿が運転手台の前のてすりのような物のむこうへ隠れると同時にガチャンと音がした。電車はその儘一間ばかり進んだ。私は反射的に急に居耐《いたたま》らない心持からいつか車掌の居る一番後《うしろ》のところまで自身をのがして居た。私は一人動揺する心持をぐっとおさえて人々の背中を見て立っていると、少時《しばらく》して急に子供の大きな泣き声が起った。ほっとした。（このほっとした心持は遥《はるか》に多く主我的な喜びであったように思う。然《しか》し私にはこの心持は後《あと》でも却《かえ》って愉快に思えた。）

私は近よって行った。そして人々の間から窓の外を見た。もうその辺の家々から人々が集って居た。烈《はげ》しく泣く子を抱き上げて今迄《いままで》私の前に居た電気局の若者が何か罵《ののし》りながら恐ろしい顔でその辺を見廻して居る。若者は気が立ったように成って居た。子供は手拭地の短い甚平《じんべい》さん*を若者の掌と一緒に胸までたくし上げられてその肉附きのいい尻《しり》を丸出しにし、短いくびれた足をちぢめて無闇と大きな声で泣きわめいて居た。頭の大きな汗もだらけなその醜い顔は一層可笑《おか》しく見えた。

「大丈夫々々」と車掌は子供の尻を撫《な》でながら云って居た。若者は怒ったように、

「一寸《ちょっと》、もっとよく見てくれよ」と云うと、子供を逆様に尻の方を高くして見せた。

小役人らしい大きな男もいつの間にか其処に立って居て、

「よく見なくちゃいかんよ」と心配そうに覗《のぞ》き込んで居た。

「大丈夫です、かすり傷もありません」車掌は一ト通り叮嚀《ていねい》に調べて云った。

少し離れた処《ところ》で機械のハンドルを下げて、何の表情も無い顔をして居た運転手は冷淡な調子で、

「又うまく網へ乗っかったもんだ」と云った。それを聴くと、

「ええ！　実にうまくやったね」と小役人はすぐその方を振り向いた。

「やいやい」子供を抱き上げて居た若者は又大きな声をした。「自家《うち》の奴《やつ》はどうしたんだナ」

「今迎いに行ったよ」見物の一人が答えた。

今迄只泣きわめいて居た子供は身を反らし若者の手から逃れようともがき始めた。若者が怒ると子供は尚《なお》あばれる。そして今度は若者の顔を真正面《まとも》から撲《なぐ》りにかかった。

「此畜生《こんちくしょう》」若者は可恐《こわ》い顔をして子供を睨《にら》みながら抱いて居る手をのばし、子供を自分の身体《からだ》から離した。

小役人は古いパナマをまだ後《うしろ》へずらした儘、何となく落ち着かない様子でその辺をうろうろしながら一人小声で、

「うまくやった。実にうまくやった」と云って居た。そして子供へ近よると、

「もう泣かなくていい」こう云いながら、涙と、汗とほこりとできたなく隈《くま》を取ったその頰を撫でた。あばれていた子供もこの善良な小役人を撲ろうとはしなかった。小役人は中腰になって子供の尻から足の辺《あたり》を調べて見た。子供はもう凝っとされる儘になって居た。

「おお、こりゃいかんぜ」こう小役人は大きな声をした。人々の散らばりかけた注意が急に集まると、

「小僧さんいつの間か小便をひょぐっとる」と云った。人々はどッと笑った。

若者は黙って眼に角を立てた儘自分の胸を見た。縮《ちぢみ》のシャツが鳩尾《みぞおち》から下へぐっしょりと濡れて居た。人々は又どッと笑った。子供のくびれたももに挟《はさ》まって居る五分《ごぶ》瓢《ひょう》程の綺麗《きれい》な似指《ちんぽこ》の先はまだ湿って居た。

「マ。この餓鬼は呆《あき》れたぜ」若者は子供を抱き寄せるようにして顎でその頭をゴツン、ゴツンと撲った。子供は又烈しく泣き立てた。

「まあまあ小便位いいさ」小役人はなだめるように云った。その時、

「来た来た」見物の中からこう云う声が聞えて、むこうから四十以上の色の黒い醜い女が駆けて来た。女は興奮して居た。そして若者の手から子供を受け取ると直ぐ、

「馬鹿！」とその顔を烈しく睨みつけて、いきなり平手で続け様にその頭を撲った。子供は一層大きな声を出し、泣きわめいた。女は、足をばたばたさせる子供をぐいと抱き締めると二三度強くゆすぶって、又、「馬鹿！」と云った。わきで可恐《こわ》い顔をして居た若者はその時喧嘩《けんか》腰《ごし》に、

「オイ全体お前《めえ》が悪いんだぜ」と云った。それから二人は云い合いを始めた……

それとは又全く没交渉に小役人は或《ある》興奮から独言《ひとりごと》を云いながらその辺を歩き廻って居たが、運転手がもう運転手台へ帰って居る、其処へ行くと、又、「君、実にうまくやったね」と云った。彼は殆ど無意味にステッキで救助網を叩《たた》いた。そして又「君、こんなうまく行った事はないよ。ええ、この網が出来て以来こんな事は初めてだ」と云った。彼の快い興奮を寄せるにはそれは少し内容の充実しない言葉だった。彼はもっと云いたいらしかった。然し自分でも満足出来るような詞《ことば》は出なかった。それに運転手は割に冷淡な顔をして居た。

もう人だかりも大分減った。自分の家《うち》の軒の下まで帰って、其処から立って見て居る人の方が多くなった。

女は車掌には切《しき》りに礼を云って居た。子供も母のだらしなく垂れ下った大きな乳房に口も鼻も埋《う》めてすっかり大人しくなって了った。

若者も小役人も車内へ入って来た。女は子供の下駄《げた》を拾って帰って行く。電車は動き出した。

若者は勢よく法衣《はっぴ》を脱ぎ、そして小便に濡れたシャツを脱いだ。しまった肉附きの、白い肌が現れた。彼はシャツの濡れたところを丸め込んで、それで忙《せわ》しく鳩尾《みぞおち》から下腹の辺《へん》を拭いた。肩から腕、胸あたりの筋肉が気持よく動く。若者が一寸顔を上げた時向いあいの私と視線が会った。

「往生々々」と云って若者は笑った。先刻《さっき》の気の立ったような恐ろしい表情は全く消えて善良な気持のいい、生き生きとした顔つきになって居た。

四十位の肥った女と小役人とがむこうで何か話している。小役人は手附きをしながら熱心に何か云って居る。

書生も二人で話を始めた。

暑さにめげて半睡の状態に居た乗客は皆《みんな》生き生きした顔附きに変って居た。

私の心も今は快い興奮を楽しんで居る。

ふと気が附くと、芝居の広告に止まって居た無邪気なひょうきん者はいつか飛び去って、もう其処には居なかった。

范《はん》の犯罪

范《はん》という若い支那人《シナ》の奇術師が演芸中に出刃庖丁《でばぼうちょう》程のナイフでその妻の頸動脈《けいどうみゃく》を切断したという不意な出来事が起った。若い妻はその場で死んで了《しま》った。范は直《す》ぐ捕えられた。

現場《げんじょう》は座長も、助手の支那人も、口上云《い》いも、尚《なお》三百人余りの観客も見ていた。観客席の端に一段高く椅子《いす》をかまえて一人の巡査も見ていたのである。ところがこの事件はこれ程大勢の視線の中心に行われた事でありながら、それが故意の業《わざ》か、過ちの出来事か、全く解《わか》らなくなって了った。

その演芸は戸板位の大きさの厚い板の前に女を立たせて置いて二間《けん》程離れた処《ところ》から出刃庖丁程の大きなナイフを掛け声と共に二寸と離れない距離にからだに輪廓《りんかく》をとるように何本も何本も打ち込んで行く、そういう芸である。

裁判官は座長に質問した。

「あの演芸は全体むずかしいものなのか?」

「いいえ、熟練の出来た者には、あれは左程むずかしい芸ではありません。只《ただ》、あれを演ずるにはいつも健全な、そして緊張した気分を持って居なければならないという事はあります」

「そんなら今度のような出来事は過失としてもあり得ない出来事なのだな」

「勿論《もちろん》そういう仮定――そういう極く確な仮定がなければ、許して置ける演芸では仏《ござ》いません」

「では、お前は今度の出来事は故意の業と思っているのだな？」

「いや、そうじゃあ有りません。何故《なぜ》なら、何しろ二間という距離を置いて、単に熟練と或《ある》直覚的な能力を利用してする芸ですもの、機械でする仕事のように必ず正確に行くとは断言出来ません。ああ云う過りが起る迄《まで》は私共はそんな事はあり得ないと考えていたのは事実です。然《しか》し今此処《ここ》に実際起った場合、私共は予《かね》てこう考えていたという、その考を持ち出して、それを批判する事は許されていないと思います」

「全体お前は何方《どっち》だと考えるのだ」

「つまり私には分らないのであります」

　裁判官は弱った。此処に殺人という事実はある。然しそれが故殺或いは謀殺（謀殺とすればこれ程巧みな謀殺はないと裁判官は考えた）だという証拠は全くない。裁判官は次に范がこの一座に加わる前から附いていた助手の支那人を呼んで質問を始めた。

「ふだんの素行はどういう風だった」

「素行は正しい男でムいます。賭博《とばく》も女遊びも飲酒も致しませんでした。それにあの男は昨年あたりからキリスト教を信じるようになりまして、英語も達者ですし、暇があると、よく説教集などを読んで居るようでした」

「妻の素行は？」

「これも正しい方でムいました。御承知の通り旅芸人というものは決して風儀のいい者ばかりではありません。他人の妻を連れて逃げて了う、そういう人間も時々はある位で、范の妻も小柄な美しい女で、そういう誘惑も時には受けていたようでしたが、それらの相手になるような事は決してありませんでした」

「二人の性質は？」

「二人共に他人には極く柔和で親切で、又二人共に他人に対しては克己心も強く決して怒るような事はありませんでした。が、（此処で支那人は言葉を断《き》った。そして一寸《ちょっと》考えて、又続けた）――この事を申上げるのは范の為《ため》に不利益になりそうで心配でもありますが、正直に申し上げれば、不思議な事に他人に対してはそれ程に柔和で親切で克己心の強い二人が、二人だけの関係になると何故か驚く程お互に惨酷《ざんこく》になる事でムいます」

「何故だろう？」

「お前の知ってる最初からそうだったのか」

「解《わか》りません」

「いいえ、二年程前妻が産を致しました。赤児《あかご》は早産だという事で三日ばかりで死にましたが、その頃から二人は段々に仲が悪くなって行くのが私共にも知れました。二人は時々極《ご》く下らない問題から烈《はげ》しい口論を起します。そういう時、范は直ぐ蒼《あお》い顔になって了います。然しあの男はどんな場合でも結局は自分の方で黙って了って、決して妻に対して手荒な行いなどをする事は厶いません。尤《もっと》もあの男の信仰もそれを許さないからでしょうが、顔を見るとどうしても、抑えきれない怒りが凄《すご》い程に露《あらわ》れている事も厶います。で、私は或時それ程不和なものならいつ迄も一緒にいなくてもいいだろう、と云った事が厶います。然し范は、妻には離婚を要求する理由があっても、此方《こっち》にはそれを要求する理由はないと答えました。范は何処《どこ》までも自分の我儘《わがまま》にしていました。どうしても妻を愛する事が出来ない、自分に愛されない妻が、段々に自分を愛さなくなる、それは当然な事だ、こんな事もいっていました。あの男がバイブルや説教集を読むようになった動機もそれで、どうかして自分の心を和げて憎むべき理由もない妻を憎むという、寧《むし》ろ乱暴な自分の心をため直して了おうと考えていたようでした。妻も又実際可哀《かわい》そうな女なのです。范と一緒になってから三年近く旅芸人として彼方此方《あっちこっち》と廻り歩いていますが、故郷の兄というのが放蕩者《ほうとうもの》で家《うち》はもうつぶれて無いのです。仮に范と別れて帰った所が、四年も旅を廻って来た女を信用して結婚する男もないでしょうし、不和でも范と一緒にいるより他《ほか》はなかったのだと思います」

「で、全体お前はあの出来事についてはどう思う」

「過りで仕た事か、故意で仕た事かと仰有《おっしゃ》るのですか?」

「そうだ」

「私も実はあの時以来、色々と考えて見ました。ところが考えれば考える程段々解らなくなって了いました」

「何故?」

「何故か知りません。事実そうなるのです。恐らく誰でもそうなるだろうと思います。口上云いの男に訊《き》いて見た所が、この男ももう解らないと申しました」

「では出来事のあった瞬間には何方《どっち》かと思ったのか?」

「思いました。(殺したな)と思いました」

「そうか」

「ところが口上云いの男は(失策《しま》った)と思ったそうです」

「そうか——然しそれはその男が二人の平常《へいぜい》の関係を余り知らない所から単純にそう

思ったのではないかネ?」
「そうかも知れませんが、私が(殺したな)と思ったのも、同様に二人の平常《ふだん》の関係
をよく知ってる所から、単純にそう思ったのかも知れないと、後では考えられるので
す」
「その時の范の様子はどうだった」
「范は(あっ)と声を出しました。それで私も気がついた位で、見ると女の首からは
血がどっと溢《あふ》れました。それでも一寸の間《あいだ》は立っていましたが、ガクリと膝《ひざ》を折ると、
ささったナイフで一寸身体《からだ》がつられ、そのナイフが抜けると一緒にくずれるように女
のからだは前へのめって了いました。その間誰もどうする事も出来ません。只堅くな
って見ているばかりでした。で、確な事は申されません。何故なら私はその時范の様
子を見る程余裕がなかったからです。が然し范もその数秒間は恐らく私達と同じだっ
たろうと思われます。その後で私には(とうとう殺したな)という考が浮んだのです。
が、その時は范は真蒼《まっさお》になって眼を閉じて立っていました。幕を閉めて、女を起して
見ると、もう死んでいました。范は興奮から恐ろしい顔をして(どうしてこんな過ち
をしたろう)といっていました。そして其処《そこ》に跪《ひざまず》いて長い事黙禱《もくとう》をしました」
「あわてた様子はなかったか?」

「少しあわてた様子でした」

「よろしい。訊《たず》ねる事があったら又呼び出す」

裁判官は助手の支那人を下げると、最後に本人を其処に連れて来さした。范は引きしまった蒼い顔をした、賢そうな男だった。一眼で烈しい神経衰弱にかかっている事が裁判官に解った。そして「今、座長と助手とを調べたから、それから先を訊くぞ」と范が席に着くと直ぐいった。范は首肯《うなず》いた。

「お前は妻をこれまで少しも愛した事はないのか？」

「結婚した日から赤児を生む時までは心から私は妻を愛して居《お》りました」

「どうして、それが不和になったのだ」

「妻の生んだ赤児が私の児でない事を知ったからです」

「お前はその相手の男を知っているか？」

「想像しています。それは妻の従兄《いとこ》です」

「お前の知って居る男か？」

「親しかった友達です。その男が二人の結婚を云い出したのです。その男から私は勧められたのです」

「お前の所へ来る前の関係だろうな？」

「勿論そうです。赤児は私の所へ来て八月目に生れたのです」

「早産だと助手の男は云っていたが……？」

「そう私が云ってきかしたからです」

「赤児は直ぐ死んだと云うな？」

「死にました」

「何《なん》で死んだのだ」

「乳房で息を止められたのです」

「妻はそれを故意でしたのではなかったのか？」

「過ちからだと自身は申して居りました」

裁判官は口をつぐんで凝《じ》っと范の顔を見た。范は顔を挙げたまま伏目をして、次の問を待っている。裁判官は口を開《ひら》いた。

「妻はその関係に就《つい》てお前に打ち明けたか？」

「打ち明けません。私も訊こうとしませんでした。そしてその赤児の死が総《すべ》ての償いのようにも思われたので、私は自身出来るだけ寛大にならなければならぬと思っていました」

「ところが結局寛大になれなかったというのか」

「そうです。赤児の死だけでは償いきれない感情が残りました。離れて考える時には割に寛大で居られるのです。ところが、妻が眼の前に出て来る。何かする。そのからだを見ていると、急に圧《おさ》えきれない不快を感ずるのです」

「お前は離婚しようとは思わなかったか？」

「したいとはよく思いました。然し嘗《かつ》てそれを口に出した事はありませんでした」

「何故だ」

「私が弱かったからです。妻は若《も》し私から離婚されれば、生きてはいないと申していたからです」

「妻はお前を愛していたか？」

「愛してはいません」

「何故それなら、そんな事をいっていたのだ」

「一つは生きて行く必要からだったと考えます。実家は兄がつぶして了いましたし旅芸人の妻だった女を貰《もら》う真面目《まじめ》な男のない事を知っているからです。又働くにしても足が小さくて駄目《だめ》だからです」

「二人の肉体の上の関係は？」

「多分普通の夫婦と、それ程は変らなかったと思います」

「妻はお前に対して別に同情もしていなかったのか？」

「同情していたとは考えられません。――妻にとって同棲《どうせい》している事は非常に苦痛でなければならぬと思うのです。併《しか》しその苦痛を堪え忍ぶ我慢強さは迚《とて》も男では考えられない程でした。妻は私の生活が段々と壊されて行くのを残酷な眼つきで只見ていました。私が自分を救おう――自分の本統の生活に入ろうともがき苦しんでいるのを、押し合うような少しも隙《すき》を見せない心持で、しかも冷然と側《わき》から眺めているのです」

「お前は何故、それに積極的な思い切った態度が取れなかったのだ」

「色々な事を考えるからです」

「色々な事とはどんな事だ」

「自分が誤りのない行為をしようという事を考えるのです――然しその考はいつも結局何の解決もつけては呉《く》れません」

「お前は妻を殺そうと考えた事はなかったか？」

范は答えなかった。裁判官は同じ言葉を繰返した。それでも范は直ぐは答えなかった。そして、

「その前に死ねばいいとよく思いました」と答えた。

「それなら若し法律が許したらお前は妻を殺したかも知れないな？」

「私は法律を恐れてそんな事を思っていたのではありません。私が只弱かったからです。弱い癖に本統の生活に生きたいという慾望《よくぼう》が強かったからです」

「そして、その後《ご》にお前は妻を殺そうと考えたのか？」

「決心はしませんでした。然し考えました」

「それはあの出来事のどれ程前の事か？」

「前晩です。或いはその明け方です」

「その前に争いでもしたか？」

「しました」

「何《なん》の事で？」

「お話し仕なくてもいい程、下らない事です」

「まあ、云って見ないか」

「――食い物の事でです。腹が空《す》いていると私は癇癪《かんしゃく》持になるのです。で、その時妻が食事の支度でぐずぐずしていたのに腹を立てたのです」

「いつもより、それが烈しかったのか」

「いいえ。然しいつになく後まで興奮していました。私は近頃自分に本当の生活がないという事を堪《たま》らなく苛々《いらいら》して居た時だったからです。床へ入ってもどうしても眠れと、始終きょときょとと、右顧左顧《とみこうみ》、私は私が右顧左顧、いやでいやでならないものをも思い切って撥退《はねの》けて欲《ほっ》する事も思い切って欲し得ず、うじうじとしたこの生活が総て妻との関係から出て来るもの了えない、中ぶらりんな、自分の未来にはもう何の光も見えない。自分にはそのだという気がして来たのです。燃えていないまでも燃え立とうとしている。それを燃れを求める慾望は燃えている。しかもその火は全く消えもしない。プスプスとえさせないものは妻との関係なのだ。中毒しようとしているのだ。中毒しき醜く燻《いぶ》っている。その不快と苦しみで自分は今中毒しようとしているのだ。自分はそういう所った時は自分はもう死んで了うのだ。生きながら死人になるのだ。そして一方で死んでくに立っているのに尚それを忍ぼうという努力をしているのだ。その位なら、何故殺してれればいい、そんなきたないいやな考を繰返しているのだ。牢屋《ろうや》へ入れられ了わないのだ。殺した結果がどうなろうとそれは今の問題ではない。牢屋へ入れられるかも知れない。しかも牢屋の生活は今の生活よりどの位いいか知れはしない。その時はその時だ。その時に起ることはその時にどうにでも破って了えばいいのだ。破っても、破っても、破り切れないかも知れない。然し死ぬまで破ろうとすればそれが俺の本統の生活というものになるのだ。——私は側《そば》に妻のいる事を殆《ほと》ど忘れていました。私は漸《ようや》く疲れて来ました。疲れても眠れる性質の疲労ではなかったのです。ぼんやりして来ました。張りきった気がゆるんで来るに従って人を殺すというような考の影が段々にぼやけて来たのです。私は悪夢におそわれた後のような淋《さび》しい心持になって来ました。一方ではあれ程に思いつめた気が一ト晩の間にこうも細々《ほそぼそ》しくなって了う自分の弱い心を悲しみもしたのです――そしてとうとう夜が明けました。想《おも》うに、妻も眠っていなかったらしいのです」

「起きてからは、二人は平常《へいぜい》と変らなかったか？」

「二人は互に全く口をきかずにいました」

「お前は何故、妻から逃げて了おうとは思わなかったろう？」

「貴方《あなた》は私の望む結果からいえば、それで同じ事だろうと仰有《おっしゃ》るのですか？」

「そうだ」

「私にとっては大変な相違です」

范はこういうと、裁判官の顔を見て黙って了った。裁判官は和いだ顔つきをして只首肯《うなず》いて見せた。

「――然しこういう事を考えたという事と、実際殺してやろうと思う事との間には未《ま》だ大きな堀が残っていたのです。その日は朝から私は何となく興奮していました。からだの疲労から来る、いやに弾力のない神経の鋭さがあります。私は凝っとしていられない様な心持から朝から外へ出て、人のいないような所をぶらぶら歩いていました。私は兎《と》に角《かく》、どうかしなければならないという事を繰返し繰返し考えていました。然し前晩のように殺そうという考はもう浮べはしなかったのです。又その日の演芸についても私は何の心配もしていなかったのです。若しその事を多少でも私が想い浮べたとしたら、多分あの芸は選ばなかったと思います。私共のする芸は未だ他《ほか》に幾らもあったからです。その晩いよいよ私共の舞台へ出る番が来た。その時すら私はまだそんな事は考えませんでした。私はいつものように、ナイフの切れる事を客へ見せる為に紙を截《き》ったり、舞台へそれを突き立てたりして見せました。間もなく厚化粧をした妻が派手な支那服を着て出て来ました。その様子は常と全く変っていません。愛嬌《あいきょう》のある笑を見せて客に挨拶《あいさつ》すると厚板の前へ行って直立しました。私も一本のナイフを下げて或距離から妻と真向きに立ちました。前晩から初めてその時二人は眼を見合せたのです。その時漸く私は今日この演芸を選んだ事の危険を感じたのです。私は出来るだけ緊張した気分で仕なければあぶないと思いました。今日の上ずった興奮と弱々しく鋭くなった神経とを出来るだけ鎮《しず》めなければならぬと思ったのです。然し心まで食い込んでいる疲労は幾ら落ちつこうとしてもそれを許しません。その時から私は何となく自分の腕が信じられない気がして来たのです。私は一寸眼をねむって心を鎮めようと試みました。すると、ふらふらと体の揺《ゆれ》るのを感じました。時は来ました。私は先《ま》ず最初に頭の上へ一本打ち込みました。ナイフはいつもより一寸《すん》も上へ行ってささりました。次に妻が両手を肩の高さに挙げたその腋《わき》の下に一本ずつ打ちました。ナイフが指の先を離れる時に何かべたつくような、拘泥《こだわ》ったものが一寸《ちょっと》入ります。私にはもう何処へナイフがささるか分らない気がしました。一本毎《ごと》に私は（よかった）という気がしました。私は落ちつこう落ちつこうと思いました。然しそれは反《かえ》って意識的になる事から来る不自由さを腕に感ずるばかりです。頸《くび》の左側へ一本打ちました。次に右側へ打とうとすると、妻が急に不思議な表情をしました。発作的に烈しい恐怖を感じたらしいのです。妻はそのナイフがその儘に飛んで来て自身の頸へささる事を予感したのでしょうか？　それはどうか知りません。私は只その恐怖の烈しい表情の自分の心にも同じ強さで反射したのを感じたのでした。私は眼まいがしたような気がしました。が、そのまま力まかせに、殆ど暗闇《くらやみ》を眼がけるように的《あて》もなく、手のナイフを打ち込んで了ったのです……」

裁判官は黙って居た。

「とうとう殺したと思いました」

「それはどういうのだ。故意でしたという意味か？」

「そうです。故意でした事のような気が不意にしたのです」

「お前はその後《あと》で、死骸《しがい》の側《そば》に跪《ひざまず》いて黙禱したそうだな？」

「それはその時、不図湧《わ》いた狡《ずる》い手段だったのです。皆《みんな》は私が真面目にキリスト教を信じていると思っている事を知っていましたから、祈る風をしながら私はこの場に処すべき自分の態度を決めようと考えたのです」

「お前は何処までも自分のした事を故意であると思っていたのだな？」

「そうです、そして直ぐ、これは過殺と見せかける事が出来ると思ったのです」

「然し全体何がお前にそれを故意殺と思わせたのだろう？」

「私の度を失った心です」

「そしてお前は巧みに人々を欺《あざむ》き終《おお》せたと思ったのだな？」

「私は後で考えてぞっとしました。私は出来るだけ自然に驚きもし、多少あわてもし、又悲しんでも見せたのですが、若し一人でも感じの鋭い人が其処にいたら、勿論、私の故《わざ》とらしい様子を気づかずには置かなかったと思います。私は後でその時の自分の様子を思い浮べて冷汗を流しました。――私はその晩どうしても自分は無罪にならなければならぬと決心しました。第一にこの兇行《きょうこう》には何一つ客観的証拠のないという事が非常に心丈夫に感ぜられました。勿論皆《みんな》は二人の平常《ふだん》の不和は知っている、だから私は故殺と疑われる事は仕方がない。然し自分が何処までも過失だと我《が》を張って了えばそれ迄だ。平常《ふだん》の不和は人々に推察はさすかも知れないが、それが証拠となる事はあるまい。結局自分は証拠不充分で無罪になると思ったのです。其処で、私は静かに出来事を心に繰返しながら、出来るだけ自然にそれが過失と思えるよう申立ての下拵《したごしら》えを腹でして見たのです。ところがその内、何故、あれを自身故殺と思うのだろうか、という疑問が起って来たのです。前晩殺すという事を考えた、それだけが果して、あれを故殺と自身ででも決める理由になるだろうかと思ったのです。段々に自分ながら分らなくなって来ました。私は急に興奮して来ました。もう凝っとしていられない程興奮して来たのです。愉快でならなくなりました。何か大きな声で叫びたいような気がして来ました」

「お前は自分で過失と思えるようになったというのか？」

「いいえ、そうは未だ思えません。只自分にも何方《どっち》か全く分らなくなったからです。私はもう何もかも正直に云って、それで無罪になれると思ったからです。只今の私にとっては無罪になろうというのが総てです。その目的の為には、自分を欺いて、過失と我《が》を張るよりは、何方《どっち》か分らないといっても、自分に正直でいられる事の方が遥《はるか》に強いと考えたのです。私はもう過失だとは決して断言しません。そのかわり、故意の仕業だと申す事も決してありません。で、私にはもうどんな場合にも自白という事はなくなったと思えたからです」

范は黙って了った。裁判官も少時《しばらく》黙っていた。そして独言《ひとりごと》のように、

「大体に於《お》いて嘘《うそ》はなさそうだ」といった。「ところでお前には妻の死を悲しむ心は少しもないか？」

「全くありません。私はこれまで妻に対してどんな烈しい憎《にく》しみを感じた場合にもこれ程快活な心持で妻の死を話し得る自分を想像した事はありません」

「もうよろしい。引き下ってよし」と裁判官が云った。范は黙って少し頭を下げるとこの室《へや》を出て行った。

裁判官は何かしれぬ興奮の自身に湧き上がるのを感じた。

彼は直ぐペンを取り上げた。そしてその場で「無罪」と書いた。

児《こ》を盗む話

或《ある》朝父が、

「貴様は一体そんな事をしていて将来どうするつもりだ」と蔑《さげす》むように云《い》った。

「貴様のようなヤクザな奴《やつ》*がこの家《うち》に生れたのは何《なん》の罰《ばち》かと思う」こんな事を云った。

尚《なお》父は私の顔を見るさえ不愉快だとか、私が自家《うち》にいる為《ため》に小さい同胞《きょうだい》の教育にも差し支《つか》えると云った。父は私が現代の弊害を一人で集めてる人間のように云って、だから、私（或いは私達）が社会から擯斥《ひんせき》されるのは当り前だと真正面《まっしょうめん》から平手で顔をピシャリピシャリ撲《なぐ》るような調子で云った。其処《そこ》で私も乱暴な事を云った。そして久しぶりで泣いた。

私はそう云われた事ではそれ程感情を害さなかったが、翌日、日が暮れると、烈《はげ》しい雨の中を荷車に荷を積まして家《うち》を出た。その時私を頼りにしていた上の妹が泣いて居た。それから京橋区*の或小さい宿屋*で半月ばかり暮したが、私は更に誰からも一人になって暮そうと思い、九月末の或日、五百哩《マイル》ばかりある瀬戸内海に沿うた或小さい市《し》*へ来た。

知っている人は誰もなかった。暫《しばら》く宿屋住まいをした後で、市全体と海と島とを一と眼に見渡せる山の中腹に気に入った小さい貸家を見付けて、其処に一人住まいをする事にした。尤《もっと》も一度、散歩して不図《ふと》口入宿《くちいれやど》*の前に出た時、女中はないかと訊《き》いて見た事がある。その店には大きな婆《ばあ》さんが一人でつぎ物をしていたが、私が純粋の一人者だと云う事を聞いた後《あと》、年は幾つ位のがいいかと尋ねた。若い方がいい、と答えると眼鏡越しにジロリと私の顔を見上げて、それではないと云った。私は女中を雇い入れる事はやめにした。

私は大家《おおや》から鍵《かぎ》を受け取って雨戸を開けて見た。腐れかけた畳の上に海老《えび》のような脊《せ》をした、きたない蟋蟀《こおろぎ》が凝《じ》っとうずくまって居た。私は爪立《つまだ》って中へ入って行った。するとその虫が十疋《ぴき》余り一時に部屋の中を飛び廻り始めた。仕舞に黴《かび》の生えた壁へ飛上って其処で又凝っとして了《しま》った。

町から畳屋と提灯屋《ちょうちんや》を呼んで来て、畳表と障子紙とを新しくさした。電燈屋《でんとうや》へも電話を掛けさせたがその日は出来ないと云うので大家から洋燈《ランプ》を借りて来た。尚瓦斯《ガス》も引く事にして、その晩は掃除の出来た六畳の部屋でゆったりと静かな気分になって寝床へ入った。何かしらん一人住まいから予期出来る自由ないい気持がした。私は床の中で読みかけの本を読んで居た。知らぬ間《ま》に立ち働いた疲れが出て、私は洋燈をつけたまま眠ろうとしたと見える、不図何かに驚いて眼を覚した。起きかえると、三寸ばかりの青黒い百足《むかで》が今枕《まくら》の下から這《は》い出す所だった。妙にドキリとした。百足は沢山ある足を波のように動かして静かにシーツから畳へ下りて行った。私は本で叩《たた》いたが殺し損なった。百足は急に早くなって、畳と敷居の一分《ぶ》程あいた隙間《すきま》へ逃げ込んで了った。それから眠れなくなって又本を読み始めた。少時《しばらく》すると後《うしろ》の山寺で十二時の時の鐘をつき出した。

私は物心ついて三週間以上東京を離れた事がなかった。丁度三年前の秋、急に自家《うち》が厭《いや》になって二三ヶ月京都に住むつもりで、それだけの用意をした大きい荷を持って夜汽車で東京をたった。翌朝《よくあさ》着くと荷を停車場《ていしゃば》へ預けたまま一日貸間探しをして歩いた。きたない部屋ばかりだった。その内、急に京都が厭になって来た。そして一晩も泊まらずにその夕方の汽車で大きな荷物を持って又東京へ還《かえ》って来た。

私もその時とは大分気持が変った。事情も異《ちが》っていた。然《しか》し出来るだけ不完全な生活から来る不愉快は避けようと思った。何かと必要な世帯《しょたい》道具を求めて来た。机、膳《ぜん》、椀《わん》、下げ箱、*出刃、薄刃、大根《だいこ》おろしのようなものまで揃《そろ》えた。入口には名刺を張りつけた。その下にチョコレートを入れて来た木函《きばこ》で郵便函を作って打ちつけた。それで隠しきれない所には造花の材料にする繻子《しゅす》を打ち抜いた木の葉をピンで留めたりした。傷だらけな壁には美しい更紗《さらさ》の布《きれ》を買って来て下げた。

景色はいい所だった。前が展《ひら》けて、寝ころんで居て色々な物が見える。直《す》ぐ前に島がある。其処に造船所がある。朝からカーンカーンと槌《つち》の音をさせている。同じ島の左手の山の中腹に石切り場がある。松林の中で石切りが絶えず歌を唄《うた》いながら石を切り出している。その声が市《まち》の遥《はる》か高い所を通って直接に私のいる所に聞えて来る。夕方、私は延び延びした心持で縁へ腰かけて、そういう景色を見ている。遥か下に、商家の屋根の物干しで、子供が沈みかけた太陽の方に向いて棍棒《こんぼう》を振っているのが、小さく小さく見える。その上を五六羽の白鳩《しろばと》が忙《せわ》しそうに飛び廻っている。六時になると後《うしろ》の山寺で時の鐘をつく。ごーんとなると直ぐゴーンと反響が一つする。又小さいのが遠くから帰って来る。静かな日には四つにも五つにもなって反響して来る。その頃になると前の島の山と山の間から三角に一寸《ちょっと》頭を見せている百貫島《ひゃっかんじま》*の燈台が光り出す。三十秒位にピカリと光って又消えて了う。造船所の銅を熔《とか》したような火が水に映る。十時になると多度津《たどつ》通い*の連絡船が汽笛をならしながら帰って来る。舳《へさき》の赤と緑の灯《あかり》、甲板の黄色く見える幾つかの電燈、それらを美しい縄を振るように海に映しながら進んで来る。もう市《まち》からは何の騒がしい音も聞えなくなって、船頭等《など》のする高話《たかばなし》が手にとるように聞えて来る。

こう云う東京とは全く異なった生活が私を喜ばした。私は落ちついた気分になって暫く休んでいた長い仕事にとりかかった。夜中から明けるまでをその時にした。耳の中で起る響が自分でも騒々しく感ずるような夜更《よふ》けには私も全身で快い興奮状態に浸る事が出来た。私は総《すべ》てと全く差し向かいになるような気がした。

こんな夜が半月程続くと私は段々に疲れて来た。頭が重く肩が凝って何となく不機《ふき》嫌《げん》になって来た。明け方の寐《ね》つきにはよく夢魘《うな》されるようになった。熟睡という事が全《まる》で出来なくなった。

……未《ま》だ手を入れてないしみだらけな皮つきの瓢箪《ひょうたん》の肌をその儘《まま》に顔の皮膚にした十二三の女の児《こ》が木の生繁《おいしげ》った下《した》の小さな御堂《おどう》の縁側に腰かけて気味の悪い笑いを浮べて凝《じ》っと私の顔を見つめている。私は夢だとは承知しているのだ。その癖「寄って来るぞ」と思った。そう思えば寄って来るにきまって居るのだが、矢張り思って了う。すると直ぐ、ぐっと寄って来た。近づくと一緒に大きくなってもう鼻の先へくっ着きそうにする。急に苦しくなる。もがくが駄目《だめ》だ。と、その子供が私の鼻先で、不意にうつ向いた。短い髪の毛が前へ下る。それがさん俵《だら》ぼっち*を被《かぶ》ったような荒いこわ張った毛だ。顔は見えないが、その乱れた髪の間から気味の悪い赤さをした下脣《したくちびる》が舌でも出したようにだらりと垂れ下っているのが見えた。それはもう女の児ではない、五十ばかりのきたない婆《ばばあ》で、見えなくても髪の毛の裏で笑っているのが解《わか》る。——私はこういう時でも夢だとは知っているのだ。然しそれで脅迫される苦しみは変りなかった。一生懸命に眼を覚そうと努力する。やっとの事で漸《ようや》く眼が覚めると気持の悪い精神の疲労を感じながら暫くはぼんやりとして深い呼吸を続けている。然し矢張り睡《ねむ》い。私は枕元の電燈をつけて顳顬《こめかみ》から額の辺《へん》に我流のマッサージをやる。それで足りないと平手で頭をパタパタ長い間叩いている。その内に又うとうととして来る。然しどうしてもその儘に深い眠りに落ち込んで行く事は出来ない、……輪郭のぼやけた薄赤い大きな物が眼の前に現れて来る。それは小山程に大きな物にも思えたが、「イヤそれ程大きなものではない」とこんな事を私は考えている。私は又夢魔《うな》されるぞと思う。そしてなるべく夢に釣り込まれない算段をする。「ああこれは自分の鼻だな」と気がつく。私は自分が常に薄眼を開《あ》いて眠っている事を考える。そして尚注意してその気味の悪い大きな物を見る。矢張り自分の鼻だと思う。其処で又暫く気持の悪い努力をして眼を覚して了う。自分の鼻に夢魔される奴もないものだと思う。然しその儘眠ればまた同じ事を繰り返さねばならない。私は起きて了う。

こう云う事が毎晩のように続いた。私もいよいよまいって来た。仕事は殆《ほとん》ど半分まで行った。私は不機嫌と疲労とを忍んで兎《と》も角《かく》もそれを仕上げようとした。然しその出来栄《できば》えは段々に気に入らないものになって行った。私はぼんやりと部屋の中にころがっている事が多くなった。東京の事が切《しき》りに想《おも》われる。私は目的もなしに停車場だの郵便局に入って見る事があった。

今は肩の烈しい凝りから十五分と続けて仕事に向う事が出来なくなった。直ぐごろりと仰向《あおむ》けに寝ころんで了う。そして自分で首筋を握って見る。其処がジキジキと気味の悪い音をたてる。

もう快い興奮も全く来なくなった。仕事は益々《ますます》ダル*になる。しかも私は何かしらん落ちつかない気分で凝《じ》っとしては居られなかった。

私は一寸した事にも驚き易《やす》くなった。或晩自分でかんだ鼻紙を側《わき》へ捨てると、暫くしてそれが独りでコロッと転がった。ビクリとした。それは不思議でも何でもなかった。堅い日本紙で細かにたたんだのが、たたみ目が自然に返っただけの事だった。出《で》刃庖丁《ばぼうちょう》が気になり出したのもその頃であった。私は新聞紙《しんぶんし》に巻いて行李《こうり》の中に仕舞って了った。

私はとうとう仕事を中止する事にした。それからはぶらぶらと無為にその日その日を過すようになった。不規律なそう云う日を続けている身には一日と一日との間に殆んど境がなくなった。私は原稿紙に四ヶ月間の暦を作って、それを壁へ貼《は》ると、ペンで一日々々と消して行った。仕事をよしてもう二週間になった。それで私の身体《からだ》の工《ぐ》合《あい》も気分も少しも変らなかった。頭は重く肩は益々凝って来た。肩の凝りは眠っても、運動をしても、按摩《あんま》をしても、膏薬《こうやく》をはっても、酒を飲んでも、直らなかった。私は抜き衣紋《えもん》*で首を延ばした間抜けな恰好《かっこう》をよくしていた。

こんな事をしていては仕方がないと思った。旅を思い立った。私のいる所から天気さえよければ、いつも遠く四国の山々が眺められた。で、その方へ行く事にして或朝多度津行の汽船に乗った。最初に金毘羅《こんぴら》*へ行った。其処の宝物《ほうもつ》は私を楽しませた。然し本社から更に奥の院へ行く山路《やまみち》の何百年と経《た》った大きな樹《き》の、その肌が私の弱りきった神経を劫《おびや》かした。一度気にするとそれが益々恐ろしくなった。

翌日私は高松に行った。私の心は少しも楽しまない。町中《まちなか》の宿屋で明かす一ト晩が思いやられた。其処でそう遠くないと聞いて私は屋島*に行く事にした。丁度市《し》の新聞社と電車の会社とが一緒になって屋島で宝探しとか芸者の変装競争とかいう催しをした日だった。電車を降りて山へかかるまでの路では大勢の遊山人《ゆさんにん》とすれ違った。坂道へかかる頃には漸く人も少くなった。私は休み休み静かに登って行った。塩浜《しおはま》*が段々下の方に見えて来た。塩を煮る湯気が小屋の屋根から太い棒を立てたように穏かな空へ白く立ち昇っている。一里余りもそれが点々として続いて見える。私の心も流石《さすが》に慰められた。

然し宿屋へつくと私の気は沈んで来た。其処は宿屋というよりは料理屋だった。泊客は私一人で、風雅のつもりで作ったヤニッコイ*いやな離れに通された。然し景色はいい所だった。夕もやにつつまれて小豆島《しょうどしま》*が横たわっている。名も知らぬ島々が其処此処《ここ》に静かに浮んでいる。遥か下には五大力《ごだいりき》*というような船が錨《いかり》を下し、帆柱に灯《あかり》をかかげて休んでいる。裏の松林の上には月が出た。私はいい景色だと思ったが、それを楽しく感ずる事は出来なかった。

私は翌日は鞆《とも》の津《つ》*で仙酔島《せんすいとう》*の月見をするつもりだったが、厭になって直ぐ帰って来た。旅は結局何《なん》にもならなかった。

或日私は金剛寺《こんごうじ》という寺の石段の下に上手な按摩が居ると云う事を聞いた。傲慢《ごうまん》な奴で出療治は一切しないと云う話で、私は夕方になって自分で其処へ出かけて行った。五十近い大きな男だった。噂《うわさ》通り傲慢な奴で、私が行っても、ろくに挨拶《あいさつ》も仕なかった。そして私の云う事を丁度医者が患者の容態を聞く時のように只《ただ》ふんふんと云いながら聞いていた。私が黙ると、その男も黙って、手探りで烟管《きせる》を取り上げ背を丸くして金火鉢《かなひばち》に被《お》いかぶさるような形をしてゆっくりと烟草《たばこ》をのみ始めた。

くすぶりかえった広い部屋には五燭《しょく》の電燈が一つぼんやりついているだけだった。鴨居《かもい》の竹の帽子掛けによごれた子供の着物がこてこてと引っかけてある。部屋の奥の隅には、二階へ通ずる大きな黒光りのする梯子《はしご》段《だん》があった。その前に炬燵《こたつ》があって、それから隅の方に床が延べてあった。気がつかなかったが、其処に問屋《とんや》のかみさんらしい割に上品な顔をした四十以上の女が仰向けに寝ていた。

五分程経つと、按摩は漸く烟管を火鉢に引添えて叮嚀《ていねい》に置いて、その儘居《ままい》去《ざ》って炬燵の側《そば》へ行った。蒲団《ふとん》を一寸直して、其処に私に坐《すわ》れと云った。私は羽織を脱いで坐った。按摩は肩へつかまってそろそろと揉《も》み始めた。

「へえ、これが凝ってるんかいな」冷笑するように云った。そして、凝るよりは強い意味の何とかいう詞《ことば》を云った。

「こらあ、脳をせめやんしょう」と云って、段々もむ手を強くして行った。

よく肩を凝らす事のある私は何方《どっち》かと云えば按摩は強い方が好きだったが、これはまた腹の立つ位の荒療治だった。腹に力を入れて我慢しても我慢しきれない痛い事をする。「よおッ」こんな掛声をしたりする。時々筋肉を摘《つま》んでピシピシと気味の悪い音をさせる。反抗心が起った。が、私の肩はこんな事でもしなければ迚《とて》も直りそうもないと思って我慢した。

「どうじゃ、何分《なにぶん》かだれんしたろう」こんな事をいうが、息を凝らしている私には直ぐ返事が出来なかった。

「とと(父)とと」と戸外で甘ったれるような女の児の声がした。按摩は私の頭の上で、「何じゃ」と力のある声で答えた。

何か小声でグズグズいっていたが、私には解らなかった。

「おかか（母）はどうした。ええ？」

子供は未だ何だかグズグズ小言見たような事を云っている。

「早う上れ。後《あと》をよう閉めて」

叱《しか》るように云われると女の児はその通りにして上って来た。五つばかりの色の黒い可《か》愛《わい》い児だった。着ぶくれで、倒せば折れ屈《まが》らずに横になって了いそうな恰好をして居る。鼻声で何か小言を云いながら寄って来ると、私の腕をもんでいる按摩の背に倚《よ》りかかって、かじかんだ小さい手を按摩の襟首《えりくび》の中に静かに差し込んだ。

「五厘《りん》やろか。ああ？」按摩が云った。

「うん」と女の児は小言をやめて首肯《うなず》いた。

按摩は片手でもみながら、片手で袂《たもと》を探った。そして、

「そら」と半間程先の畳の上へ五厘銭をほうり出した。

女の児は静かに父の身体を離れて、それを拾うと、又寄って来て、又何かグズグズいい出した。

「さあ早う行け」と叱られて、漸く出て行った。

——私は又仕事に取かかった。然し一日で、迚もそれは続けられない事が知れた。仕事をよしていると、私は益々単調なその日その日が苦しくなった。それは単調よりも全くの孤独が私を弱らしたのだ。私は東京が恋しくなった。長距離電話で誰か友達を呼び出して見ようかと思ったこともあった。私は自分の頬の筋肉が緩んで了ったような気がした。もう眼ははっきりと開《あ》いていられなかった。私は自分が何週間という間、朝から晩まで絶えず陰気臭い一つ顔ばかりしていた事に気がついた。怒る事もなければ笑う事も全くない。第一、胸一ぱいの息もしていなかったと思った。

或北風の強い夕方だった。私は人のいない所で思い切り大きな声でも出して見ようと思って、市《し》を少し出はずれた海岸へ行った。瓦焼《かわらやき》の窯《かま》が三つ程あった。烈《はげ》しい風を受けて松の木が油のジリジリ燃える音をさせながら、夕闇《ゆうやみ》の中に強い光を放っていた。私は海へ向いて立った。こんな気分では唄うべき歌もなかった。私は只怒鳴って見た。何だか力のないいやな声だった。よく声が出ない。無理に出せば妙に悲しい調子になる。寒い北風が背後《うしろ》から烈しく吹きつける。瓦焼の黒い烟《けむり》がその風に押しつけられて波の荒れている海面に近くちぎれちぎれになって飛んで行く。私はめそめそと泣く子供のような悲しい気分になった。

それから二三日しての事だった。その日は穏かないい日和《ひより》だった。午後二時頃私はぶらりと家《うち》を出て町へ出ようとした。町へ出るには汽車路を通らなければならなかった。踏切りの所まで来ると白い鳩《はと》が一羽線路の中を首を動かしながら歩いていた。私は立ち留《どま》ってぼんやりそれを見ていた。「汽車が来るとあぶない」というような事を考えていた。それが、鳩があぶないのか自分があぶないのかはっきりしなかった。然し鳩があぶない事はないと気がついた。自分も線路の外にいるのだから、あぶない事はないと思った。そして私は踏切りを越えて町の方へ歩いて行った。

この時分の生活には全く目的がなかった。毎日只ぶらぶらと暮していた。その癖東京へ帰ろうとは思わなかった。東京へ帰っても又同じ単調な日の事は知れていた。

「自殺はしないぞ」私はこんな事を考えていた。

市《し》の小さい芝居小屋に落語の興行があった時、或晩出掛けて見た。その中に純粋な東京者が一人混っていた。其奴《そいつ》の言葉が、「何々じゃけのう」とか「何々しやんしょうのう」とか云う言葉ばかり聴いている私には非常に愉快に感ぜられた。私は時々それを聴きに出かけた。

或晩私は其処で六つばかりの美しい女の児が祖母らしい人と母らしい人とに連れられて来ているのを見た。白い鳥の毛の肩掛けをして母らしい人の膝《ひざ》に腰かけていた。

女の児はその肩掛けを取って見たり、首へ巻きつけて見たり、色々おもちゃにしていた。そして解りもしない癖に皆《みんな》が笑うと一緒になって大きな声を出して笑ったりした。色の白い、眼つきと口元に大変愛らしい所のある児だった。私は舞台の落語を聴かずにその方ばかり見ていた。その晩はそれ程入りがなかったので前の方は大分空《あ》いている。女の児は蜜柑《みかん》を食べながらのそのそと舞台の方へ出て行った。そして落語家《はなしか》の真前へ立ってその顔を見上げて落語家が何か可笑《おか》しい事を云うと自分一人がその相手ででもあるように平気で大きな声をして笑った。その児はその度に母親の方を振りかえって見た。母親が手招きをしても首を振って云う事を諾《き》かなかった。

この児を非常に可愛く思った。可愛いばかりでなく非常に美しい児だった。その上に聯想《れんそう》があった。子供の頃好きだった近所の人で私が十五の時引越して了《しま》ったが、その人の子供時代によく似て居た。

私はこの女の児の事を考えながら帰って来た。

私は翌晩又その芝居小屋へ行って見た。今晩は来て居まいと思って行ったが、女の児は昨晩と同じ場所に祖母と父らしい人と女中とで来ていた。私は喜んだ。然し前晩程無心にその方ばかり見ていられないような心持になった。私はその父を羨《うらや》ましく思った。私は自分が若《も》し妻を貰《もら》ってもああいう児が生れるとは考えられなかった。若し子供を持つならその女の児と全く同じでなければ満足出来ないような気がした。私は何処《どこ》の児か後をつけてみたいと思った。それはやろうと思えば易い事だったが、理由なくむつかしい事のような気がした。どうせ狭い土地だとも思った。

それからは私の気分は変って来た。恋する初めのような気分が胸を往来し始めた。それは純粋なそして透明ないい感じだった。然しこの感情は一体何《なに》なのかはっきりと私には解らなかった。解っているようだが、はっきりと言葉にする事は出来なかった。兎に角、その女の児を自分のものにしたいと云う慾望ははっきりしていた。若し自分のものにするとすれば、と考えると、それからは空想になって了う。養女に貰い受けるという事は迚も出来ない事に思われた。両親と祖母とがどれ程愛しているかは明かに想像された。私は一人娘に相違ないと考えた。

私の空想はその女の児を盗んで来るという事に延びて行った。盗んだ後で女の児が泣き悲しむ様子を想像するとこの空想も先が続けられなくなるが、それは一時の事だとも考える。私は人間として持ち得る責任なら必ずその将来に対しても持ち得る。教育でも生活でも、夫を持つような場合でも、少くもその児の父母が彼女の為にしてやるよりは完全にして見せるがな、と思う。

私はその女の児を盗む事、或いは盗む方法を頻《しき》りに空想し始めた。全く孤独に暮している私にはそう云う空想が空想で止《とど》まってはいなかった。

私はそれからも芝居小屋へ二三度行って見た。が、もう女の児には一度も会えなかった。私は町もよく散歩して見た。矢張り見かけられなかった。私の子供を盗むという空想も日を経《ふ》るに従って萎《しぼ》みかけた。然しあれだけに強く起った純粋に愛情から来る慾望を自分は何《なん》の為におさえられて了ったろうと思うと腹立たしい気持になる。他人の児を盗むと云う事は悪い事かも知れないが、絶対的にそう云えるものではない。若い女を愛して、その女が自分をそれ程愛さなくて、その上その女の両親が結婚を拒む場合でも自分が本当にその女を愛しているなら無理にも結婚する、こういう場合がある。そしてその結果が許さるべきものである場合が幾らもある。それと今女の児の場合とどれ程の差があるだろう、と思った。

——市《し》では誓文払《せいもんばら》いという暮の売出しのような事が始まった。五日間は町に人が出さかった。

その二日目に私は二度目で石段の下の按摩の所へ行った。午後二時頃だった。この間の色の黒い五つばかりの女の児は炬燵へ足を入れて、よく寐入《ねい》っていた。その側《そば》でその児の姉らしい十二三の児が雑巾《ぞうきん》をさしていた。私は療治の間、眠っている妹の方を見ながら今度はこの児を盗む事を想像した。芝居小屋で見た児とは比較にならなかったが、野趣を持った愛らしさが心を惹いた。

私はその晩この児を盗む想像に順序を立てた。実行の決心は中々つかなかった。然し只想像を繰り返すだけでは満足出来なくなった。私は可恐々々《こわごわ》玩具《おもちゃ》とか、子供の好きそうな菓子などを用意して見た。私の肩は相変らず凝っていたが、気分は快い緊張を感じていた。私は毎晩のように誓文払いの町へ出掛けて行った。その時も私は芝居小屋で見た女の児に会いたいと思って居た。併《しか》し会ったらどうしようという堅い決心は出来ていなかった。

誓文払いの最後の晩だった。私は二間《けん》程前を按摩の女房がその女の児を連れて行くのを見た。十分ばかりゆっくりと人込みの中をついて行った。母親が買物に気を奪われている間《ま》に私はその児を連れて来て了った。その手際《てぎわ》に就《つい》てはどう云っていいか知らない。私は只母に気づかれずにやって退《の》けただけでも成功だったと思う。女の児が私の顔を覚えていて、別に不安を感ぜずに従《つ》いて来たのが非常な好都合だった。見ている人も怪しまなかったに相違ない。

私は直《す》ぐ裏道へ連れ込んで菓子を買ってやった。

「おかゝはもう自家《うち》へ帰っているだろう。此方《こっち》から連れて行ってやろう」こう云って裏路から更に暗い鉄道線路に入って、自分の家《うち》の方へ連れて来た。私はその時になって、初めて本当にこの児を盗んだのだという気がした。事実この時までに若しこの児を知っている者に声を掛けられるような事があったら私は何食わぬ顔をしてその儘《まま》この児を家《うち》へ届けて了ったに相違なかった。

妙に気がせかれて来た。私は女の児をおんぶしてやった。田舎の子供らしいいやな臭《にお》いがした。何時《いつ》かこの児を厭《あ》きて荷《に》厄介《やっかい》にする時の心持が一寸浮び上って来た。──私は振り向いて女の児の額に接吻《せっぷん》してやった。──然し又愛するなら出来るだけ平静な心持で愛してやらなければならぬ。何事も女の児が受け入れられる程度にして置かないと反《かえ》って不安を与えると私は思った。僅《わずか》でも過去をもっている、それと余りかけ離れた心持を感じさせるのは危険だと思った。

自家《うち》へ来た。

「隣の人におかかを呼んで来て貰おう。おかかが来るまで温順《おとな》しく待っているんだぞ。いいか？」こういって私は戸外《そと》へ出て見せた。

「頼んで来た。──少し御用があるから、お前は其処《そこ》で待っているんだぞ」故意《わざ》とそんな事を云って、自分だけ机に向った。私は矢張り心の平衡を失っていた。それを取り返さねばならなかった。私は久しく感じられなかった緊張を感じていた。私は目的もなくペンを取って書き出した。

「とうとうやって退《の》けた。恐ろしい事をやって退けた。それのやりきれた自分が嬉《うれ》しい。もう事を返す事はない。今は先へ出ぬけるだけだ。それはどうすればいいかは今は知らない。兎《と》も角《かく》も今までにやった事、やろうとしても出来なかった事をやって退けた。自分には余りに弱々しい顧慮がある。その顧慮に自分は打ち克《か》った」

女の児がくしゃみをした。

「そうか。おんぶで来ちゃあ寒いな。乃公《おれ》は自分が温かいので気がつかなかった」私は後の瓦斯《ガス》ストーヴに火をつけた。ヴオッという烈しい音に女の児は驚いた。

「今お湯をやろうな」私は傍《そば》の薬缶《やかん》をその上にかけた。女の児は珍しそうに紫色をした瓦斯の火を見つめていた。

私は又ペンを取り上げた。

「自分のした事をこれだけで見れば悪い気まぐれである。気まぐれか、気まぐれでないかはこれから決定する事だ。自分はこの事を他人に弁解しようとしてはいけない。又恐らく弁解は出来ないであろう……」

女の児が何か云って居る。私はもう少し前、予《かね》て用意してあった玩具を何気なく部屋の隅の行李《こうり》の上に載せて置いた。女の児はそれを指さしている。

「何《なん》だ?」と私は聞きかえしてやった。

「これ貸してつかあせえな」と大人のような詞《ことば》を使った。

「うん」と私は首肯《うなず》いた。「一寸《ちょっと》持って来て御覧。やり方を知ってるか?」

「知りやンしぇん」こういって、女の子はそれを持って来た。セルロイドで出来た西洋人形でネジをかけると独りで歩く仕掛けになっている。机に倚《よ》りかかりながらネジを巻いていると女の児は真面目《まじめ》腐った顔をして見て居た。

「いいか、見てろよ」私は机の上を片づけてその上で人形を歩かして見せた。人形はからだをゆすりながら動き出した。そして机の端まで来ると其処から真逆様に落ちた。今まで軽く口を開《あ》いて惹き込まれるように見入って居た女の児は急に嬉しそうな声を出して笑い出した。人形は机の下で倒れた儘ギリギリと八釜《やかま》しくゼンマイをもどして居た。

「もう一遍やろう」私は又ネジを巻いて、今度は机の彼方《むこう》の隅から斜に女の児のいる隅へ見当をつけて手を離した。人形は真直ぐに歩かなかった。左右にからだを振りながら段々弓なりに進んで行く。そして机の端迄《まで》行った時に、私は其処で受け止めようと手を出したら、女の児が不意に私の手をどけて了った。人形は又真逆様に落ちた。女の児はさもさも嬉しそうに大きな声をして笑った。

「こん畜生《ちくしょう》め」私は大きな手でその頭を一摑《ひとつか》みにして揺す振ってやった。女の児はむせでもするように笑った。

「今度は自分でやって御覧」こういったが、女の児はまだギリギリいっている人形を拾って、黙って私につきつけた。

「何だ出来ないのか？　可恐《こわ》いんだな。——待て待てお湯を一杯やろう」私は次の間の下げ箱からコップを出して来て、ストーヴの上の薬缶から注《つ》いだ。

「熱いよ。ここへ置いて少しさましとき」

私は缶から木の実の入ったチョコレートを出してやった。暫《しばら》くして、

「もう、さめたろう」と自分で握って見て、コップを渡してやった。女の児の手はよごれきって恰《あたか》も霜やけでも出来たように赤くふくらんでいた。何しろすっかり洗ってやらなければならないと思った。然しこの土地の銭湯へは連れて行けないと考えた。私は兎に角この市《し》を離れなければならぬと思った。そして行くなら何と云っても、あの広い東京が一番安全だと思った。

女の児は仕舞にとうとう自家《うち》の事を云って泣き出した。私は「おかか」は明朝来るつもりだろうと云ってだました。女の児はすっかり萎《しお》れて了った。そして暫くすると、居眠りを仕だした。私は無理に遊びで釣って起して置いた。夜明け近くに漸《よう》や寝かしてやった。

私も疲れて居た。そしてその床へ入ったが、却々《なかなか》眠る事は出来なかった。私は眼をふさいだり開《あ》いたりしていた。私は同じ床に臭い髪をした小さい女の児が低いいびきを立てて眠っている様子を見、又その辺の部屋の様子などを見ていると自分の生活に不思議な物が入って来た事を今更に感じた。そしてそれが他《ほか》の物と如何《いか》にも調和がとれていないような心持がした。私には自身の仕た事に対する弱々しい常識的な反省が稍《やや》もすると頭をもたげそうにした。私は自分がこんな事をするのでも決して一と向きな心持でしているのではない事をまざまざと感じさせられた。私は不快になった。然しこんな弱々しい常識的な反省に自分全体を引き渡す事は出来なかった。私のした事は他人に弁解は出来ないが、自分だけにはそれが出来るのである。私は私のこの間中の気分を憶《おも》うと、若しこんな事でもしなかったら、仕舞にはどうなるか知れなかったと思う。肩の凝りは未《ま》だ烈《はげ》しかった。然し気分の甦《よみが》えった今はそれさえそれ程苦ではなくなった。只《ただ》私は自分とこの女の児との間に調和のとれていない一種あぶなっかしい感じがあるのが心配だった。

私は八時頃、戸外《そと》に雨の音を聴きながら漸く眠った。私はあの我強《がづよ》い按摩《*あんま》に追いかけられる夢で苦しめられた。眼の見えない女の児を抱《いだ》いて一生懸命に逃げる。つかまれば自分は殺されると思っている。按摩は私が眼の見えない女の児を肉体的に穢《けが》していると誤解している。私はその誤解を解こうとするが、按摩はそんな余裕を与えない。(夢では按摩が盲人でなくて、女の児の方が盲人だった) 私は廊下のような所を走って、崖《がけ》の上まで来るともう逃げられなくなった。鞆《とも》の津《つ》の阿武兎《あぶと》の観音＊のような所だった。下の方に海の水面が白い泡を浮かしてゆるやかにゆれていた。私は急に恐ろしくなって、ぞっとした。その時「夢だな」と気がついた。私は思い切って崖から飛び降りた。そうして眼が醒《さ》めた。――午後の一時頃だった。女の児はよく眠って居た。

私は起きて、なるべく音を立てないように雨戸を開けた。静かな雨が降っている。私は縁へしゃがんで、かすんだような前の島や海の景色を眺めていた。すると下の方から四五人の男が手に手に大きい下げ箱や風呂敷《ふろしき》包みを持って登って来た。私は一寸不安を感じた。然し直ぐそれは裏の別荘へ行く人々だと気がついた。

その別荘の持主は大きい呉服屋で、誓文払いの済んだ祝いでもするのだろうと思った。

三時頃になるとぼつぼつ客らしい人々が前の坂路を登って来た。芸者なども登って来た。料理屋の者らしい男が往《い》ったり来たりした。暫くすると、三味線《しゃみせん》の音がして唄《うた》などが聴《き》こえて来た。

雨がやんで、東の方の岬《みさき》の上に大きな虹《にじ》が立った。

女の児は漸く眼を醒して暫く不思議そうな顔をして居た。私は出来るだけ快活に「さあ顔を洗ってやろう」こういって台所の流しへ連れて行って顔を洗ってやった。洗っている間《ま》に女の児は、

「去《い》ぬ。去ぬ」と泣き出した。

「泣いちゃ駄目《だめ》だ。めしを食ったら直ぐ連れて行ってやろうな」こういってだました。私はソオセージの缶詰《かんづめ》を開けてやった。女の児は頭を振って食わなかった。味つけ海苔《のり》と福神漬《ふくじんづけ》をよく食った。それからコンデンスミルクを開けてやったら、それをよく舐《な》めた。

私は仕方なしに女の児を連れて家《うち》を出た。もう夜になっていた。誓文払いの済んだ町は急にひっそりとしていた。暗い浜の方の町を歩いて又帰って来た。女の児は又元の家へ連れて行かれると気がつくと、急に暴れ出した。私には弱々しい反省が強い勢で押し返して来た。私は腕力ずくな心持で、その反省をおさえつけた。然し私の女の児に対する感情や態度が動きそうな不安を感じた。女の児は私を疑い出した。その色は私の心をも染めた。

「上《うえ》の茶園《さえん》（別荘の事）で面白《おもしろ》い事があるんだぜ。見せて貰おう。それから帰ればいい。先刻《さっき》も三味線を弾いてたろう？」私はとうとう又連れて来た。

上の別荘では皆《みんな》が手拍子《てびょうし》を打って代る代る大きな声で甚句《じんく》*のような唄を唄って居た。私は女の児を抱いて台所の窓を開けて、其処から時々チラチラ見える別荘の有様を見せてやった。

私は兎も角、早くこの土地を離れなければならぬと思った。

私はもうこの女の児を可愛くは思わなかった。私はこれから起る色々な困難に対して、もう意志的な努力で仕遂《しとげ》るより仕方がないと思った。私は元々この女の児をそれ程愛しては居なかった事を今更に考えた。然し若《も》し芝居小屋で見たあの美しい女の児をそれでこうなる場合を考えるとそれはもっと複雑な不快に思われた。

十時頃になると別荘の客が帰り出した。女の児は又「去《い》ぬ、去ぬ」といって泣出した。そして十一時頃雨戸を閉める音がして、最後に残った人々が帰って行くのを聞くと女の児はそれに知らせようとでもするような大きな声を挙げて泣いた。私は初めて本当に恐ろしい顔をして、声は高くなかったが鋭い調子で叱《しか》りつけた。女の児はキョトンとして息を引いた。丁度下の細い坂路を人々が降りて行く所だった。

「さあ、こう来やしゃんせえなあ」と酔った芸者の浮々した調子でいう声がした。すると太い男の声で、

「倒《こ》けまいぜ！」と云うのが聞えた。

私は直ぐ穏かな顔をして女の児を慰めてやった。然し女の児はもう私の心を見ぬいて、少しも親しもうとはしなかった。憎らしい程意故地《いこじ》な心持を見せていた。私も子供だと思い直しても矢張り意故地な気持になる自分をどうする事も出来なかった。

私はこの結果は一番自然な結果だと思わないわけに行かなかった。然し自分は何故《なぜ》この一番自然な結果を避ける工夫をしなかったろうと思った。若し避けられないと思ったら、それに打克つだけの心組を自ら確めて置かねばならなかったのだと思った。そしてここでも私は自分が本当に盗みたく思ったのはこの児ではなかった事を想い浮べた。

女の児はかたくなに黙って了った。口を堅く結んで、的《あて》もなく涙ぐんだ眼で一つ所を見ながら時々こみ上げて来る悲しみをむせるように鼻からもらしていた。

私はその様子を見ている内に自分の仕た事が許し難いイゴイスティックな行為であったと思うようになった。然し私はこの儘女の児を還《かえ》そうとは思わなかった。そうしないでも仕舞にはこの児を幸福にする路《みち》があると思った。

私の心は段々に弱々しくなって来た。私は机の抽斗《ひきだし》を開けた。そして前の晩この児を連れて来た時に書いた紙を出して細かく裂いて了った。私は泣きたいような心持になった。

「睡くならないかい」といった。女の児は黙って見向きもしなかった。私は抱き上げてやった。女の児は抵抗しなかった。私は涙が出て来て物が見えなくなった。私は女の児を抱きしめてその頰に接吻した。自分もこの児も哀れな者のような気がして来た。私は泣き出した。女の児も急に声を挙げて泣き出した。私はもう何もいえなかった。暫くして、

「寝ような」と云った。女の児は私の顔を見ずに首肯《うなず》いた。

私は前の晩とは全く異《ことな》った感情で、女の児を胸へ抱いて寝た。前の晩は不安ながら何かしら浮々した心持があったが、もうそんな心持は全くなくなった。二人は何《なん》にも口を利《き》かなかった。女の児は抱かれたまま凝《じ》っとしていた。然し却々眠らなかった。「菓子をやろうか?」といったが返事をしなかった。私は起きて、前の晩喜んで食った木の実の入ったチョコレートを持って来て手に握らしてやった。女の児は温順《おと》なしく握った。が、口へは持って行かなかった。そして暫くしてその儘眠って了った。

前日の睡眠不足は私を弱らしていたが、矢張り熟睡は出来なかった。私は自分の眠っている間に、女の児に逃げられそうな気がした。私は繰返し繰返し女の児が床を脱《ぬ》け出して行く夢を見た。そしてその度に眼を醒《さま》した。

翌朝《よくあさ》ぼんやりと障子の硝子《ガラス》越しに前の景色を見ていた時だった。巡査が二人と探偵《たんてい》

らしい男が一人と、その後《うしろ》に色の浅黒い肉のしまった四十ばかりのこの児の母親と、これだけが前の急な坂を此方《こっち》を見い見い登って来た。母親は興奮から恐ろしい顔をしていた。私は自分の顔の紅《あか》くなるのを感じた。

私は一寸迷った。矢張り出来るだけの抵抗はやって見ろ。今、素直に渡して了う位なら最初からこんな事は仕なくてもよかった。こう思うと急いで部屋の隅の行李から出刃庖刀《でばぼうちょう》を出して、それを逆手《さかて》に握って部屋の中に立った。

然し私は結局出刃庖刀を振り廻す事は仕得なかった。その気になれない。実際、それ程の感情は出刃庖刀を出す時から自分にはなかったのである。私は恐ろしく平凡な姿勢で出刃を持ったまま突立って居た。

母親は次の三畳にぐっすりと眠っていた女の児を気違のように叫びながら抱き起した。そして泣きながら烈しく私を罵《ののし》った。私は黙っていた。母親は女の児を抱いたまま私の後《うしろ》へ来て私の背中をどんと強く突いた。巡査が切りとなだめたが却々諾《しき》かなかった。私は警察へ曳《ひ》かれた。

注解

菜の花と小娘

ページ

八　＊目《め》籠《かご》　目をあらく編んだかご。

一三　＊いぼ蛙《がえる》　ひき蛙の俗称。

或る朝

一六　＊明治四十一年正月十三日　明治三十九年一月十三日になくなった志賀直哉の祖父直道の三回忌に当たる。

一七　＊擦筆画《さっぴつが》　鉛筆、コンテ、木炭、チョーク、パステルで描いたうえに、擦筆でぼかしをつけた画。擦筆は、吸い取り紙やなめし革を巻いて筆状にしたもの。

＊角《かど》のある声　怒りを含んだ、とげとげしい声。

一八　＊あまのじゃく　天邪鬼《あまのじゃく》。仁王や四天王の足下に踏みつけられた小悪鬼。邪心をもち、人の心を探りだす力をもつ女神天探女《あまのさぐめ》に由来するという。一般には、何事も人の意に逆らうもののこと。

一九　＊やくざ　不良。生活態度のまともでないもの。なお二〇ページの「やくざな」は、役に立たぬ、粗末なの意。
＊おっつけ　間もなく。じきに。
＊福吉町《ふくよしちょう》　現在の東京都港区赤坂二丁目。『暗夜行路』の主人公時任謙作は「赤坂福吉町」に住む。

二〇 ＊大夜着《おおよぎ》　大型で、袖《そで》のある、厚い綿入れの寝具。かいまき。
＊諏訪《すわ》　長野県の諏訪湖。
＊伊香保《いかほ》　群馬県北群馬郡の温泉地。

二二 ＊首根を堅くして　首筋に力を入れて。
＊西郷《さいごう》さん　明治維新の政治家西郷隆盛（1827～77）のことだが、ここでは上野公園に立つその銅像をさす。

網走まで

二四 ＊一番後《うしろ》の一ト間　「細川書店版『網走《あばしり》まで』あとがき」に、「客車の出入口が車体の側面に幾つもついていると云うような事は、今、三十代の人達は実際に見ていないだろう。縦に列車を貫いて通れる今のような長い客車の出来たのは此時から四五年後ではなかったかと思う」と作者は記している。「此時」は作品成立当時をさす。当時の客車は横に幾つかの部屋に仕切られたコンパートメント方式で、「車体の側面」に各室の出入口がついていた。

二五　＊おつむ　おつむり（御頭）の略。女性が幼児に対して使う。
二六　＊ケンケンしく　険々しく。とげとげしく。
　　　＊鉢《はち》の開いた　鉢は頭蓋骨《ずがいこつ》。頭まわりの大きいこと。
二七　＊信玄袋　底に厚紙を入れ、上部にひもをとおして締めるようにした、布製の大形の手さげ袋。
二八　＊バラフの櫛《くし》　黒い斑点の入ったべっこう（海亀の一種のたいまいの甲）製のくし。
三〇　＊何《なん》の国　廃藩置県（明治四年）以前の日本の行政区劃《くかく》が「国」で、それをたとえば「北見の国」と称したのに基づく聞き方。
三一　＊間々田《ままだ》　後出の小山《おやま》・小金井《こがねい》・石橋《いしばし》・雀《すずめ》の宮とともに、栃木県内にある東北本線の駅名。
　　　＊パック　明治時代に刊行された漫画雑誌。
三二　＊公卿華族《くげ》　もとの公卿の家柄で、明治維新後華族に列せられたもの。
三三　＊御納戸色《おなんどいろ》　ねずみ色がかった藍《あい》色。
三四　＊結《ゆ》いつけおんぶ　子供を背負い、帯やひもで結びつけて固定すること。

ある一頁

三八　＊新し橋《あたらばし》　旧新橋停車場の北側にあった堀割にかかる橋。新橋という地名の起源。「ちかくの難波橋《なんばばし》に対するあたらしい橋の意であったろうと推測できる」（『江戸東京学事典』）という。

＊新橋の停車場《ていしゃじょう》　東海道本線のかつてのターミナル。大正三年（1914）東京駅開業の時点で廃止。汐留《しおどめ》貨物駅跡からその遺構が発掘された。

＊築地《つきじ》　現在の東京都中央区築地。旧新橋停車場の東側一帯。

＊ベナール　ポール＝アルベール・ベナール（Paul-Albert Besnard 1849～1934）。フランスの画家。印象派の明るい色彩を伝統的な技法に生かした画風で、知られる。

＊三色版の絵　赤・青・黄の三原色を使って自然色をだす石版画。草稿「一日二夕晩の記」に「ベナールのレジァヌの色着絵」とある。

三九　＊ペーヴ　ペーヴメント（pavement）を略記したもの。ここでは歩道の意。

＊白熱瓦斯《ガス》　白熱ガス灯。ガスの炎の上に酸化セリウムを含む釣鐘型、網状の白熱套《とう》をかぶせたもの。熱せられると強い白色光を発する。

＊尾張町《おわりちょう》の乗換場《のりかえば》　現在の東京都中央区銀座四丁目の交差点。

＊電車　東京市電の前身東京鉄道会社の車輛《りょう》。

＊「一幕物」という本　森鷗外《もりおうがい》の翻訳戯曲集『一幕物』が、明治四十二年（1909）六月に易風社から刊行されている。

＊ボールド　board（英）掲示板。

四一　＊柳行李《やなぎごうり》　こりやなぎの若枝の皮をはいで乾燥させ、麻糸で箱状に編んだ容器。

＊「吉原」　浅草山谷（現在の東京都台東区千東）にあった吉原遊廓《ゆうかく》。

＊京都七条の停車場　現在の京都駅。

＊荒神橋《こうじんばし》　丸太町橋の北にある賀茂川《かもがわ》の橋。

四二　＊倅《くるま》の溜《たま》り　人力車の車夫が倅をとめて客を待つ、駐車場。

＊饅頭笠《まんじゅうがさ》　丸く浅い形のすげ笠。

＊章魚《たこ》薬師《やくし》　蛸《たこ》薬師。禿頭《はげあたま》をなおすのに効験があると信じられている薬師如来《にょらい》。蛸をたつと誓ったり、蛸の絵の絵馬を奉納したりする。ここでは京都市新京極の永福寺の薬師堂をさす。

＊浅葱《あさぎ》　緑がかった薄い藍色。

＊三和土《たたき》になった　セメントで固めた。

四三　＊「下御霊神社《しもごりょうじんじゃ》」　京都市中央区下御霊前町、御所の東南の角近くにある。祭神は宇賀御霊大神。

＊東詰　東西にかかる橋の東側のたもと。

＊鴨川《かもがわ》　賀茂川。

四四　＊海老《えび》茶色《ちゃいろ》　赤茶色。

＊じんべえ　丈の短い羽織状、ひとえの夏の衣服。甚兵衛《じんべえ》。

四五　＊間《ま》　部屋。

四六　＊ラファエル前派　Pre-Raphaelite Brotherhood（英）一九世紀中頃、ロセッティ（Dante Gabriel Rossetti）を中心に、イギリスで結成された芸術団体。ラファエロ（Raffaello Santi 1483～1520）以前のイタリア芸術の様式と精神に回帰することをめざした。他にミレー（John Everett Millais）、ハント（Holman Hunt）らが参加。

＊鴨居《かもい》 日本建築で引戸、唐紙、障子などを支えるために上部にとりつける、溝を刻んだ横材。下部の敷居の対。

四七 ＊ウロン あやしむ、或《ある》いは疑うこと。胡乱《うろん》。

五三 ＊シムメトリカル symmetrical（英） 釣り合いのとれた。

五四 ＊造作を入れた 内装に手をいれて、新しくした。

五六 ＊仁輪加《にわか》 俄《にわか》。俄狂言の略称。短い、即興的な滑稽劇《こっけいげき》。

＊浮れ節 三味線を伴奏にする大衆的な語り芸能。浪曲、浪花節《なにわぶし》。

＊河合、福井、静間《しずま》という名 河合武雄、福井茂兵衛、静間小次郎で、それぞれ新派劇の一座を組織した俳優。

＊「無花果《いちじく》」 中村春雨（吉蔵、1877～1941）の同名の長編小説（明治三四刊）を劇化したもの。新派劇団によって上演され、そのうちのエミアは河合武雄の当り役であった。

＊玄冶店《げんやだな》 歌舞伎《かぶき》脚本「与話情浮名横櫛《よわなさけうきなのよこぐし》」（瀬川如皐《じょこう》作）の四幕目源氏店妾宅《しょうたく》の場の俗称。

＊越路太夫《こしじだゆう》、南部太夫 義太夫節の語り手。人形浄瑠璃《じょうるり》で活躍した。

五七 ＊いんごう 因業。がんこで思いやりのないこと。

五八 ＊八坂《やさか》神社 京都市東山区祇園《ぎおん》にある。祭神は素戔嗚尊《すさのおのみこと》、奇稲田比売命《くしなだひめのみこと》など。

＊法科大学 現在の京都大学法学部。

六四 ＊下《さが》った 南へ行くこと。「くだる」ともいう。

六五　＊千金丹《せんきんたん》　対馬《つしま》（長崎県）厳原《いずはら》町の住永家家伝の丸薬。万病に効くという触れこみで、行商人が全国各地に売りあるき、常備する家庭が多かった。

七〇　＊コロップ抜き　栓抜《せんぬ》き。コロップはコルクの栓のこと。

七一　＊けったる　身体《からだ》が疲れてだるい様。かったるいの転訛。

＊御殿場へ来て　丹那《たんな》トンネルの開通（昭九）以前、東海道本線は現在の御殿場線廻りであった。

＊大船《おおふな》の乗換　大船は東海道本線・横須賀線の分岐駅。

剃刀

七四　＊麻布《あざぶ》六本木《ろっぽんぎ》　現在の東京都港区六本木五丁目の北部一帯。

＊辰床《たつどこ》　理容店名。

＊秋季皇霊祭　現在の秋分の日。

＊癇《かん》の強い　神経質な。

七五　＊霞町《かすみちょう》　現在の東京都港区西麻布一丁目。近くに旧陸軍の歩兵第一連隊・同第三連隊があった。

七七　＊竜土《りゅうど》　旧麻布区龍土《りゅうど》町。現在の東京都港区六本木七丁目の一部。

＊半纏《はんてん》おんぶ　赤児を背負った上からはんてんを着て、帯や紐《ひも》で結ぶこと。

七八　＊かいまき　大夜着（二〇ページ注）参照。

八一　＊張り　女の気を惹《ひ》こうとして、他の男と張り合うこと。

八二　＊二タ子　ふたこ織。二本の糸をより合わせた糸で織った織物。

八二　＊あたって　剃《そ》って、商家などで、剃るを擦《す》る（失《す》う）に通じるとして嫌って言う。

八四　＊下司張《げすば》った　いやしく下品な。

彼と六つ上の女

九〇　＊水浅葱《みずあさぎ》　うすいあさぎ色。

九〇　＊つッころばし　歌舞伎の役柄のひとつ。柔弱な色男の役。軽く突いてもすぐころびそうな様子をしているところから言う。

九一　＊アテーネ　Athene（英）　ギリシャ神話で智恵・芸術・戦争をつかさどる女神。

九一　＊玉藻の前《たまものまえ》　伝説に登場する美女。天竺《てんじく》から唐土に渡り、さらに日本に渡来した金毛九尾の狐《きつね》の化身。鳥羽院を悩ましたが、安倍泰成の法力で正体を現わし、下野国《しもつけのくに》（栃木県）那須野《なすの》の原に飛び去り、追手に射殺され、殺生石《せっしょうせき》となった。謡曲、浄瑠璃、歌舞伎などで作品化されている。

九三　＊平打《ひらうち》かんざしの一種。金具の頭部をひらたく打って、そこに模様を刻んだもの。

九三　＊日髪日風呂《ひがみひぶろ》　毎日風呂にはいり、髪を結いなおすこと。ぜいたくな行為とされるが、ここでは相手に気にいられたい一心からすること。

九三　＊船岡山《ふなおかやま》　京都市北区紫野にある丘陵。

＊瘋癲病院《ふうてんびょういん》　精神病院。
＊耳立つ　話が聞き手の注意をひく。
九五　＊檜扇《ひおうぎ》　細長い檜《ひのき》の薄板をかさね、一端をとじて作った扇。宮廷に仕える貴人の持ちもの。
＊九尾《きゅうび》の狐《きつね》　中国の伝説にみえる尾が九本に分れた狐。古代では天下太平を告げるめでたい獣とみられたが、後には、年を経て魔力をもつ妖獣とされた。玉藻の前（九一ページ注）参照。
＊リッチ　rich（英）　ここでは、豊満の意。

濁った頭

九八　＊癲狂院《てんきょういん》　瘋癲病院（九三ページ注）に同じ。
＊単刀直入に　直接問題点にふれるさま。ずばりと。
＊ジャスティファイ　justify（英）　正当化。
九九　＊盗む勿《なか》れ、殺す勿れ、いつわりのあかしをたつる勿れ　あとの「姦淫《かんいん》する勿れ」と合わせて、旧約聖書出エジプト記二十章にあるモーセの十戒の四つ。
一〇〇　＊大挙伝道　二十世紀初頭に行われた世界的な信仰推進運動の一環として、福音同盟会が計画・組織して明治三十四年（1901）に展開したキリスト教伝道運動。志賀直哉がキリスト教に接するきっかけともなった。
＊高等学校　旧制の第一高等学校。現在の東京都文京区弥生一丁目の東京大学農学部の位

置にあった。

一〇二　＊何分　分は長さの単位。一分は約三ミリメートル。

＊文科大学　現在の東京大学文学部。

＊うつつ攻め　捕えたものを一睡もさせず、心身の疲労した状態で白状させる拷問《ごうもん》のやり方。

一〇三　＊猪《い》首《くび》　いのししのように太く短い首。

一〇九　＊およれる　ねられるの丁寧語。おもに女性が用いた。

一一〇　＊フランネル　flannel（英）毛織物のひとつ。柔かで軽い。

一一七　＊アマーストの学校　米国マサチューセッツ州中部の町アマーストにある大学。一八二一年創立。新島襄《じょう》、内村鑑三らが留学した。同志社大学と密接な関係にある。

＊May flower（英）　英米で五月に咲く花をさしていう。アネモネ、西洋さんざしなど。

一二八　＊衣《い》桁《こう》　衣服をかけておく器具。

＊二葉《ふたば》亭《てい》　二葉亭四《し》迷《めい》（本名長谷川辰《たつの》之助《すけ》、1864～1909）、明治二十―二十三年（1887～90）言文一致体のリアリズム小説「浮雲」を発表、注目されたが、他方ツルゲーネフほかのロシア文学の翻訳に従事、清新な文体によるその訳業は、多く読者を獲得、後の文学に大きな影響を与えた。他に「平凡」「其面影《そのおもかげ》」などの作がある。東京外国語学校教授などを経て、大阪朝日新聞社社員となり、特派員としてロシアに赴いたが、病を得て帰国の途次、ベンガル湾上で没した。

＊「片恋」　ツルゲーネフの「アーシャ」の翻訳。明治二十九年（1896）刊。ツルゲーネフの二葉亭訳には、他に「あひびき」「めぐりあひ」がある。

一二九　＊草双紙　江戸時代の絵入りの小説本。

＊田舎源氏　「修紫田舎源氏《にせむらさきいなかげんじ》」の略称。柳亭種彦《りゅうていたねひこ》作、歌川国貞画。文政十二年（1829）―天保十三年（1842）刊。源氏物語の世界を室町時代に移し変えた、長編の翻案小説。

＊「妙々車《みょうみょうぐるま》」　童謡《わらべうた》妙々車。柳下亭種員《たねかず》作の草双紙。

＊種員　柳下亭種員（1807～1858）。江戸末期の戯作者。本名坂倉新七。初代柳亭種彦に師事。「妙々車」のほかに「白縫　譚《しらぬいものがたり》」「児雷也《じらいや》豪傑　譚《ものがたり》」などの作がある。

＊光氏《みつうじ》　足利次郎光氏。「修紫田舎源氏」の主人公。源氏物語の光君に当たる人物。

＊種彦《たねひこ》　柳亭種彦（1783～1842）。江戸後期の戯作者。本名高屋知久《ともひさ》。江戸の生れ。小身の旗本。読本《よみほん》から合巻《ごうかん》（長編の草双紙）に転じ、「修紫田舎源氏」で人気を得たが、天保の改革で絶版を命ぜられ、のちまもなく没した。他に「邯鄲《かんたん》諸国物語」など。風俗考証にもすぐれた業績を残す。

＊国貞《くにさだ》　歌川国貞（初世、1786～1864）江戸後期の浮世絵師。俳優の似顔絵と草双紙の挿画を得意とした。

一四一　＊バア　bar（英）　ここでは酒場のカウンターをさす。

一四四　＊土村《つちむら》先生　あとに続くその容貌《ようぼう》の描写から、志賀直哉が青年時代に師事した内村鑑三の面影《おもかげ》を宿す。鑑三をモデルにした「角筈《つのはず》のU先生」（「大津順吉」）も「高い鼻柱から両方へ思い切ってぐッと彫り込んだような鋭い深い眼」をもつ。
一四七　*小涌谷《こわきだに》　神奈川県足柄《あしがら》下郡箱根町小涌谷。箱根温泉郷のひとつ。
一四八　*ロセッティ　ダンテ＝ガブリエル・ロセッティ（1828～82）。イギリスの画家、詩人。
ダンテの影響が強い。ラファエル前派（四六ページ注）参照。
*メランコリック　melancholic（英）　暗鬱《あんうつ》な。暗く哀愁をおびた。
*氷川町《ひかわちょう》　旧赤坂区の町名。現在の港区赤坂六丁目。氷川神社がある。

老　人

一五二　*工科大学　現在の東京大学工学部。
*高等商業学校　旧学制で商業に関する専門教育をさずける学校。旧制中学卒業以上を入
学資格とし、修業年限は三年。
一五四　*出たて　一人前の芸妓《げいぎ》として宴席に出るようになったばかり、の意。
一五七　*四ッ切り　四切り判。写真の印画紙のサイズで、25.5cm×30.5cm のもの。

襖

一六〇　*蘆《あし》の湯《ゆ》　神奈川県足柄下郡箱根町、駒《こま》ヶ岳《たけ》と二子山の谷あいにある温泉。
*今の菊五郎　六世尾上菊五郎（1885～1949）。歌舞伎俳優。五世の長男で、明治三十六
年（1903）丑之助《うしのすけ》から襲名。

一六一　＊京橋　現在の東京都中央区、銀座の北側の地名。

一六二　＊「出ッぱり」　露台、バルコニーをさす。

＊東京座　明治二十八年（1895）神田三崎町（現東京都千代田区）に創設された劇場。

＊家橋《かきつ》　市村家橋（1874～1945）。歌舞伎俳優。明治三十六年一五世市村羽左衛門《うざえもん》を襲名。菊五郎（一六〇ページ注）とならぶ大正・昭和期の代表的な二枚目役者。

＊八百蔵《やおぞう》　七世市川八百蔵（1860～1926）。歌舞伎俳優。大正七年（1918）中車をつぐ。

＊猿之助《えんのすけ》　市川猿之助（1855～1922）。歌舞伎俳優。明治四十三年（1910）段四郎と改名。

一六三　＊新富町《しんとみちょう》　現在の東京都中央区新富。歌舞伎劇場新富座があったが、関東大震災で焼失した。

＊死んだ菊五郎　五世尾上菊五郎。弘化元年（1844）生れ。九世市川団十郎、初世市川左団次とともに〈団・菊・左〉と称された明治期の歌舞伎の名優。いきな江戸っ子、悪人を得意とし、河竹默阿弥《かわたけもくあみ》作「青砥稿花紅彩画《あおとぞうしはなのにしきえ》」（通称「白浪五人男」）の弁天小僧も当り役のひとつ。明治三十六年（1903）没。

＊日吉町《ひよしちょう》　旧京橋区の地名。現在の東京都中央区銀座八丁目の一部。

＊小川　明治・大正期の著名な写真家に小川一真《かずまさ》（1860～1921）がいる。ただしそのスタジオは飯田町（現在の東京都千代田区飯田橋一～二丁目）にあった。

一六四　＊一閑張り《いっかんばり》　材料に紙を張り漆を塗ったもの。寛永のころわが国に帰化した明人《みん》飛来一閑《ひらいいっかん》（1578～1657）の伝えた技法。

一六九　＊白隠禅師《はくいんぜんじ》　(1685〜1768)　江戸時代中期の禅僧。臨済宗復興の祖。
一七〇　＊底倉《そこくら》　神奈川県足柄下郡箱根町、早川の支流蛇骨川《だこつ》の渓谷にある温泉。

祖母の為に

一七五　＊正月の初め　一六ページ注参照。
　　　　＊白っ児《しらこ》　白子《しろこ》。人間や動物で先天的に身体の色素が欠乏して、皮膚や頭髪の白いもの。しらこ。
一七六　＊唐木《からき》　東南アジア・南洋諸島産の木材。紫檀《したん》・黒檀《こくたん》・白檀《びゃくだん》・チーク・ラワンなどの総称。材質が固く木目が美しい。中国経由で渡来したのに基づく名称。とうぼく。
一八五　＊鵠沼《くげぬま》　神奈川県藤沢市の南部。明治・大正・昭和戦前には保養地、別荘地として知られていた。
　　　　＊新橋　三八ページ参照。

母の死と新しい母

一九〇　＊片瀬《かたせ》　神奈川県藤沢市の南部、鵠沼海岸に続く地域。海水浴場で、むかいに江の島がある。
一九一　＊蝶貝《ちょうがい》　ウグイスガイ科の二枚貝、あこや貝の異名。
一九六　＊御成道《おなりみち》　徳川家の菩提寺《ぼだいじ》である上野の寛永寺参詣《さんけい》のために、将軍がとおる道。江戸城を出て、万世橋を渡り北上、下谷広小路(現在の上野広小路)を経て寛永寺に至る。

一九七　＊赤坂の八百勘《やおかん》　赤坂田町(現在の東京都港区赤坂一、二丁目)にあった待合兼料亭。

一九八　＊改良剣舞　詩吟に合わせて刀を振るう剣舞の演者が、眉《まゆ》を太くかき、鼻筋に白粉を塗り、白鉢巻《しろはちまき》に赤だすきで舞うようにしたもの。日清戦争後に流行した。

クローディアスの日記

二〇三　＊クローディアスの日記　志賀直哉は「創作余談」に「これを書く動機は文芸協会の『ハムレット』を見、土肥春曙《どひしゅんしょ》のハムレットが如何《いか》にも軽薄なのに反感を持ち、却って東儀《とうぎ》鉄笛《てってき》のクローディアスに好意を持ったのが一つ、もう一つは『ハムレット』の劇では幽霊の言葉以外クローディアスが兄王を殺したという証拠は客観的に一つも存在してない事を発見したのが、書く動機となった」と記している。したがって作品の背景にはハムレット劇の舞台が置かれており、劇の登場人物たちが作中に姿をみせている。

二〇六　＊ウイッテンバーグ　ウイッテンベルク。ドイツの中部、エルベ川右岸の都市。ルターが宗教改革運動をおこした地として知られ、一六世紀以降大学都市として発展した。

＊「酒宴の習慣は……溺《おぼ》れるからだ」「ハムレット」第一幕第四場でハムレットがホレイショーにいうセリフに、「守るよりは破ったほうが気がきいていると思う。昔から、よその連中に、酔っぱらいの、豚のと、あしざまに罵《ののし》られてきたのも、この乱酒のおかげ」(福田恆存訳、以下おなじ)という一節がある。

二〇九 ＊酸《す》いも甘いもすっかり噛《か》み分けて居る　人生経験が豊かで、世間の裏おもて、人情の微妙な動きが、よくわかっている。

二一〇 ＊あの娘が……出て行った「ハムレット」第二幕第一場で、オフィーリアがポローニアスに、「いま縫物をしておりましたら、ハムレット様が、いきなり部屋のなかに。上衣《うわぎ》の胸もはだけ、帽子もかぶらず、汚れた靴下はだらしなく垂れさがったまま、紙のように青ざめたお顔で……」と、その情況を告げている。

二一一 ＊毒注《さ》された　わるく影響された。

二一三 ＊「信心らしい……にもある例《ならい》だ」「ハムレット」第三幕第一場に、「これは、苦い悪魔の本性に、殊勝な砂糖の衣をまぶしてごまかすずるい手口。いけるのいけないのと言ってみたところで、はじまらぬ。どこにもよくある話だからな」というポローニアスのセリフがある。

＊笞《しもと》罰するために打つ鞭《むち》。

二一四 ＊こんな事を云っていた「ハムレット」第三幕第一場に次のセリフがある。「尼寺へ行け。（中略）このハムレットという男は、これで自分ではけっこう誠実な人間のつもりでいるが、それでも母が生んでくれねばよかったと思うほど、いろんな欠点を数えたてることができる。うぬぼれが強い、執念ぶかい、野心満々だ、そのほかどんな罪をも犯しかねぬ。」

二一五 ＊「あの子の……出来ましょうから……」「ハムレット」第三幕第一場、ハムレットがオフィーリアと出会うのを、クローディアスとポローニアスが物かげに隠れてみようとする手はずが整ったところで、王妃がいうセリフに、「ハムレットの狂乱が、そのお前の美しさゆえにと念じている。それなら、お前のやさしい心ばえで、あれがまた正気にもどることもあろうから」とある。

二一六　＊ヴァルカンの鉄砧《かなしき》ほどにもむさ苦しい想像　「ヴァルカン」（Vulcan）はローマ神話の火と鍛冶《かじ》の神ウルカヌス。ギリシャ神話ではヘファイストス。「鉄砧」は熱した金属を打ち鍛《きた》える台、かなとこ。「ハムレット」第三幕第二場のハムレットのホレイショーへのセリフ中にある「この自分の想像力もあてにはならぬ。火の神ヴァルカンの仕事場よろしく汚《けが》れてしまっているのだ」を利用している。

＊シーザー　カエサル（Gaius Julius Caesar B.C. 100〜B.C. 44）。ローマの将軍、政治家。クラッスス、ポンペイウスと三頭政治を樹立、のち独裁者となる。『ガリア戦記』の著者。共和政治を唱えるカッシウス、プルトゥスらによって暗殺された。ポローニアスがハムレットの質問に、「ジュリアス・シーザーを演りまして、ブルータスのやつに殺されました」と答える場面は、「ハムレット」第三幕第二場にある。

二一七　＊「ゴンザゴ殺し」「ハムレット」の劇中劇。この芝居を観《み》ながら「なに、ほんの喩話《たとえばなし》。事実ヴィエナであった人殺しを仕組んだもので、ゴンザーゴというのは王の名まえ、妃はバプティスタといって、すぐわかりますが、なんとも恐ろしい話だ」（第三幕第二場）と、ハムレットがクローディアスに説明している。そのあと舞台では、王位奪取をたくらむゴンザーゴの甥《おい》ルシアーナスが登場し、庭に眠る王の耳に毒薬をそそいで殺害するところが演ぜられていく。芝居はさらに、王の死を発見した王妃の悲嘆、毒殺者の口説きと王妃の拒否と続き、しかしついに妃が愛を受けいれて幕となるはずだが、「毒殺の場」を観たクローディアスが「顔面蒼白《そうはく》になり」立ちあがったために、人々が騒ぎだして中断する。

*黙伎《もくぎ》　無言劇、パントマイム。「ハムレット」では、「ゴンザーゴ殺し」上演に先だち、「黙劇」によってそのあら筋が紹介され、「そのあいだ、ハムレットはときどき焦燥にかられるように王と妃のほうに視線を向ける」となっている。

二三〇 *ポローニヤスが殺された　「ハムレット」第三幕第四場のはじめ。「ゴンザーゴ殺し」上演のあと、王妃がわが子を説得しようとする情況を見届けるため、妃の居間の壁掛けのうしろに隠れたポローニアスを、ハムレットが剣で壁掛けのうえから突き刺して殺す。

*「乱心の……作るものだ」　前注の場面の続きに「何を言う、お前の心の迷いです！　ありもしないものを勝手に造りあげる、それこそ狂気の証拠」という王妃のセリフがある。

二三一 *「自業自得《じごうじとく》だ」　ポローニアス殺害の場面にはみえないセリフ。ハムレットは死体にむかって「これも運命とあきらめろ。やっとわかったろうな。あまりちゃかちゃかすると危ない目にあうのだ」という。

*「不憫《ふびん》な事を……罰したのだろう」　王妃の前でハムレットが死体を指さしながら、「かわいそうなことをしたが、これも天の配剤。神はハムレットを使ってこの男を罰し、こ

の老人を囮《おとり》にハムレットを陥《おとしい》れようとしているのだ」という。

二三二　＊「気違いながら……後悔しています」「ハムレット」第四幕第一場に王妃のセリフ、「狂気にも一片の純情が残っているのでございましょう――自分のしたことに涙をながして」がある。

二三三　＊敵役が……悲劇になる「英吉利《イギリス》」におもむく「彼」の死を暗示する一行。「ハムレット」でも、クローディアスは「この書一覧のうえは、斧《おの》を磨《と》ぐ間もあらせず、即刻ハムレットの首を刎《は》ねられたし」と記したイギリス国王あての親書を、ひそかに腹心の部下に托《たく》し、その人物をハムレットに同行させている。

二三三　＊ジャスティフィケーション　justification（英）。正当化。

二三七　＊それ「ハムレット」のクローディアスの「運命」は次のとおり。イギリス行きの船が海賊に襲われる騒ぎのなかで親書を発見、王の「奸計《かんけい》」を知ったハムレットは、それを奪ってエルシノア城に帰還する。クローディアスは再度彼をなきものにしようと毒を用意するが、逆に、復讐《ふくしゅう》の念に燃えるハムレットの手で、その毒によって殺される（第五幕）。

正義派

二三〇　＊永代《えいたい》　永代橋。隅田川《すみだがわ》下流にかかる橋。東京都中央区新川と江東区永代とを結ぶ。

二三三　＊本所の車庫　東京市街鉄道会社（通称街鉄）本所線の車庫。同社の路線は、東京電車鉄道会社線、東京電気鉄道会社線とともに、東京の路面電車網を形成していたが、明治三十九年（1906）三社が合併、東京鉄道会社を発足させた。二三四ページの「会社」はそれをさす。

二三六　*茅場町《かやばちょう》　永代橋と日本橋交差点との中間、新川の西隣りの町。

*牛肉屋　牛鍋すなわちすき焼きを食べさせる店。

二三八　*くぐり　大きな板戸の一部を切って造った、くぐって出入りする小さな戸口。

*台　話を展開させるもと、の意。

二三九　*泥《どろ》よけ　人力車の車輪の外側にとりつけ、泥のはねるのを防ぐ部品。

*ケコミ　人力車で乗客が足をおくところ。

鵠沼行

二四二　*拓殖博覧会　志賀直哉日記の大正元年（1912）十月二十日の記事に、「家中で拓殖《たくしょく》ハクラン会に行くという。危険でたまらないから反対したら百花園に行こうという。それにも反対してとう〳〵鵠沼へ行く事にする」とある。

二四四　*しころ　しころびさし（錏庇）。軒下に片流れにとりつけたひさしのことだが、ここではその下につくられた、倉の入口のひと間をさす。

二四五　*青山　青山斎場。東京都港区南青山の青山霊園内にある葬儀所。

*向島の百花園　東京都墨田区東向島三丁目にある庭園。骨董《こっとう》商佐原鞠塢《きくう》が文化元年

（1804）に造園。

二四八　＊船　隅田川の渡船。

＊東家《あずまや》　鵠沼海岸にあった旅館。貸別荘業も営む。芥川龍之介、武者小路実篤など多くの作家たちが利用した。

＊電車　江ノ島電気鉄道（通称江ノ電）の電車。同鉄道は、明治三十五年（1902）藤沢から江ノ島まで開通、順次線路を延ばして、四十三年（1910）鎌倉市小町に達し、全通した。のち昭和二十四年（1949）鎌倉のターミナルを国鉄（現ＪＲ）鎌倉駅に変更するとともに、社名を江ノ島鎌倉観光に改め、四十九年（1974）には国鉄藤沢駅に乗り入れ、現在に至る。

二五三　＊竜口寺《りゅうこうじ》　藤沢市片瀬三丁目、江ノ電の江ノ島駅近くにある日蓮宗の本山。日蓮が斬罪に処せられようとした竜の口の、開祖法難の場に、弟子日法が延元二年（1337）建立《こんりゅう》した。

二五五　＊七里ヶ浜　鎌倉市の稲村ヶ崎から小動《こゆるぎ》ヶ岬《さき》に至る砂浜。袖ヶ浦。

清兵衛と瓢箪

二五九　＊清兵衛のいる町　広島県尾道市が想定されている。尾道は明治三十一年（1898）市制施行。

二六〇　＊馬琴《ばきん》　滝沢馬琴（1767～1848）。江戸時代後期の読本作者。別号曲亭ほか。江戸の人。勧善懲悪の思想を軸としながら、雄大な構想と緻密《ちみつ》な考証に支えられた伝奇性豊かな長編物語を創造した。代表作に『椿説弓張月《ちんせつゆみはりづき》』『南総里見八犬伝』などがある。

二六一　*仕舞屋《しもたや》　「仕舞《しも》うた屋」の転訛した語で、本来店じまいをした、すなわち商売をやめた家、の意だが、ここでは店構えをもたぬ普通の住宅のこと。

二六二　*修身　旧制の小学校の教科のひとつ。道徳教育を行う。

*雲右衛門《くもえもん》　桃中軒雲右衛門（1873〜1916）。浪曲師。卑俗な大道芸であった浪曲の質的向上に努め、琵琶《びわ》や清元の節回しを加味した新たな語り口を工夫して、その社会的地位を高め、浪曲史上に大きな足跡をのこす。関西、九州を巡業したのち上京、明治三十九年（1906）本郷座で赤穂浪士《あこうろうし》を題材とした「義士銘々伝」を口演、武士道を鼓吹して聴衆に感銘を与え、多大の人気を博した。

出来事

二六八　*人造石　コンクリート。

*電気局　東京市役所の部局のひとつ。明治四十四年（1911）市が経営困難に陥っていた東京鉄道会社（二三三ページ注）を買収したとき、設置され、以後その管理下におかれた路面電車網はいわゆる東京市電となった。

二六九　*大黒帽子　ベレー帽。大黒天のかぶり物に形が似ているのでいう。

*まがいパナマ　乾燥させたパナマ草の若葉を編んで造るパナマ帽に似せて、別の原料で造った帽子。本物は輸入品で高く、庶民には手が届かなかった。

二七〇　*かんてい流　勘亭流。書体の一種。字を太く、一様に傾斜させて書く。歌舞伎や大相撲の看板・番付などの書体に使われる。安永年間江戸の手習い師匠岡崎屋勘六（号勘亭）の創始。

二七一　*ダル　dull（英）うっとうしい。

*甚平《じんぺい》さん　甚兵衛《じんべえ》（四四ページ注）。「さん」は、物を人のように呼んで表現をやわらげる接尾語。

児を盗む話

二九八　*ヤクザな奴《やつ》　一九ページ注参照。

*京橋区　東京の旧区名。日本橋区と合併して、中央区となる。

*宿屋　志賀直哉日記に次の記事がある。「……元の二葉館によって見る、三十円でとめるという　直ぐそうきめて帰宅　七時半荷をつませて又来た」（大正元年十月二十五日）、「銀座を少し歩いて永楽館（元の二葉館）にかえる」（同十月二十六日）。

二九九　*或小さい市《し》「清兵衛と瓢箪」とおなじく、作の舞台には尾道市が想定されている。

*口入宿《くちいれやど》　奉公先を紹介する家。私設の職業紹介所。

三〇〇　*下げ箱　提箱《さげばこ》。食物や食器を入れ、手でさげて持ち運ぶ箱。

*百貫島《ひゃっかんじま》　広島県東端の瀬戸内海上の小島。その燈台《とうだい》は重要な航路標識。

三〇一　*多度津《たどつ》通い　尾道から香川県西部の多度津へかよう定期の船便。

三〇二　＊さん俵《だら》ぼっち　桟俵法師《さんだわらぼうし》の転訛した語。米だわら両端のふたとして使う、わらで編んだ直径三十センチメートル程の円形のもの。

三〇四　＊ダル　dull（英）二七〇ページにもあるが、ここでは、気力を集中できず、いいかげんになるさま、をいう。

三〇五　＊抜き衣紋《えもん》　和服のえりを後ろへずらして着ること。

＊金毘羅《こんぴら》　金刀比羅宮《ことひらぐう》。香川県の琴平町にある神社。祭神は大物主神《おおものぬしのかみ》・崇徳《すとく》天皇。江戸時代には神仏習合により象頭山《ぞうずさん》金比羅《こんぴら》大権現《だいごんげん》と称したが、明治になって金刀比羅宮と改称。金比羅は梵《ぼん》語の Kumbhira（宮比羅《くびら》とも音訳、わにの意）で、薬師如来に従う十二神将のひとり。

＊屋島　香川県高松市の北東部にあるテーブル状の溶岩台地。高松琴平電鉄志度線の屋島駅からケーブルカーで台上へ出る。瀬戸内海の風景をみるのに絶好の展望台。源平の古戦場。

＊塩浜《しおはま》　製塩のために砂浜に海水をひき入れた塩田。

三〇六　＊ヤニッコイ　やにこい。工夫が目だちすぎて、しつこく不快な感じをいう。

＊小豆島《しょうどしま》　淡路島に次ぐ瀬戸内海第二の大島。香川県に所属（小豆《しょうず》郡）。名勝地寒霞渓《かんかけい》がある。

＊五大力《ごだいりき》　五大力船。百石ないし三百石積みの荷船。名称は、仏法の守護者である五人の大力の菩薩《ぼさつ》、すなわち五大力菩薩にちなむ。

*鞆《とも》の津《つ》　広島県福山市南部の港町。古くから瀬戸内海の交通の要衝として知られ、中世にはさらに政治・経済の中心地として栄えた。またすぐれた風景に恵まれ、月の名所としても有名。谷崎潤一郎の短歌に、「心におもう人のありける頃鞆の津対山館に宿りて」の詞書《ことばがき》をもつ「いにしえの鞆のとまりの波まくら夜すがら人を夢に見しかな」がある。

*仙酔島《せんすいとう》　鞆港の東にある小島。周囲に海食洞窟・洞門があり、周辺の島々とともに美しい風景を形づくる。

三一九　*我強《がづよ》い　強情な。

三二〇　*阿武兎《あぶと》の観音　鞆港の西南、沼隈《ぬまくま》半島南端の阿伏兎《あぶと》岬に通称阿伏兎観音（海中から出現した石像、重要文化財）が祭られている。観音堂は毛利《もうり》元就《もとなり》の建立で、岬の先端、約二十メートルの断崖《だんがい》の上にある。岬は海上から兎が伏した形に見えるので、その名があるともいう。地図上の表記は「阿伏兎」。

三二一　*甚句《じんく》　民謡の一種。七・七・七・五の四句からなり、旋律は種々ある。

遠藤　祐

解説

高田瑞穂

作家的生涯をいくつかの時期に区切って考える場合、その最初の時期を形造るものが作家的自我確立の営みであることは言うまでもない。そしてそれは、ほぼその青春期と重なる。

青春時代は、思慮浅くして実り多き一時期である。思慮浅きものには、自己が全《すべ》てである。自己の肉体と観念しか見えないし、見ようともしない。だから彼等は、しばしば専行して壁にぶつかり、独断して穴に落ちこむ。もとより未熟の結果である。しかし、青春期の実りの一切は、彼等が壁にぶつかり穴に落ちこむ、そこから生れ出るのである。世界が確かな抵抗感を持って実在し始めるのはそこからである。総じて、自己に熱中した青年たちの試行と錯誤とを通じてしか、世界は実在とはならないのである。その間に一の背理の介在することは否定できないにしても、青春時代の意味がここに見られてよいことには疑いはない。

志賀直哉は、数々の好条件に恵まれつつ、青春時代を存分に、典型的に生きた稀有《けう》の人であった。その試行錯誤は時に常人を越え、収穫もまた常人に倍した。そのことをさまざまに告げたものが、第一期の諸作であった。それらのうちここに収めたものを、製作の時に従って列記すれば次の通りである。

作品名	執筆年月	発表誌紙・発表年月
菜の花と小娘	明治三七・五	『金の船』大正九・一
或る朝	明治四一・一	『中央文学』大正七・三
網走《あばしり》まで	明治四一・八	『白樺』明治四三・四
ある一頁《ページ》	明治四二・九	『白樺』明治四四・六
剃刀《かみそり》	明治四三・四	『白樺』明治四三・六
彼と六つ上の女	明治四三・八	『白樺』明治四三・九
濁った頭	明治四三・九	『白樺』明治四四・四
老人	明治四四・二	『白樺』明治四四・一一
襖《ふすま》	明治四四・八	『白樺』明治四四・一〇
祖母の為《ため》に	明治四四・一二	『白樺』明治四五・一

母の死と新しい母　明治四五・一　『朱欒』明治四五・二
クローディアスの日記　大正一・八　『白樺』大正一・九
正義派　大正一・八　『朱欒』大正一・九
鵠沼行《くげぬま》　大正一・一一　『文章世界』大正六・一〇
清兵衛《せいべえ》と瓢簞《ひょうたん》　大正一・一二　『読売新聞』大正二・一・一
出来事　大正二・八　『白樺』大正二・九
范《はん》の犯罪　大正二・九　『白樺』大正二・一〇
児《こ》を盗む話　大正三・一　『白樺』大正三・四

志賀直哉は、周知の通り、三様の処女作を持っている。
「世間に発表したもので云えば『網走まで』が私の処女作であるが、それ以前に『或る朝』というものがあり、これが多少ともものになった最初で、これをよく私は処女作として挙げている。（略）更に溯《さかのぼ》ると、高等科の頃、一人上総《かずさ》の鹿野山《かのうざん》に行った時書いた『菜の花と小娘』を別の意味で処女作と云ってもいいかも知れない」（『続創作余談』）
もし、文壇的出世作を処女作と見る立場に立てば、大正元年八月に書かれ、『中央公論』九月号に発表された『大津順吉』がそれに相当するが、今はそのことにはふれない。右の三様の処女作は、それぞれに、志賀文学の性格を暗示していて興味深いが、特に次の二点に留意する必要がある。その第一点は、『或る朝』における反抗の様相である。作者の分身信太郎は、「あまのじゃく」「やくざ」「不孝者」と腹を立てる祖母に向って「年寄の云いなり放題になるのが孝行なら、そんな孝行は真っ平だ」と言いかえす。「彼もむっとした」のである。その「むっとした」時こそ、信太郎の心の生動し始めたときであった。と同時に、信太郎の自他に注がれる目は急速にその清澄度を増してゆく。信太郎の態度は、たしかに「あまのじゃく」でしかなかったけれども、そうであればあるほど信太郎の目にはそういう自分とその周辺が明確に映り出す。言いかえると、心の生動の高まりに比例して、直哉の目の清澄度もまた高まる。直哉を作家たらしめた一の根源的理由がここに見られてよいであろう。信太郎は、先の「あまのじゃく」的毒舌を祖母に投げ返した直後にこう悟る。「彼はもっと毒々しい事が云いたかったが、失策《しくじ》った。文句も長過ぎた」――自分の実感に即して長過ぎない――直哉の文体の性格の暗示であった。

注目すべき第二の点は、右の三つの処女作が、自伝的、見聞的、想像的という三つの世界の存在を告げていることである。『或る朝』の自伝的傾向は、『ある一頁』『彼と六つ上の女』『襖』『祖母の為に』『母の死と新しい母』『鵠沼行』等に継承されて、やがて直哉に「私小説」の完成者という史的位置を用意するに到《いた》る。見聞的とは『網走まで』の世界である。見聞した主体がそこに登場する限り、これもまた自伝的の中に包括できないことはないが、ここに見聞的といったのは、描出を意図された人間や出来事が、もともと作者とは別の客観的ないし対象的存在である場合である。この系列に属するものとしては『正義派』『出来事』などを挙げることができよう。想像的といったのは『菜の花と小娘』の世界である。それは虚構というよりは内的体験というに近い。この系列に属するものとしては『剃刀』『老人』『クローディアスの日記』『范の犯罪』等を考えることができる。しかし、以上はあくまで類型的区分である。『濁った頭』は自伝的であるか想像的であるか、『清兵衛と瓢箪』は見聞的であるか自伝的であるか、さらには『児を盗む話』は想像的であるか自伝的であるか、それはその両方である。

三様の処女作の暗示は、以上に止《とど》まらないが、少なくとも右の二通りの事実を知り、それらを一つに融合し得れば、そこにおのずから第一期の直哉の風貌は浮び上がるにちがいない。問題は、心の生動の高まりに比例して目の清澄度もまた高まるという資質が、前記三様の世界にどのように生かされたかということである。自伝的な作品から順を追って見てゆこう。

『ある一頁』は、「大学を中途でよして、二十七になって、未《いま》だに定《きま》った職業もない男に自家《うち》の人々が感じさせずには置かない心持」に重圧を感じて、家を去って一時そこに住む決意で訪れた京都における体験の表現である。そこには「自家の人々」に対する裏がえされた反抗がある。しかしこの京都行は、明らかに一の試行錯誤であった。一泊さえせずに東京に帰った「彼はその日から五日床に就いた」のであった。だが、部屋を求めて的《あて》もなくさまよい歩いたからこそ、古き京都とそこに住む人々との、ともにわびしい現実は明確に摘出され得たのであった。

『彼と六つ上の女』も、若き直哉の生《なま》の「ある一頁」である。短い期間「互に冷い心を潜ませ、熱した恋の形に耽《ふけ》って居た」時の描写である。ここでも主人公の暗い心情は、かえって「六つ上の女」を明るく浮き彫りにした。「彼」が「若者に不似合な小さい古物《こぶつ》」の蒐集家《しゅうしゅうか》であるのも面白い。直哉に固有の美的関心の一端がそこに見える。芥川龍之介が、「初期の志賀直哉氏さえ、立派なテクニックの持ち主だったことを手短かに示したい」(『文芸的な、余りに文芸的な』)と言って引用しているのが、この作品の結末の一節であったことを付言しておこう。正確な指摘である。

『襖』にも、直哉の美的関心の一端が窺える。この話の語り手である「友」は、「眼のぱっちりした円々とはち切れそうに肥《ふと》った、色の浅黒い顔」の子守娘鈴が、歌舞伎の丑之助《うしのすけ》に似ているところに引かれたのであった。「彼」の気持は直ぐ鈴に通じた。そして夜中に、隣室とのへだての襖がすーっと開くのである。結末に短い「私」の感想が記されている。「友はすらすらとちゃんとまとまりをつけて、漸《ようや》くこの恋されたと云う話を語り終った」。――ここで「友」は「私」と重なる。直哉の作品はいつもそういう風に語られている。

『祖母の為に』は『或る朝』の展開である。孤独と反抗との果てにはいつも「何と云っても、もう祖母だけだ」と思う、その祖母が病む。すると不吉な葬儀社の白っ児の男が出現する。「私」の生動した心は、その力を傾けて白っ児の幻影を睨《にら》みつける。そして勝つ。白っ児は消滅する。「いい事か悪い事か知らない。――が、どっちにしろ私は嬉《うれ》しくて嬉しくてならなかった」。直哉は単に考える人ではなかった。何よりも行為し戦う人であった。

『母の死と新しい母』は、数え年十三のときの回想である。直哉の回想の不思議な現実感と、端麗なまとまりとを感得できればよい。「皆《みんな》が新しい母を讃《ほ》めた。それが私には愉快だった」。――この「私」の心情の何と素朴で、何と格調の高いことか。

『鵠沼行』のリアリズムについては、改めて言う必要もあるまい。直哉における厳粛な事実尊重――そして直哉にとっては、実感も事実であった。「私に最も自然に浮んで来た事柄は自然なるが故に却《かえ》って事実」(『創作余談』)であった。

見聞的と先に記した『正義派』は、「興奮と努力と」をもって正義を支えた人間が、そのために味わわなければならなかった「物足らない感じ」の表現である。自己の実感のたしかな裏づけが、そこにあった。

『出来事』は、「自分で目撃した事実」(『創作余談』)の再現である。死をまぬがれた子供を目前にして、すべての人が喜んだという現実が直哉を捕えたのであった。

想像的と呼んだ作品に移ろう。

『剃刀』は、そう言われてみれば、誰でもが納得する生の危機の描写である。ここでは直哉の神経も「剃刀」のように鋭利である。「血が黒ずんで球形に盛り上って来た。それが頂点に達した時に球《たま》は崩れてスイと一ト筋に流れた」。血を凝視するものは「辰床《たつどこ》の芳三郎」であるか、直哉その人であるか――この時想像は事実の典型となる。『老人』は、人間の一生をどれだけ短く表現できるかの試みであった。「五十四歳で彼は妻を失った」に始まり、「七十五歳で静かに永眠した」までを、二十代の回想をさしはさみつつ、四百字八枚に描き切ったとき、「老人」の哀楽は直哉の実感であったであろう。

『クローディアスの日記』を苦労して書くに至った直接の動機は、「文芸協会の『ハムレット』を見、土肥春曙《どひしゅんしょ》のハムレットが如何《いか》にも軽薄なのに反感を持ち、却って東《とう》儀《ぎ》鉄笛《てってき》のクローディアスに好意を持った」(『創作余談』)ことであった。反感を契機として生動し始めるのは、青春の心である。極言すれば、土肥春曙への反感が、シェイクスピアを向うにまわす冒険に直哉を駆り立て、この力作を書かしめたのであった。『范の犯罪』は、不幸な夫婦関係に金縛《かなしば》りにされて「生きながら死人になる」瀬戸際《せとぎわ》に立たされた范のナイフが、妻の頸動脈《けいどうみゃく》を切断した物語である。と同時に、若き日の直哉の心に燃え上がった生命の火の相貌《そうぼう》の直写でもあった。

「殺した結果がどうなろうとそれは今の問題ではない。(略)その時はその時だ。その時に起ることはその時にどうにでも破って了えばいいのだ。破っても、破っても、破り切れないかも知れない。然し死ぬまで破ろうとすればそれが俺の本統の生活というものになるのだ」。

自伝的・見聞的・想像的のどの一つにも収めかねた三つの作品が残った。『濁った頭』は、意志の力ではどうにもならない激しい性慾に引きずられた青年の数々の錯誤の記録である。その果てに「私」は、四つ上の女お夏を殺し癲狂院《てんきょういん》に入れられる。明らかに想像的といっていい作品ではあるが、「私」の性慾のもだえ、基督《キリスト》教への近接と離脱の経路には、自伝的な影も濃い。荒廃した生活に「濁った頭」が最後に到達していったところは、「鋭い光った長い錐《きり》が厚い台をぶつりぶつりと貫《とお》す――その感じ、そういう痛快な感じのする生活に入りたい」という願いであった。『剃刀』を連想させ、『范の犯罪』へのつながりをも思わせる。

『清兵衛と瓢箪』は、見聞的であると同時に自伝的である。父への反抗心から、家を出て尾道に住んだ時期の作品であるだけに、子に対する父の抑圧の不合理性は露骨に描出されているが、それでいてこの作品は実に美しい。それは、清兵衛の美への関心が純粋無垢《むく》だからである。父のどのような抑圧にも清兵衛の心は動ぜず、かえって父が清兵衛の信念に包括されてゆく。清兵衛は言う、「こういうがええんじゃ」。

『児を盗む話』は、「貴様は一体そんな事をしていて将来どうするつもりだ」という父の罵声《ばせい》に始まる。そして「私」はなぜ尾道に去ったか、尾道での生活はどんなであったかを明白に告げている。その限りにおいては自伝的であるが、次第に空虚に落ちてゆく「私」の前に「色の白い、眼つきと口元に大変愛らしい所のある」女の児の出現を契機に想像的となる。しかしそこにも、父の罵声は明らかに余韻を響かせていた。

以上を通じて、直哉の作家的自我確立の営みが、終始自己に誠実なものであったことは明らかであろう。直哉はあくまで自我中心的であった。そういう直哉に、家族たち、ことに父親が激しい不安を感じなければならなかったのも自然であった。父の罵声がそこに生じた。そしてそういう父の抑圧は、直哉の試行錯誤を食い止めるかわりにかえって激化せしめずにはいなかった。直哉は、ためらわずに行為し、反撥《はんぱつ》した。その父と子との相互反撥の一頂点が、直哉の尾道行であったが、それは問題の解決ではあり得なかった。尾道での生活は次第に空虚を加えていった。

「こんな事をしていては仕方がないと思った。旅を思い立った」。(『児を盗む話』)

尾道での生活も約一年で終った。帰京、松江行、さらに京都移住と、あわただしい旅を続けた直哉の上に、最初の空白の時期が落ちた。大正三年、直哉はすでに、数えて三十二歳であった。直哉の第一期の終結であった。

(昭和四十三年九月、国文学者)

表記について

新潮文庫の文字表記については、原文を尊重するという見地に立ち、次のように方針を定めました。

一、旧仮名づかいで書かれた口語文の作品は、新仮名づかいに改める。
二、文語文の作品は旧仮名づかいのままとする。
三、旧字体で書かれているものは、原則として新字体に改める。
四、難読と思われる語には振仮名をつける。
五、漢字表記の代名詞・副詞・接続詞等のうち、特定の語については仮名に改める。

本書で仮名に改めた語は次のようなものです。

茲→ここ	此（の）→この	左様→さよう
仕舞う→しまう	…相→…そう	其（の）→その
何う→どう	如何する→どうする	…所→…ところ
…乍ら→…ながら	何も彼も→何もかも	許り→ばかり
六ケ敷い→むずかしい		

芥川龍之介著
奉教人の死
殉教者の心情や、東西の異質な文化の接触と融和に関心を抱いた著者が、近代日本文学に新しい分野を開拓した〝切支丹もの〟の作品集。

芥川龍之介著
河童・或阿呆《あるあほう》の一生
珍妙な河童社会を通して自身の問題を切実にさらした「河童」、自らの芸術と生涯を凝縮した「或阿呆の一生」等、最晩年の傑作6編。

芥川龍之介著
侏儒《しゆじゆ》の言葉《ことば》・西方《さいほう》の人
著者の厭世的な精神と懐疑の表情を鮮やかに伝える「侏儒の言葉」、芥川文学の生涯の総決算ともいえる「西方の人」「続西方の人」の3編。

有島武郎著
小さき者へ・生れ出づる悩み
病死した最愛の妻が残した小さき子らに、歴史の未来をたくそうとする慈愛に満ちた「小さき者へ」に「生れ出づる悩み」を併録する。

有島武郎著
或る女
近代的自我の芽生えた明治時代に、封建的な社会に反逆し、自由奔放に生きようとして敗れる一人の女性を描くリアリズム文学の秀作。

亀井勝一郎著
大和古寺風物誌
輝かしい古代文化が生れた日本のふるさと大和、飛鳥、歓びや苦悩の祈りに満ちた斑鳩の里、いにしえの仏教文化の跡をたどる名著。

新潮文庫最新刊

小池真理子著
神よ憐れみたまえ
戦後事件史に残る「魔の土曜日」と同日、少女の両親は惨殺された――。一人の女性の数奇な生涯を描ききった、著者畢生の大河小説。

長江俊和著
掲載禁止　撮影現場
善い人は読まないでください。書下ろし「カガヤワタルの恋人」をはじめ、怖いけど止められない全8編。待望の〈禁止シリーズ〉！

小山田浩子著
小　島
絶対に無理はしないでください――。豪雨の被災地にボランティアで赴いた私が目にしたものは。世界各国で翻訳される作家の全14篇。

紺野天龍著
幽世《かくりよ》の薬剤師5
「不老不死」一家の「死」。薬師・空洞淵は「人魚」伝承を調べるが……。現役薬剤師が描く異世界×医療×ファンタジー、第5弾！

賀十つばさ著
雑草姫のレストラン
タンポポのピッツァ、山ウドの天ぷら、よもぎのアイス……八ヶ岳の麓に暮らす姉妹の草花ごはんを召し上がれ。癒しのグルメ小説。

泉鏡花著
東雅夫編
外科室・天守物語
伯爵夫人の手術時に起きた事件を描く「外科室」。姫路城の妖姫と若き武士――「天守物語」。名アンソロジストが選んだ傑作八篇。

新潮文庫最新刊

C・ニエル
田中裕子訳
悪なき殺人
吹雪の夜、フランス山間の町で失踪した女性をめぐる悲恋の連鎖は、ラスト1行で思わぬ結末を迎える――。圧巻の心理サスペンス。

塩野七生著
ギリシア人の物語4
―新しき力―
ペルシアを制覇し、インドをその目で見て、32歳で夢のように消えた――。著者が執念を燃やして描き尽くしたアレクサンダー大王伝。

沢木耕太郎著
旅のつばくろ
今が、時だ――。世界を旅してきた沢木耕太郎が、16歳でのはじめての旅をなぞり、歩き、味わって綴った初の国内旅エッセイ。

小津夜景著
いつかたこぶねになる日
杜甫、白居易、徐志摩、夏目漱石……南仏在住の著者が、古今東西の漢詩を手繰りよせ、やさしい言葉で日常を紡ぐ極上エッセイ31編。

坂口恭平著
躁鬱大学
―気分の波で悩んでいるのは、あなただけではありません―
そうか、躁鬱病は病気じゃなくて、体質だったんだ――。気分の浮き沈みに悩んだ著者が発見した、愉快にラクに生きる技術を徹底講義。

カレー沢薫著
モテの壁
モテるお前とモテない俺、何が違う? 小学生向け雑誌からインド映画、ジブリにAV男優まで。型破りで爆笑必至のモテ人類考察論。

清兵衛《せいべえ》と瓢箪《ひょうたん》・網走《あばしり》まで

新潮文庫　し－1－4

昭和四十三年九月十五日　発　行
平成二十三年九月十五日　七十刷改版
令和　五　年十月二十日　七十七刷

著　者　志《し》賀《が》直《なお》哉《や》
発行者　佐藤隆信
発行所　株式会社　新潮社

郵便番号　一六二―八七一一
東京都新宿区矢来町七一
電話　編集部(〇三)三二六六―五四四〇
　　　読者係(〇三)三二六六―五一一一
https://www.shinchosha.co.jp

価格はカバーに表示してあります。

乱丁・落丁本は、ご面倒ですが小社読者係宛ご送付ください。送料小社負担にてお取替えいたします。

印刷・株式会社光邦　製本・株式会社植木製本所

ISBN978-4-10-103004-3 C0193